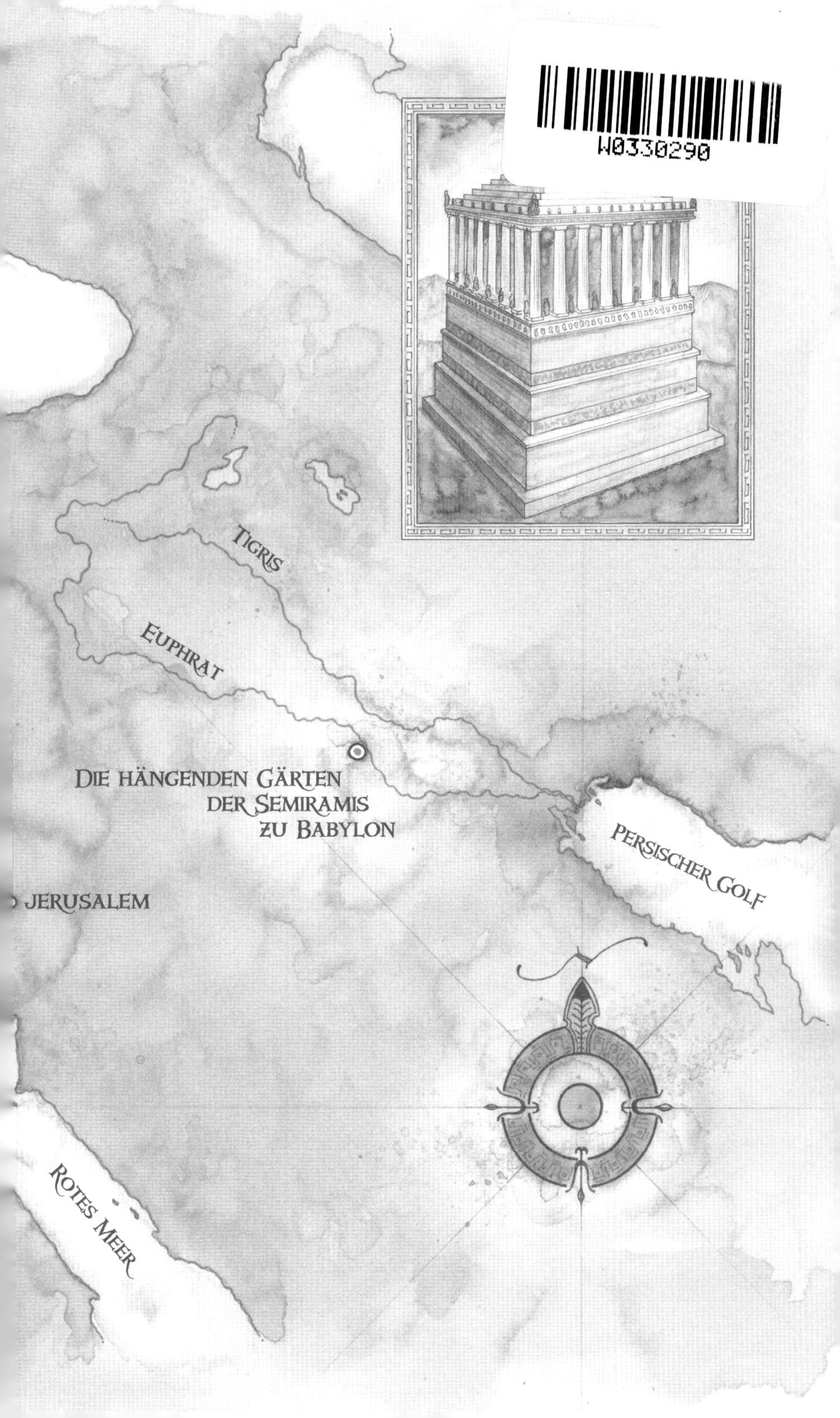
Tigris
Euphrat
Die hängenden Gärten
der Semiramis
zu Babylon
Jerusalem
Persischer Golf
Rotes Meer

Peter Lerangis

Seven Wonders

Das Grabmal der Schatten

In der Unterwelt

PETER LERANGIS

Seven Wonders

DAS GRABMAL DER SCHATTEN

Aus dem Englischen von
Knut Krüger

cbj

cbj

Kinder- und Jugendbuchverlag
in der Verlagsgruppe Random House

Weitere Titel in dieser Reihe:
Seven Wonders – Der Koloss erwacht
978-3-570-15846-3
Seven Wonders – Die Bestie von Babylon
978-3-570-17076-2

MIX
Papier aus verantwortungsvollen Quellen
FSC® C014496
FSC
www.fsc.org

Verlagsgruppe Random House FSC® N001967
Das für dieses Buch verwendete FSC®-zertifizierte Papier
Super Snowbright liefert Hellefoss AS, Hokksund, Norwegen.

1. Auflage 2015

Die amerikanische Originalausgabe erschien 2014 unter dem Titel:
»Seven Wonders/The Tomb of Shadows«
bei Harper CollinsChildren's Books, Harper Collins Publishers, New York
Übersetzung: Knut Krüger
Umschlagkonzeption: Nele Schütz Design
CK · Herstellung: CF
Satz: Uhl + Massopust, Aalen
Druck: GGP Media GmbH, Pößneck
ISBN 978-3-570-17114-1
Printed in Germany

www.cbj-verlag.de

FÜR DAVE UND ELOISE,
MEINE REISEGEFÄHRTEN
IN DIE WELT DER WUNDER

Kapitel 1

Das Tal der Könige

Für eine Tote sah meine Mom einfach großartig aus.

Sie hatte ein paar Falten und graue Haare dazubekommen, was nach sechs Jahren wohl ganz normal ist. Doch ihre Augen und ihr Lächeln waren unverändert. Schließlich sind das die Dinge, die einem als Erstes auffallen, selbst wenn es ein Handyfoto ist.

»Jack?«, fragte Aly Black, die neben mir auf der Rückbank eines Leihwagens saß, »alles okay mit dir?«

»Klar«, antwortete ich, was ehrlich gesagt die größte Lüge meines Lebens war. »Ich meine, ganz okay für jemand, dem gerade klar geworden ist, dass seine Mutter vor sechs Jahren ihren eigenen Tod vorgetäuscht hat.«

Auf der anderen Seite schob Cass Williams seine klobige Brille die Nase runter und warf mir einen mitleidigen Blick zu. Auch er hatte sich, wie wir alle, verkleidet. »Vielleicht hat sie ihn ja gar nicht vorgetäuscht«, entgegnete er. »Vielleicht hat sie damals überlebt und ihr Gedächtnis verloren – bis jetzt.«

»Überlebt? Den Sturz in eine Gletscherspalte in der Antarktis?«, fragte ich.

Ich klappte das Handy zu. Seit wir aus dem Hauptquartier der Massa nahe den Pyramiden von Gizeh geflohen waren, hatte ich mir das Foto ununterbrochen angeschaut. Ich habe es jedem im Karai Institut gezeigt, auch Professor Bhegad, aber dort konnte ich nicht bleiben. Nicht, solange sie hier in Ägypten war. Jetzt waren wir dorthin zurückgekehrt, um sie zu finden.

Schweigend bretterten wir über die Autobahn, die von Kairo nach Alexandria führt. Ich wollte mich ja darüber freuen, dass Mom noch lebte. Versuchte zu ignorieren, dass sie sich einer durchgeknallten Sekte verschrieben hatte. Doch beides gelang mir nicht. Seit meinem siebten Lebensjahr hatte es immer ein Davor und Danach gegeben. Davor war alles perfekt gewesen. Danach kamen die ständigen Dienstreisen meines Vaters, während ich zu Hause von wechselnden Au-pair-Mädchen betreut wurde und die anderen Kids über mich tuschelten. Ich kann an *einem* Finger meiner Hand abzählen, wie oft ich mit einem tatsächlichen Elternteil an einem Eltern-Schüler-Lehrer-Gespräch teilgenommen habe.

Ich konnte mich also beim besten Willen nicht darüber freuen, dass meine Mom gemeinsam mit den Massa-Klotzköpfen in einer Pyramide lebte. Mit den Typen, die unseren Freund Marco entführt und einer Gehirnwäsche unterzogen hatten. Die eine ganze Zivilisation zerstört hatten. Diesen Mistkerlen, deren Namen man lieber nicht erwähnen sollte, doch ich tue es trotzdem: Massa.

Ich blickte aus dem Fenster und sah die lehmfarbenen Bauwerke Gizehs an mir vorüberziehen.

»Gleich da«, grunzte Torquin. Als er von der Ringstraße abbog, lösten sich die rechten Reifen vom Boden und die linken quietschten. Als Aly und Cass auf mich draufrutschten, wäre mir fast das Handy aus der Hand gefallen. »Uiiihhh …«, stöhnte Cass.

»Äh, Torquin?«, quakte Aly. »Das linke Pedal ist übrigens die Bremse.«

Torquin nickte zufrieden. »Fahrwerk gut, Auto teuer.«

»Passagiere gleich kotzen«, murmelte Cass.

Torquin war der einzige Mensch, der ein Lincoln Town Car so fahren konnte wie Fred Feuerstein. Außerdem gibt es wohl keinen Zwei-Meter-Mann außer ihm, der nie Schuhe anzieht.

»Cass, bist du okay?«, fragte Aly, »oder musst du wirklich gleich kotzen?«

»Sei still«, antwortete Cass, »wenn ich das Wort *kotzen* höre, muss ich sofort kotzen.«

»Jetzt hast du's selber gesagt.«

Cass würgte.

Ich fuhr die Scheibe runter.

»Nicht nötig«, behauptete Cass, der röchelnd versuchte, tief durchzuatmen. »Mir … geht's bes…tens.«

Torquin trat auf die Bremse. Ich spürte Alys Hand auf meiner. »Du brauchst nicht nervös zu sein. Ich bin froh, dass wir das machen, und es war richtig von dir, Professor Bhegad zu überreden, uns noch mal loszuschicken, Jack.«

Ihre Stimme war sanft. Sie trug ein orangefarbenes Kleid und einen Schleier in der gleichen Farbe sowie Kontaktlinsen, die ihre blauen Augen in braune verwandelten. Ich hasste diese Verkleidungen, vor allem meine eigene, die unter anderem aus einem kindischen Basecap mit aufgenähtem Pferdeschwanz bestand. Doch nachdem wir erst vor wenigen Tagen vor den Massa geflohen und in der Stadt ein riesiges Chaos verursacht hatten, konnten wir nicht riskieren, erkannt zu werden. »Ich heiße nicht Jack McKinley, sondern Faisal«, entgegnete ich.

Aly lächelte. »Wir schaffen das schon, Faisal. Wir haben schon ganz andere Situationen gemeistert.«

Ganz andere Situationen? Wahrscheinlich spielte sie darauf an, dass wir entführt und auf eine einsame Insel am Arsch der Welt verschleppt worden waren. Oder darauf, dass wir Gene besitzen, die uns Superkräfte verleihen, aber auch umbringen, sobald wir vierzehn werden. Oder dass man uns erzählt hatte, unsere Leben könnten nur gerettet werden, wenn wir diese magischen Himmelskugeln aus Atlantis finden, die in den sieben Weltwundern der Antike versteckt sind, von denen allerdings nur noch eines existiert. Oder dass wir von unserem Freund Marco hinters Licht geführt wurden, mit einem prähistorischen Greifen kämpfen und mitansehen mussten, wie ein ganzes Paralleluniversum den Bach runterging.

Aber ich weiß nicht, ob irgendetwas davon schlimmer war als das, was uns jetzt bevorstand.

Cass sog rhythmisch die Luft ein. Er hatte sich seinen weißen Schlapphut über die Ohren gezogen, seine Augen hinter den Brillengläsern sahen eigenartig verzerrt aus. Ich konnte mich in ihnen spiegeln, erkannte mein Basecap sowie das auffällige Muttermal auf meiner linken Wange, das wie eine kleine Kakerlake aussah. Torquin war gezwungen worden, sich seine Haare schwarz zu färben. Sein Pferdeschwanz war so dick, dass er wie ein Opossum aussah, das ihm im Nacken saß. Da er sich weigerte, Schuhe zu tragen, hatte Professor Bhegad veranlasst, ihm welche an die Füße zu malen. Ihr würdet staunen, wie echt das aussah.

»Glaubst du, dass deine Mom irgendwelche Pillen gegen Brechreiz hat?«, fragte Cass.

»Lass uns erst mal prüfen, ob es sie wirklich gibt«, antwortete ich. »Danach kümmern wir uns um den anderen Kram.«

»Natürlich gibt es sie«, entgegnete Aly. »Fünf Grafikexperten des Karai Instituts, vier Programmierer und ich – wir alle haben das Foto unter die Lupe genommen. Keine Oberflächenbehandlung, keine Lichtunterschiede, regelmäßige Pixelwerte, kein Photoshop.«

Ich schüttelte ungläubig den Kopf. »Sie lässt uns ein Handy finden, das uns zu den beiden gestohlenen Loculi führt. Sie spielt uns einen Code zu, der ihre Identität enthüllt, und dann hilft sie uns bei unserer Flucht. Warum das alles?«

»Vielleicht ist sie eine Spionin«, mutmaßte Cass.

Aly schüttelte seufzend den Kopf. »Wenn sie für das KI spionieren würde, dann wüssten sie das. Aber das KI hat keine Ahnung, stimmt's, Torquin?«

Als Torquin den Kopf schüttelte, tanzte sein Pferdeschwanz-Opossum hin und her. Das Auto schlingerte. Hinter uns hupte jemand.

Aly spähte über Torquins breite Schulter. »Sag mal, Torquin, schreibst du etwa SMS, während du fährst?«

»Jacks Mutter nicht Spion«, brummte er und legte sein Handy weg.

»Du bringst uns noch um!«, sagte Aly.

»Aber dein Daumen ist so groß wie ein Weißbrot, wie triffst du da die richtigen Tasten?«, wollte ich wissen.

»Ich Fehler machen«, grunzte Torquin. »Aber das hier Notfall. Ihr mir dankbar sein.«

Er riss das Steuer zur Seite, um auf die andere Fahrbahn überzuwechseln.

»Ich nicht«, sagte Cass.

* * *

Über dem Tal der Könige ging die Sonne unter. In der Ferne strömten die Touristen zu ihren Bussen. Die Pyramiden warfen lange Schatten in Richtung der Sphinx, die starr vor sich hinschaute und von all dem ziemlich gelangweilt schien.

Ich wünschte, ich hätte ihre Coolness.

In etwa hundert Metern Entfernung sahen wir unsere

Abzweigung – von dort aus führte ein sandiger Weg zum Hauptquartier der Massa. Kurz darauf schlug Torquin das Lenkrad ein und schon rumpelten wir über die Schlaglöcher. Ich hielt mir schützend die Arme über den Kopf, um nicht jedes Mal gegen die Decke zu stoßen. Dann machte er eine Vollbremsung und wir kamen in einer gewaltigen Staubwolke zum Stehen.

Als wir ausstiegen, erschienen drei Jeeps am Horizont, die in rasender Geschwindigkeit auf uns zu jagten. Torquins Handy piepte.

»Und deshalb sollen wir dir dankbar sein?«, fragte Aly. »Weil du Verstärkung angefordert hast?«

»Ich dachte, wir wollen die Massa überraschen«, sagte Cass.

»Dimitrios klug und stark«, sagte Torquin und riss den Kofferraum auf. »Müssen klüger und stärker sein.«

Aly drückte jedem von uns einen kleinen Rucksack in die Hand, in denen sich Taschenlampen, Leuchtraketen und Betäubungspistolen befanden. Ich schwang mir meinen sofort über die Schulter.

Wir standen vor einer kleinen Metallbaracke, deren Wände ziemlich verbeult waren. Der Eingang zum Hauptquartier der Massa sah wie ein Vorratsschuppen aus, doch führte er hinab zu einer unterirdischen Pyramide, die kein Archäologe je entdeckt hatte. Tief unter der ausgedörrten Erde befanden sich ein riesiges Labyrinth aus modernen Trainingshallen, Laboratorien, Wohnbereichen, Büros sowie ein Kontrollzentrum, wo alles gesteuert wurde. Manche dieser Tunnel waren vor Jahrtausenden zu Ehren des Ka – dem Geist des toten Pharao – errichtet worden. Schließlich sollte dieser Geist sich rundum wohlfühlen, wenn er mal zu Besuch bei den Menschen war.

Doch heute wehte hier ein ganz anderer Geist – die pure Bösartigkeit der Massa.

»Los geht's«, sagte Aly, stapfte entschlossen zum Eingang und drückte die Klinke hinunter.

Die Tür schwang auf.

»Das ist ja …«, wunderte sich Cass.

»Kein Schloss«, stellte ich fest und starrte ins Dunkel. »Echt seltsam.«

Aly und ich blickten eine Treppe hinunter, von der uns eine große Wärme entgegenschlug. Dabei hatte ich diesen Ort als ziemlich kalt in Erinnerung. Am Fuße der Treppe baumelte eine nackte Glühbirne von der Decke.

»Total still hier«, raunte Cass.

»Und jetzt?«, fragte Aly. Ein seltsamer Klagelaut drang zu uns nach oben. Zwei Augen flatterten uns aus dem Dunkel entgegen.

»Runter!«, rief ich.

Wir warfen uns auf den Boden, als eine Fledermaus mit schrillem Schrei über uns hinwegsegelte. Torquin streckte den Arm aus und fing das pelzige Tier in der Luft. Verzweifelt versuchte es sich aus der riesigen Faust zu befreien. »Lecker«, sagte er. »Paniert und gebraten, mit Mangosalsa.«

Aly war kreidebleich. »Das ist so ekelhaft.«

Widerwillig gab Torquin die kleine Kreatur frei. »Guacamole noch besser.«

Die Jeeps hatten angehalten. Männer und Frauen in Alltagskleidung sprangen heraus, verteilten sich über das Gelände, suchten die Gegend ab. Sie trugen Aktentaschen, schwere Rucksäcke und längliche Kisten. Sie nickten uns vage zu und sahen Torquin fragend an. Offenbar warteten sie auf seine Anweisungen.

»Und die sind alle vom KI?«, fragte Aly.

»Neues Team«, antwortete Torquin, »Verstärkung.«

»Die sind ja bewaffnet«, stellte Cass fest. »Ist das nicht etwas übertrieben?«

Torquin nickte mit zusammengezogenen Brauen. »Nicht für Massa.«

Da hatte er natürlich recht. In gebückter Haltung schlich ich erneut zum Eingang und legte mich flach auf den Bauch. Vorsichtig schob ich meinen Kopf über die erste Treppenstufe. Ein widerwärtiger süßlicher Geruch stieg mir in die Nase: Schimmel, verrottetes Holz … und noch etwas anderes.

Wie verbranntes Plastik.

Ich zog die Taschenlampe aus meinem Rucksack und richtete sie nach unten. Die Stufen waren von Glasscherben, Kabeln, leeren Dosen und zerfetztem Papier übersät. »Irgendwas ist hier passiert«, sagte ich.

»Soll Unterstützung kommen?« Torquin hob seine Finger an die Lippen, wie um zu pfeifen.

»Nein«, antwortete ich. »Die Massa überwachen doch das ganze Areal. Die Jeeps müssen sie längst gesehen haben. Wenn wir jetzt alle zusammen da reingehen, werden sie bestimmt Gewalt anwenden. Das könnte böse enden.«

»Du … du meinst also, dass nur *wir* da reingehen sollten?«, fragte Cass.

»Wenn's sein muss, dann werde ich das allein machen«, erwiderte ich. »Ich muss wissen, ob meine Mom wirklich noch lebt. Wenn sie dort unten ist, dann wird mir nichts passieren.«

Cass dachte kurz nach und nickte. »Nednatsrev«, sagte er mit sanfter Stimme. »Ich komme mit dir, Faisal.«

»Ich auch«, sagte Aly.

»Mm«, schloss sich Torquin an.

»Nein, nicht du, Torquin«, entgegnete ich. »Nimm's mir nicht übel, aber du würdest die Massa zu sehr erschrecken. Wir brauchen dich hier draußen, um … äh, als Commander für das KI-Team.«

Ich stieg die Stufen hinunter, schwang die Taschenlampe hin und her und versuchte mich an den Grundriss zu erinnern. Hinter mir hörte ich Alys Schritte. Dahinter die von Cass. »Commander?«, flüsterte Aly.

»Er sollte sich wichtig fühlen«, erklärte ich.

»Haaa … tschi!«, schnaubte Cass.

»Sch!«, machten Aly und ich zugleich.

Am Fuße der Treppe war ein abschüssiger Gang, an dem mehrere Räume lagen. Auf Zehenspitzen tasteten wir uns weiter, während ich die Taschenlampe mal nach links, mal nach rechts hielt. Kleine Steine bedeckten den Boden. Die Deckenlichter waren erloschen, ebenso die Notbeleuchtung.

Ich spähte durch die erste Tür in einen Vorratsraum. Aktenschränke aus Metall standen offen, ein paar Schubladen waren herausgerissen. Dazwischen lag eine altmodische runde Wanduhr auf dem Fußboden. Das Glas war zersplittert, die Uhr bei 3:11 stehen geblieben. Schutzhüllen, Zeitungen und verschiedene Gegenstände türmten sich zu Abfallhaufen.

»Was ist denn hier passiert?«, murmelte Aly.

Cass betrat einen Raum auf der anderen Seite des Gangs. Er bückte sich, hob eine Perlenkette auf und ließ sie durch seine Finger gleiten. »Vermutlich eine Gebetskette«, sagte er, bevor er sie in die Tasche steckte.

Ich hielt meine Taschenlampe in den Raum. An allen vier Wänden zogen sich Tische entlang, ein weiterer Tisch stand quer im Raum. Kabel schlängelten sich wie tote Aale über den mit Müll bedeckten Boden. Stühle waren umgekippt worden, doch nirgends waren Aktenordner oder Computer zu sehen.

»Sieht so aus, als hätten sie alles fluchtartig verlassen«, stellte ich fest.

»Unmöglich«, entgegnete Aly, die benommen den Kopf schüttelte. »Hier haben doch Hunderte von Leuten gearbeitet. Das war wie eine eigene Stadt.«

Ihre Stimme hallte dumpf durch den leeren Gang. Die Massa waren allesamt verschwunden.

Kapitel 2

In Luft aufgelöst

Ein Trick.

Alles andere war ausgeschlossen.

Ohne triftigen Grund würde niemand solch einen Ort einfach aufgeben. Ich wusste, dass sie etwas vorhatten. »Wir sollten vorsichtig sein«, sagte ich und zog mich wieder auf den Gang zurück.

»Sollen wir Torquin Bescheid geben?«, fragte Aly.

Ich schüttelte den Kopf. »Noch nicht.«

Wenn die Massa uns in eine Falle locken wollten, wüsste meine Mom Bescheid. Und natürlich würde sie uns nicht im Stich lassen. Zumindest glaubte ich das – trotz allem.

Als wir uns auf Zehenspitzen weiter vorwagten, wurde der Brandgeruch stärker und schärfer, bis wir einen Korridor erreichten, der uns bekannt vorkam und heller und breiter war als der Gang nahe dem Eingang. So wie ein Großteil des Hauptquartiers war er in moderner Zeit für eine moderne Organisation geschaffen worden.

»Hier sind wir damals geflüchtet«, sagte Cass und schaute sich um. »Wisst ihr noch? Wir sind nach rechts auf einen Ausgang zugelaufen und haben zufällig die Loculi entdeckt. Auf der linken Seite war das große Kontrollzentrum …«

Seine Stimme verhallte, als er nach links guckte. Der Gang wurde in ein trübes gelbliches Licht getaucht. Wir hielten uns dicht an der Wand. Ich warf einen Blick auf die Uhr. Seit wir uns von Torquin verabschiedet hatten, waren sieben Minuten vergangen. Er würde bald nach uns schauen.

Wir bogen um die Ecke und blieben abrupt stehen. Die schwere Metalltür zum Kontrollraum stand sperrangelweit offen. Vor wenigen Tagen war es hier zugegangen wie in einem Bienenstock. Zahlreiche Massa hatten sich geschäftig über Kontrollpulte und Laptops gelehnt, lautstark miteinander diskutiert und sich quer durch den großen Raum Mitteilungen zugerufen. Die gigantische Anzeigetafel, die unter der kuppelförmigen Decke gehangen hatte, lag nun zersplittert am Boden, die einzelnen Bruchstücke waren teilweise verschmort. Glassplitter und zu Kleinholz gewordene Tische, wohin man auch schaute.

»Als hätten sie sich in Luft aufgelöst«, sagte Cass.

Aly drehte einen umgefallenen Stuhl um und setzte sich an eine Computertastatur nahe der Wand. »Die hier funktioniert noch!«, rief sie, während ihre Finger über die Tasten liefen. »Na toll, die haben alles gelöscht, militärische Sicherheitsstandards, jedes Byte besteht nur noch aus Nullen. Damit müssen sie vor einigen Stunden begonnen haben. Vielleicht kann ich ja einiges wiederherstellen, aber dazu brauche ich erst mal einen USB-Stick!«

Cass kramte in seinem Rucksack. Ich sah mich nach Überwachungskameras um. »Mom!«, rief ich. Meine Stimme echote durch den höhlenartigen Raum. Als Cass einen USB-Stick aus seinem Rucksack zog und ihn Aly gab, lief ich zur anderen Seite des Raumes, um zu prüfen, ob es vielleicht dort irgendwelche Anhaltspunkte gab. Ich spähte durch die offene Tür in einen weiteren leeren Gang.

Aus einem Zimmer zur Rechten drang ein bläuliches Licht. Zögerlich ging ich darauf zu.

Auf einem Schild stand SECURITY. Von drinnen vernahm ich ein leises, aber beharrliches Piepen.

Vorsichtig trat ich ein.

»Faisal?«, hörte ich Cass' Stimme hinter mir.

Ich zuckte zusammen. »Wie brauchen uns nicht zu tarnen. Sie ist nicht da.«

»Wer ist nicht da?«, fragte Cass.

»Meine Mom. Und die anderen auch nicht. Hier ist keine Menschenseele.«

Meine Augen konzentrierten sich auf ein flackerndes Licht zu meiner Linken. Dort war eine rechteckige Glasscheibe in die Wand eingelassen, auf der im Rhythmus des Pieptons eine leuchtend blaue Anzeige aufleuchtete.

Piep.

RESTLAUFZEIT 00:00:17…

Piep.

RESTLAUFZEIT: 00:00:16…

Ich packte Cass am Arm. »Raus hier, sofort! Hier fliegt gleich alles in die Luft!«

Aly war schon auf dem Gang. Ich stieß sie in Richtung Ausgang. Gemeinsam sprinteten wir dorthin, woher wir gekommen waren. Am unteren Treppenabsatz rannten wir in Torquin hinein, was sich so anfühlte, als liefe man gegen einen Bus. »Dreh dich um und lauf!«, schrie ich. Torquins Gesicht erstarrte. Er hetzte so schnell die Stufen rauf und nach draußen wie jemand, der nur ein Drittel seines Gewichts hatte.

Ich spürte den Boden unter meinen Füßen schwanken. Schwefelgeruch stieg mir in die Nase.

Die Explosion ließ die Wände erzittern, ihre Druckwelle traf mich im Rücken.

KAPITEL 3

PURISNROHA

Ich würgte und hustete, während der Staub in der Luft meine Augen tränen ließ. Ich war draußen, auf sicherem Grund. Vor allem lebendig. Mein Rücken lehnte an Torquins Leihwagen, was bedeutete, dass ich etwa zehn Meter vom Massa-Eingang entfernt war. Ich öffnete den Mund, doch ehe ich rufen konnte, füllte sich meine Lunge erneut mit sandigem Staub. Röchelnd kam ich auf die Beine. Alles tat mir weh. Meine Hose war an den Fußgelenken zerfetzt. »Cass!«, rief ich endlich. »Aly!«

»Torquin!«, grummelte hinter mir eine vertraute Stimme. »Torquin vergessen.«

Die Silhouette des Riesen trat aus der Staubwolke, vom Kopf bis zu den Zehen von einer bräunlich-grauen Schicht bedeckt, als bestünde er aus nichts als Dreck. Mit seiner rechten Hand hielt er Cass am Genick und zog ihn hinter sich her. Cass' Gesicht war rußgeschwärzt, seine Glieder schlaff. Sein Schlapphut und seine Brille waren verschwunden.

»Was ist passiert?« Ich humpelte ihnen so schnell entgegen, wie es meine aufgeschrammten Beine zuließen.

Im nächsten Moment war Aly neben mir, in der Hand hielt sie eine dreckverschmierte Brille. »Die lag auf der Erde. Ist er …?«

»Brust bewegt sich«, sagte Torquin und legte ihn auf dem Boden ab. »Muss Hilfe holen.«

Aly und ich knieten uns neben Cass. »Bitte, bitte, komm wieder zu dir«, flüsterte ich und tätschelte ihm sanft die Wange.

Aly zog eine Feldflasche aus ihrem Rucksack und spritzte Cass etwas Wasser ins Gesicht.

Keine Reaktion.

Ein Trupp von KI-Soldaten scharte sich um uns. »Die Sanitäter sind unterwegs«, gab einer von ihnen bekannt.

Aly drückte Cass' Mund auf und ließ Wasser hineinlaufen. »Komm schon, Cass«, flehte sie, »du schaffst das!«

Plötzlich bäumte sich Cass' Oberkörper auf und traf Aly am Kinn.

»Was soll ich schaffen?«

»Genau das!«, rief Aly überrascht, die hintenübergekippt war.

Cass wandte sich ab und würgte Klumpen von nassem Sand hervor. »Mit ein bisschen Purisnroha hätte es echt besser geschmeckt.«

Aly hielt sich den Kiefer und zwang sich zu einem breiten Lächeln. »Wenn das hier vorbei ist, kauf ich dir ein ganzes Schwimmbecken voll.«

Als zwei KI-Sanitäter mit einer Trage heranliefen, waren Cass' Augen auf die Zentrale der Massa gerichtet. Der Eingang der Baracke bestand nur noch aus verbogenen Metallstreben.

Eine weitere dumpfe Explosion erschütterte die Erde. Das ganze Gebäude ächzte und knarrte, ehe es in sich zusammenbrach und in einem riesigen schwarzen Loch verschwand.

Cass sprang auf. Wir liefen zu unseren Autos und ließen die Trage zurück.

* * *

»Gelöscht… unleserlich… kaputt«, zeterte Aly. Sie saß auf dem Copilotensitz von Slippy, dem umgerüsteten Tarnkappenflugzeug des KI. Ihre Finger flogen über die Tastatur des Tablets, das in ihre Armlehne integriert war. Torquin war unser Pilot, und dieses eine Mal verzichtete er darauf, in der Luft ein paar Salti hinzulegen. Stattdessen konzentrierte er sich ganz darauf, uns zum KI-Institut zurückzufliegen, während Aly versuchte, Cass' USB-Stick irgendwelche brauchbaren Informationen zu entlocken.

Meine Augen waren auf das Meer unter uns gerichtet. An diesem wolkenlosen Tag leuchtete es hell und silbrig. Ich weiß nicht, wonach ich Ausschau hielt, vielleicht nach einem Schiff mit wehender Massa-Fahne. Ich war ziemlich durch den Wind und von zwei Gedanken besessen:

Wir hatten Mom nicht gefunden.

Wir waren in eine Falle geraten.

Kein Hinweis auf den Auszug der Massa. Keine Warnung vor der Zeitbombe. Was wäre geschehen, wenn ich nicht zufällig die Digitalanzeige entdeckt hätte? Wenn wir gar nicht so weit in das Gebäude vorgedrungen wären? Ein paar Sekunden später gekommen wären? Hatte Mom gewusst, dass wir zurückkehren würden?

Wie hatte sie das nur zulassen können?

Aly lehnte sich zurück und massierte ihre Stirn. »Verdammt, wären wir etwas früher dagewesen … Diese Penner haben wirklich alles überschrieben. Vielleicht kann ich ein paar Datenpakete auseinandernehmen, aber dazu brauche ich ein besseres Equipment.«

»Du schaffst das schon«, entgegnete ich. »Du bist Aly.«

Aly wandte sich seufzend von ihrem Tablet ab. »Wie geht's Cass?«

Ich drehte mich nach hinten um. Cass lag direkt an der Kabinenwand auf einer schmalen Fläche, die mit Schaumstoff und Decken ausgepolstert war. Er hatte fast den gesamten Flug verschlafen. Jetzt verzog er blinzelnd das Gesicht. »Was ist das für ein Gestank?«

»Nicht Gestank«, sagte Torquin. Die natürliche Röte seines Gesichts wurde ein wenig dunkler und er hielt seine Arme ganz dicht am Körper.

»Vielen Dank, dass Sie sich für KI-Air entschieden haben«, verkündete Aly. »Unter jedem Sitz befindet sich eine Sauerstoffmaske. Ziehen sie diese im Fall einer Achselschweiß- oder Furzattacke von Torquin über Mund und Nase und atmen Sie gleichmäßig weiter.«

»Auuuhh!«, stöhnte Cass.

»Was ist?«, fragte ich.

»Lachen tut so weh«, antwortete Cass. »Wo sind wir eigentlich? Und erspart mir bitte eine witzige Antwort.«

»Über dem Atlantik«, antwortete ich. »Du hast gerade eine heftige Explosion überlebt und nur ein paar Schnittwunden und vielleicht eine Gehirnerschütterung davongetragen. Wir haben uns von der mobilen Einsatztruppe getrennt und sind auf dem Rückweg zum KI.«

»Was für eine mobile Einsatztruppe?«, fragte Cass.

»Das KI hat seine Leute über den gesamten Mittelmeerraum verteilt«, erklärte Aly. »Ihr Job ist es, sich jederzeit bereitzuhalten, um notfalls schnell am Einsatzort zu sein. Torquin hat uns von ihnen erzählt. Da kannst du mal sehen, was du alles verpasst, wenn du schläfst.«

»Wo war denn die Einsatztruppe, als wir sie auf Rhodos und im Irak gebraucht haben?«, fragte Cass.

»In Griechenland waren wir auf geheimer Mission. Sie wussten doch gar nicht, wo sie uns finden konnten«, entgegnete ich. »Aber im Irak hast du sie gesehen. Kannst du dich an diese Arbeitstrupps am Euphrat erinnern?«

Aly drehte sich auf ihrem Sitz um und streckte die Hand nach Cass' Stirn aus. »Wie geht's dir?«

»Als wäre ich gerade von einem Reznap überfahren worden.«

»Reznap?«, grunzte Torquin.

»Panzer auf Rückwärtsisch«, erklärte Aly. »Cass ist eindeutig auf dem Wege der Besserung.«

»Mit ein bisschen Eiscreme würde es mir noch besser gehen«, entgegnete Cass. »Oder überhaupt mit irgendwas zu essen.«

Torquin streckte eine schmierige Papiertüte in die Luft. »Getrocknetes Leguanfleisch. Mit Cajun-Gewürzen.«

Cass stöhnte. »Alles, nur das nicht.«

Auf der Wasserfläche unter uns erkannte ich einen zigarrenförmigen Gegenstand, der sich langsam voranschob. Vielleicht ein Tanker oder ein Kreuzfahrtschiff. Es glänzte in der Sonne und schoss Lichtreflexe zu uns nach oben. Für einen Augenblick dachte ich, jemand würde uns Morsezeichen senden. Ich rieb mir die Augen und wandte den Blick ab. Ich brauchte ein wenig Ruhe.

»Ich verstehe das einfach nicht«, sagte Aly. »Wie sind die Massa so schnell da rausgekommen? Und wo sind sie hin?«

»Und warum hat uns meine Mom nicht vor der Zeitbombe gewarnt?«, fügte ich hinzu. »Sie hätte sich ja selbst eine SMS schreiben können, weil sie wusste, dass ich ihr Handy habe.«

»Weil sie eine von ihnen ist«, entgegnete Aly, »und sie auch einer Gehirnwäsche unterzogen wurde.«

Ich starrte sie an. »Ich bin ihr Sohn, Aly! Eltern sorgen sich um ihre Kinder. Das ... das ist bei denen so einprogrammiert.«

»Hm ...«, brummte Cass.

Wir schauten zu ihm hinüber. Zu Cass, der seine Eltern seit Jahren nicht mehr gesehen hatte, weil sie im Gefängnis saßen. Weil sie ihn im Stich gelassen und einer Reihe von Pflegeeltern überlassen hatten.

Ich atmete tief durch. »Ey … tut mir echt leid.«

Doch seine Augen waren vor Angst weit aufgerissen. Das Flugzeug schwankte plötzlich hin und her. Dann schossen wir nach unten wie in einer Achterbahn. Mein Sicherheitsgurt schnitt mir in die Eingeweide, während sich meine Hände um die Armlehnen krampften.

Aly schnappte nach Luft. »Ich glaube, wir sind gleich da.«

Torquin nickte. »Dringen in KI-Gebiet ein.«

»Das machst du mit Absicht!«, beschwerte sich Cass.

»Magnetkräfte.« Torquin zuckte die Schultern.

»Wenn du nicht ruhiger fliegst, wird gleich was ziemlich Ekelhaftes aus meinem Mund fliegen und durch Magnetkräfte in deinem Nacken landen«, gab Cass zurück.

Als Erstes sah ich den Mount Onyx, der wie eine schwarze Faust aus dem Wasser ragte. Gleich würde ich auch unsere Heimat – unsere *neue* Heimat – erblicken: eine verborgene Insel, die auch mit den modernsten Instrumenten nicht aufzuspüren war.

»Oh, mein Gott!« Aly klappte die Kinnlade herunter.

Meine Augen richteten sich dorthin, wo sich das saftig grüne, von Backsteingebäuden umgebene Viereck befinden sollte.

Doch ich sah nur eine riesige schwarze Rauchfahne.

Kapitel 4

Standortbestimmung

Das Flugzeug legte sich scharf nach rechts und entfernte sich vom Campus.

»Was machst du denn?«, wollte ich wissen. »Zum Flughafen geht's in die andere Richtung!«

»Andere Seite von Insel«, brummte Torquin. »Pläne geändert.«

»Aber da drüben ist doch nur Dschungel«, warnte Cass. »Da kann man nicht landen.«

»Flughafen zu gefährlich«, entschied Torquin.

»Außerdem brauchen wir Stunden, um durch den Wald zu laufen«, fügte ich hinzu. »Wir müssen uns beeilen, Torquin, das Institut steht in Flammen.«

Torquin ignorierte uns beide.

Mir drehte sich der Magen um. Wir waren wieder über dem Wasser. Erneut riss Torquin das Steuer zur Seite, hielt auf die Rückseite der Insel zu, deren Grün von einem schmalen silbrigen Sandstreifen gesäumt war. »Wir sind zu tief!«, rief Aly in Panik.

»Banzaiii!«, rief Torquin.

Das Flugzeug befand sich im Sturzflug. Ich umklammerte die Armlehnen. Von hinten packte Cass meinen Arm. Er schrie. Oder war ich das? Keine Ahnung. Als wir fast den Grund erreicht hatten, schloss ich die Augen.

Wir setzten hart auf. Mein Körper wurde zusammengestaucht, als befände ich mich in der Hand eines Riesen. Cass wurde gegen meine Rückenlehne geschleudert. Es dröhnte ohrenbetäubend, als die Wellen gegen die Scheiben schlugen.

»Strand zu klein«, erklärte Torquin. »Meer nicht zu klein.«

Als der Jet langsam zum Stehen kam, hatte ich einen klaren Ausblick durch das Fenster. Das Ufer der Insel war etwa ein Fußballfeld weit von uns entfernt.

Cass kniff immer noch die Augen zusammen. »Sind wir tot?«

»Nein, aber ich glaube, ich hab ein paar graue Haare bekommen«, antwortete Aly. »Das Lambda an meinem Hinterkopf außer Acht gelassen. Was tun wir hier?«

Torquin murmelte etwas in sich hinein. Dann drückte er auf einen Kopf, worauf Slippy der Insel auf seinen superleichten Aluminiumpontons entgegenschoss.

Cass, Aly und ich schauten uns verblüfft an. Mein Herz raste. Als die Pontons den Strand erreichten, sprangen wir hinaus. Torquin riss eine Klappe am Heck des Flugzeugs auf und zog eine große Kiste heraus. Ich hatte ihn noch nie so in Eile gesehen.

Aly, bis zu den Fußgelenken im Wasser, starrte ihn an. »Ich rühre mich nicht vom Fleck, ehe du uns jetzt sagst, was Sache ist, Torquin. Und zwar in ganzen Sätzen.«

Torquin gab jedem von uns eine schusssichere Weste, eine Machete, einen Leichtmetallhelm sowie einen Gürtel, an dem mehrere Messer und eine Trinkflasche hingen. »Zum Schutz«, erklärte er kurzatmig. »Insel wird angegriffen.«

»Weißt du das, weil du den Rauch gesehen hast?«, fragte Aly.

»Wenn Rauch, auch Feuer«, erklärte Torquin. »Wenn Feuer, auch Angriff.«

Seine Logik war zwar nicht perfekt, doch als ich das wütende Lodern in seinen Augen sah, beschloss ich, nicht weiter zu argumentieren. Aly und Cass dachten offenbar dasselbe. Wir legten rasch unsere neue Ausrüstung an und stapften mit schweren Schritten ans Ufer. Die Bäume bildeten eine dichte, undurchdringliche Wand. Kein Pfad weit und breit.

Torquin blieb stehen und sah sich sorgfältig um. »Moment. Nicht wieder verloren gehen.«

»Bleibt einfach bei mir«, sagte Cass. »Wir haben die Sonne, den Strand, das Gefälle und den Mount Onyx. Das reicht zur Standortbestimmung völlig aus. Wir brauchen keine Karte.«

Wir glaubten ihm aufs Wort. Cass hatte ein eingebautes GPS. Er konnte Karten und Routen zentimetergenau abspeichern.

»Brauche Wörterbuch«, grummelte Torquin, als wir uns an Cass' Fersen hefteten.

* * *

Ich wusste nicht, was am schlimmsten war – die brütende Hitze der Sonne, die Insektenstiche, die meine Beine wie rohes Hackfleisch aussehen ließen, die Schreie der Tiere, die wir nicht sahen, oder der Brandgeruch.

Es war ein einziger Albtraum.

Ich wusste, dass Torquin auf dem Holzweg war. Diese Insel war von einem unsichtbaren Schild umgeben, der es unmöglich machte, sie zu finden. Aber was war passiert? Ein elektrischer Kurzschluss? Ein Blitzschlag?

Mir grauste vor dem, was wir entdecken würden.

Cass geriet ins Stolpern und blieb stehen. Sein Gesicht war knallrot, seine Kleider klatschnass. Er stellte seinen Rucksack ab und ließ sich auf einen Baumstumpf sinken. »Trocken …«, stöhnte er.

»Trink ein bisschen«, entgegnete Aly und schraubte ihre Feldflasche auf.

Cass machte eine abwehrende Handbewegung. »Ich bin okay«, versicherte er. »Ich meinte die Erde und die Bäume. Alles total trocken. Wenn der Wind das Feuer in unsere Richtung bläst, dann werden wir buchstäblich gegrillt.«

Ich nickte. »Lasst uns dicht beieinander bleiben, falls wir uns schnell zum Strand zurückziehen müssen.«

»Wir müssen ihnen helfen«, sagte Cass und wischte

sich den Schweiß von der Stirn. »Wir müssen wie Marco sein. Der würde sich niemals zurückziehen.«

»Marco«, erwiderte Aly, »hat sich von *uns* zurückgezogen.«

Ich half Cass auf die Beine. Er drückte sich rasch an Torquin vorbei und übernahm wieder die Führung. Wir befanden uns jetzt auf der Höhe des Mount Onyx. Wir marschierten in den Reifenspuren, die der Jeep hinterlassen hatte, als wir vor dem Greifen zum Campus geflüchtet waren.

Cass beschleunigte seine Schritte. Der Brandgeruch war jetzt beißend und scharf. Weiße Asche trieb durch die Baumwipfel. Die Affen machten einen Riesenkrach, das Schreien der Vögel gellte uns in den Ohren. Doch jetzt hörte ich auch andere Geräusche. Stimmen. Entfernte Rufe.

»Stopp!«, kommandierte Torquin.

Fast stolperten wir alle ineinander. Torquin stapfte an uns vorbei und spähte in die rauchgeschwängerte Luft. Als ich seinen Blick nachvollzog, entdeckte ich zwischen zwei Bäumen ein riesiges Spinnennetz. »Sicherheitsdraht«, sagte Torquin. »Viel Strom.«

»Aly weiß, wie man den außer Kraft setzt«, sagte Cass. »Das hat sie schon einmal gemacht, als wir damals abhauen wollten.«

»Allerdings von der anderen Seite«, erinnerte ihn Aly. »Wir sitzen fest.«

Torquin ging vorsichtig in die Knie, umfasste einen

schirmförmigen Pilz und zog daran. Er brach glatt ab und offenbarte ein blinkendes rotes Licht, das sich auf Höhe des Erdbodens befand. »Voilà«, sagte er. »Außer Kraft gesetzt. Dreißig Sekunden. Für KI-Leute, die verlaufen.«

»Du kannst Französisch?«, fragte Cass erstaunt.

»*Croissant*«, fügte Torquin stolz hinzu.

Cass setzte sich wieder an die Spitze. Der Brandgeruch wurde immer stärker. Wir bewegten uns im Laufschritt. Der Schweiß auf meinem Rücken fühlte sich wie ein ganzer See an. Ein heller Schein leuchtete uns durch den düsteren Dschungel entgegen.

Der Schein des Feuers?

Cass blieb abrupt stehen, ließ sich ungläubig auf die Knie fallen.

»Das … das darf doch nicht …«, stotterte Aly.

Wir sanken neben Cass auf die Erde, dort, wo der Dschungel zu Ende war. Vor uns breitete sich das Karai Institut aus, doch von dem stattlichen Campus, den wir in Erinnerung hatten, war nichts übrig geblieben. Der Rasen war von Stiefeln zertrampelt und mit den Glasscherben der zersplitterten Fenster übersät. KI-Mitarbeiter in weißen Kitteln irrten zwischen den Gebäuden hin und her und flüchteten in den Wald. Im Obergeschoss, wo sich Professor Bhegads wertvollster Besitz befand, züngelten Flammen.

Das Feuer hatte von allem Besitz ergriffen: den rechteckigen Gebäuden, dem Flughafen, den Schlafsälen und Vorratsschuppen. Schwarze Rauchschwaden schlängelten sich in den Himmel und ballten sich zu einer dunklen Masse zusammen.

»Leonard …«, krächzte Cass.

»Leonard?«, fragte Aly. »Denkst du etwa nur an deine kleine Eidechse? Was ist mit all den Leuten hier?«

Ein gequälter Schrei von der anderen Seite der Anlage ließ uns alle instinktiv in Deckung gehen. Ich spähte durch das Gestrüpp und sah einen Mann mit zerfetztem KI-Kittel aus dem Gebäude taumeln, in dem sich die Unterhaltungsmedien befanden. Seine Haare waren von Blut verklebt.

Als er sich halb zu uns herumdrehte, bestand kein Zweifel, dass es sich um Fiddle handelte, unser Mechaniker-Genie für alle Arten von Fahr- und Flugzeugen.

»Wir müssen ihm helfen!«, rief ich und sprang auf, doch Aly hielt mich zurück.

Nach Fiddle trat ein Mann in schwarzer Uniform aus dem Gebäude. Er trug eine Schutzbrille und einen Helm, auf dem ein großes schwarzes M prangte.

»Massa …«, sagte Aly und zeigte mit dem Finger auf ihn.

»Aber wie soll das gehen?«, fragte Cass. »Mit menschlicher Technik ist die Insel nicht aufzuspüren.«

»Massa keine Menschen«, brummte Torquin.

Jetzt sah ich noch mehr von ihnen – in den geborstenen Fenstern der Laboratorien und auf dem Basketballfeld. Manche zerrten KI-Wissenschaftler hinter sich her, andere warfen Steine nach den letzten heilen Fenstern und rissen die KI-Flagge herunter, die vor dem majestätischen Wender-Haus wehte.

Fiddle taumelte dem Dschungel entgegen und schaute verwirrt durch die gebrochenen Gläser seiner Brille. Ich wollte nach ihm rufen, doch im nächsten Moment wurde er von dem Mann in Uniform zu Boden gerissen.

»Wir müssen ihm helfen«, sagte ich.

»Wir sind vier gegen tausend«, gab Cass zu bedenken.

Torquin ging in die Knie. »Aber die vier«, sagte er und zog ein Holzkästchen aus seinem Rucksack, »sehr stark«.

KAPITEL 5

GEGENANGRIFF

Torquin zog ein langes dünnes Rohr und eine Handvoll Pfeile aus seinem Rucksack. Lautlos setzte er einen Fuß vor den anderen, schob sich unauffällig aus dem Dickicht heraus. Ging hinter einem umgestürzten Baum in die Knie, legte das Blasrohr an die Lippen und schickte einen Pfeil auf die Reise.

Ssssiiitttt!

Fiddles Kontrahent sank sofort zu Boden, gefällt von einem kleinen Betäubungspfeil mit grüner Feder. »Volltreffer«, brummte Torquin.

Ich sprang auf und lief Fiddle entgegen.

Als Fiddle mich sah, wollte er sofort die Flucht ergreifen. »Ich bin's, Jack McKinley!«, rief ich.

Er hielt inne und kniff die Augen zusammen. »Ich glaube, ich träume.«

Ich zog ihn an den Armen in Richtung der Bäume. Hinter uns hörte ich das Schlagen von Türen und laute Rufe. Torquins Betäubungspfeile schossen mit unglaublicher Geschwindigkeit aus dem Dschungel hervor, jedes Mal von einem Stöhnen gefolgt.

Mit lautem Krachen explodierte ein Ast direkt über Torquins Kopf. Wir alle sprangen erschrocken ins Dickicht. »Warum benutzen wir Pfeile, wenn sie Kugeln haben?«, schrie Fiddle.

»KI keine Mörder«, sagte Torquin. Er streckte den Arm aus und setzte sich Fiddle wie eine Stoffpuppe auf den Rücken. »Los! Weiter in Dschungel! Verstecken!«

Wir folgten Cass auf demselben Weg, den wir gekommen waren. Hinter uns ließ eine gewaltige Explosion den Dschungel erzittern. Gemeinsam mit Blättern und Erdklumpen wurden wir durch die Luft geschleudert. Nur Zentimeter hinter Aly und Cass schlug ich auf dem Boden auf. Wo eben noch Torquin und Fiddle gestanden hatten, lag nun ein umgestürzter Baum.

»Torquin!«, rief ich.

»Alles gut«, hörte ich seine Stimme irgendwo hinter dem Baum. »Geht!«

Der Pfad hinter uns stand bereits in Flammen. Während wir blindlings in den Dschungel rannten, warf ich einen raschen Blick über die Schulter. Torquin und Fiddle folgten uns. Cass lief vorneweg, sein Kopf bewegte sich ständig von einer auf die andere Seite. Ehrlich gesagt weiß ich nicht, woran er sich orientiert hat. In diesem Dschungel sah alles gleich aus. Doch irgendwie schaffte er es.

Auf einer Lichtung blieb er keuchend stehen und ließ

seinen Blick schweifen. Die Explosionen klangen jetzt wie ferner Donner und wurden vom Lärmen der Tiere und dem Rasseln unseres eigenen Atems fast übertönt. »Wusstest du, dass hier diese Lichtung ist?«, fragte ich.

»Natürlich.« Cass nickte. »Du nicht? Wir waren früher schon mal hier. Wir sind nah an dem Strand, wo wir den toten Wal gesehen haben. Wenn's sein muss, können wir an der Küste entlang bis zu unserem Flugzeug gehen.«

»Lass mich runter!«, bat Fiddle, als Torquin mit mächtigen Schritten auf die Lichtung trampelte. Er verzog das Gesicht, als er vom Rücken des Riesen rutschte. Fiddle nahm seine zerbrochene Brille ab und zog sich eine winzige Scherbe aus dem Nacken. »Mann, tut das weh. Ist wohl doch kein Traum, aber trotzdem ein ziemlicher Horrortrip.«

»Alles okay mit dir?«, fragte Aly.

Fiddle nickte. »Denke schon. Hätte mir Sicherheitsgläser anschaffen sollen.«

»Was ist hier … passiert?«, wollte ich wissen und war immer noch außer Atem.

Fiddles Augen wurden matt und kalt, seine Gesichtszüge verhärteten sich, und seine Stimme klang plötzlich so abgehackt, als würde er einen Albtraum rekapitulieren. »Ich … ich war auf der Landebahn … hab gearbeitet … als wie aus dem Nichts diese Typen angeflogen kamen. Die haben uns total überrascht. Irgendjemand muss uns verraten haben …«

»Marco«, sagte Torquin.

»Marco hat keine Ahnung, wie man hierherkommt«, protestierte Aly. »Das weiß keiner von uns. Es muss eine andere Erklärung geben.«

»Gibt es auch.« Cass warf mir einen misstrauischen Blick zu. »Es liegt an … Jack.«

Ich starrte ihn sprachlos an.

»Nicht an dir persönlich«, fuhr er fort. »Sondern an deinem Handy. Dem Handy, das du im Massa-Hauptquartier von deiner Mom bekommen hast. Du hast es angemacht, während wir hier waren.«

»Warte mal«, sagte Aly. »Ist es immer noch eingeschaltet?«

»Kann schon sein, aber was soll's«, antwortete ich. »Hier auf der Insel kann absolut kein Signal empfangen werden. Hier ist kein Netz, nirgends.«

Aly glitt stöhnend an einem Stamm hinab. »Es geht nicht um einen bestimmten Ort, sondern um den Vektor, Jack, also die Richtung. Als wir ins Flugzeug stiegen, hat uns das Signal begleitet. Und sobald wir den geschützten Bereich um die Insel verlassen hatten, konnten die Massa unser Signal empfangen.«

Ich erinnerte mich an ein Display mit einem piependen Signal und einer gekrümmten Linie, die vom Meer in Richtung Ägypten verlief. Wie ein langer Pfeil, der unsere Flugroute anzeigte. »Sie haben unsere Route also einfach zurückverfolgt, bis sie … die Insel entdeckten.«

»Bingo«, sagte Cass.

Mir war schwindlig. Das war alles meine Schuld. Ohne

meinen schrecklichen Fehler würden wir jetzt nicht in Gefahr schweben. Wie hatte ich nur so dumm sein können? »Das ... das tut mir so leid. Ich hätte es wissen müssen.«

Cass tigerte auf und ab. »Vergiss das jetzt, Bruder Jack, das spielt keine Rolle. Okay, es spielt doch eine Rolle, aber ...«

»Müssen Gegenangriff starten«, unterbrach ihn Torquin und warf einen Blick in Richtung des Instituts.

»Mit welcher Armee willst du das tun?«, fragte Fiddle. »Hast du irgendwelche Zombies in der Hinterhand? Die Massa haben jetzt die Kontrolle über sämtliche Sprengstoffvorräte. Wir sollten einfach von hier verschwinden, und zwar auf demselben Weg, den ihr gekommen seid.«

Als Torquin sich umdrehte, war sein Gesicht zerfurcht und sein Blick wässrig, als wäre er plötzlich um Jahre gealtert. »Niemals Professor Bhegad zurücklassen.«

»Und die Loculi auch nicht«, fügte ich hinzu. »Wo sind die eigentlich?«

Torquin und Fiddle sahen sich schulterzuckend an.

»Wir haben sie Professor Bhegad gegeben«, sagte Aly. »Hat er euch nicht erzählt, wo er sie deponiert hat?«

Cass ließ die Schultern sinken. »Das war's mit unserem Plan.«

»Okay ... okay ...« Ich rieb mir die Stirn, als würde ich sämtliche Möglichkeiten gegeneinander abwägen. »Vielleicht hat Bhegad den Aufbewahrungsort für sich behalten, um ein Sicherheitsleck zu vermeiden. Wenn wir ihn finden, wird er uns direkt dorthin führen.«

»Falls die Massa uns nicht zuvorkommen«, entgegnete Cass.

»Bhegad stark«, sagte Torquin, »unter Druck nicht zusammenbrechen.«

»Wir müssen den NP finden«, sagte Fiddle. »Den Notfallplan. Dort ist genau festgelegt, wie sich jeder Einzelne im Falle eines Angriffs zu verhalten hat.«

»Und wird dieser Notfallplan an einem bestimmten Ort aufbewahrt?«, fragte Aly.

Fiddle zuckte die Schultern. »Muss ja wohl. Der Plan wird von Zeit zu Zeit geändert, worüber wir elektronisch benachrichtigt werden.«

»Ich muss ins Kontrollzentrum des Instituts.« Aly blickte in den Himmel. »Die Dämmerung hat eingesetzt. In einer Stunde ist es ziemlich dunkel, das wird uns helfen.«

»Aber das Kontrollzentrum ist voller Massa.«

»Nicht mehr lange«, erklärte Torquin.

Fiddle warf ihm einen skeptischen Blick zu. »Wie willst du das anstellen? Etwa mit deinen Betäubungspfeilen? Ihr habt den Ernst der Lage immer noch nicht erkannt. Wir brauchen eine ganze Armee, nicht den Überraschungsangriff eines halb blinden Nerds, eines Höhlenbewohners und dreier Kinder, die gerade mal aus den Windeln raus sind.« Er blickte in Richtung Wasser.

Aly klappte die Kinnlade runter. »Hast du gerade Windeln gesagt?«

»Und Höhlenbewohner?«, grunzte Torquin.

Fiddle wich langsam zurück. »Sorry, ich hab ganz vergessen, wie sensibel ihr seid. Dann startet ruhig euren sensiblen Angriff, der wird euer Untergang sein.«

Damit drehte er sich um und latschte in den Dschungel.

»Hey!«, rief Torquin.

Als er Fiddle hinterhertrampelte, folgte ich ihm. Aly wollte mich zurückhalten, aber ich ließ mich nicht beirren. »Torquin, lass ihn!«, rief ich.

Nachdem ich mich ein Stück weit ins Dickicht vorgekämpft hatte, blieb ich mit dem Fuß an einer Wurzel hängen. Ich fiel der Länge nach hin, nur wenige Meter von Torquins Rucksack entfernt. Wahrscheinlich hatte er ihn dort abgestellt, um schneller laufen zu können. Doch ich konnte ihn nicht einfach dort stehen lassen. Nicht mit all den Betäubungspfeilen, die sich darin befanden. Die würden uns noch von Nutzen sein.

Ich zuckte zusammen und setzte mich auf. Glaubte, Schritte gehört zu haben. Doch konnte ich nicht mal sagen, aus welcher Richtung das Geräusch gekommen war. Der Himmel wurde immer dunkler. Ich blickte über die Schulter, doch gab es im Dschungel keine Pfade, und selbst meine eigenen Schritte hinterließen im trüben Licht keine erkennbaren Spuren. »Aly?«, rief ich. »Cass?«

Ich wartete. Hoch über meinem Kopf schrie ein Affe. Er ließ sich von seinem Ast fallen, landete auf seinen Füßen und sprang wild auf und ab. *Iiii! Iiii!*

»Hau ab!«, rief ich. »Ich hab kein Futter für dich.«

Der Affe schlug sich an den Kopf und zeigte mit hektischen Bewegungen in eine bestimmte Richtung.

»Kennen wir uns?«, fragte ich und kniff die Augen zusammen. Während meines ersten Fluchtversuchs auf dieser Insel war ich von einem extrem schlauen Affen zu Torquins Hubschrauber gelockt worden. Der hatte genau wie dieser ausgesehen. »Willst du mir den Weg zeigen?«, fragte ich.

Mit einem Grunzen stürzte sich der Affe auf den Rucksack.

Das war also sein Spiel – er wollte mich ablenken, um mir den Rucksack klauen zu können! »Hey, lass den Rucksack in Ruhe!«, rief ich.

Ein lautes Krachen, gefolgt vom Schrei einer vertrauten Stimme.

Aly!

Ich kümmerte mich nicht um die Äste und Schlingpflanzen, die mein Gesicht peitschten, während ich der Stimme entgegenrannte. Im nächsten Moment sah ich den matten Schimmer der Lichtung.

Vorsichtig ging ich im Unterholz in Deckung. Von hier aus hatte ich freie Sicht. Cass und Aly standen immer noch dort, wo ich sie verlassen hatte. Alys Arm blutete. Cass umfasste einen Ast wie einen Speer. Sie waren von vier Massa umringt, die mit Gewehren bewaffnet waren und Helme trugen. Sie johlten und verhöhnten meine Freunde in einer Sprache, die ich nicht kannte.

Ich spannte die Muskeln an, zum Sprung bereit.

Nein, ich konnte sie nicht alleine angreifen.

Wo war Torquin?

Als ich einen Schlag auf den Rücken spürte, hätte ich fast aufgeschrien.

Ich drehte mich blitzartig um und befand mich plötzlich Auge in Auge mit dem Affen. Er hielt mir Torquins Rucksack entgegen.

Ich nahm ihn und wandte mich wieder der Lichtung zu. Zog mit zitternden Händen das Blasrohr heraus. Meine Hände waren schweißnass. Als ich meine Finger nach einem Pfeil ausstreckte, glitt mir die Waffe aus der Hand und schlug auf einem Stein auf. Der Affe schrie überrascht.

Aus dem dichten Dschungel tauchte der Lauf eines Gewehrs auf. Er richtete sich direkt auf mein Gesicht.

Kapitel 6

Goodbye, Wilbur

»Yeaaahhh!«

Torquins Schrei übertönte alle Geräusche. Mit einem Riesensatz sprang er auf die Lichtung, etwa zwanzig Meter zu meiner Rechten.

Die vier Soldaten wirbelten herum. Torquin landete mit seinem ganzen Gewicht auf demjenigen, der mich entdeckt hatte, und nagelte ihn am Boden fest. Hinter ihm nahm ein anderer Massa mit seiner Flinte Torquin ins Visier, gab aber keinen Schuss ab – wohl aus Angst, womöglich seinen Kameraden zu treffen. Stattdessen hob er sein Gewehr und zog es Torquin mit voller Wucht über den Schädel. Ein dumpfes Krachen war zu hören.

Aly rannte auf Torquin zu, um ihm zu helfen, doch der Angreifer wich mit der Waffe in der Hand zurück.

Der Lauf war verbogen und hatte jetzt genau Torquins Kopfform.

Torquin kratzte sich verwirrt am Kopf. Dann riss er das Gewehr an sich und schleuderte es mitsamt seinem

Besitzer gegen einen Baum. Der Massa sackte lautlos zusammen.

»Zwei weniger«, grunzte Torquin.

Während die beiden anderen Männer für einen Moment nicht zu wissen schienen, was sie jetzt tun sollten, schnappte ich mir das Blasrohr, schob einen Pfeil in die Öffnung und blies. Fast hätte ich Aly und Cass getroffen, der Pfeil landete im Nirgendwo.

Iiii, schrie der Affe und reichte mir den nächsten Pfeil.

Die Männer wussten nicht, wohin sie ihre Gewehre richten sollten, auf Torquin oder auf mich. Ich zielte sorgfältig und schoss den nächsten Pfeil ab. Cass und Aly warfen sich reaktionsschnell auf den Boden. Doch diesmal hatte ich besser gezielt und traf einen der Massa seitlich in den Hals.

IIIII! Der Affe sprang vor Begeisterung auf und ab.

»Finde ich auch«, sagte ich.

Der Affe war außer sich und streckte immer wieder den Arm aus. Als ich herumfuhr, sah ich, dass der letzte Massa sein Gewehr auf mich anlegte.

Ich ging hinter einem Strauch in Deckung, um mir den nächsten Pfeil zu schnappen, doch mein Vorrat an Pfeilen war aufgebraucht. Der Affe packte mich an der Schulter und machte einen Bocksprung über mich hinweg. »Hey!«, rief ich.

Peng!

Ich zuckte zusammen, als der Körper des Tieres zurückgeschleudert wurde. Er traf mich im Gesicht und riss mich zu Boden. Während ich fiel, spürte ich, wie mir etwas Warmes den Hals hinunterlief.

Als ich mich umdrehte, sah ich, wie Torquin den letzten Angreifer mit bloßen Fäusten bearbeitete. Cass und Aly schrien irgendwas, doch konnte ich sie nicht verstehen.

»Alles okay, Mann?«, hörte ich Fiddles Stimme.

Ich zwinkerte mir das Blut aus den Augen. Fiddle beugte sich über mich und hielt meinen Kopf in seiner Hand. »Alles … okay«, sagte ich und sprenkelte sein Gesicht mit feinen roten Punkten. »Ich dachte, du würdest ohne uns gehen.«

»Dachte ich auch, bis ich in den Fängen des Riesen gelandet bin«, entgegnete er. »Wahnsinn, du hast die Massa echt fertiggemacht!«

»Das war ich nicht allein«, sagte ich und setzte mich auf.

Über uns hatte die untergehende Sonne den Himmel orange gefärbt. Das schwächer werdende Licht beleuchtete den kleinen Affenkörper, der seltsam verdreht auf dem Rücken lag.

* * *

Ich beobachtete, wie Torquin mit einem Bajonett rasch ein Loch grub. Als er den Körper des Affen hineinsenkte, drangen ferne Rufe und Explosionen durch das Dickicht des Dschungels. Der Himmel wurde dunkler, was für uns nur von Vorteil sein konnte. Nach meinen Berechnungen dauerte der Kampf um die Insel schon seit Stunden an. Wir hatten nur wenig Zeit und noch weniger Hoffnung, die Massa zu besiegen. Doch in diesem Moment konnte ich an nichts anderes denken als an den Mut des kleinen Affen.

Ich ließ eine Träne auf die staubige Erde fallen. Aly sah mich mitleidig an und legte mir eine Hand auf die Schulter.

»Er wollte mich beschützen«, sagte ich mit einem Schulterzucken. »Das hat er nicht verdient.«

Aly nickte. Während wir das Loch hastig wieder zuschütteten, murmelte Torquin mit sanfter Stimme: »Goodbye, Wilbur.«

»Ist das sein Name?«, fragte Cass. »Wilbur?«

Torquin wischte sich mit seiner breiten Hand über die Wange.

»Er hat dir viel bedeutet, nicht wahr?«, fragte Aly.

Torquin schüttelte den Kopf. »Klima feucht heute.«

Mit einem Rascheln tauchte ein weiterer Massa-Kämpfer aus dem Gestrüpp auf. Es dauerte einen Moment, bis wir erkannten, dass es Fiddle war, der die Uniform des bewusstlosen Soldaten angezogen hatte. »Ich denke, ihr solltet euch auch umziehen. Wir haben keine Zeit zu verlieren.«

Ich drehte mich um. Die vier Massa-Soldaten waren am Rande der Lichtung an Bäume gefesselt. Ihre Uniformen lagen auf der Erde. »Massa vier, wir fünf«, stellte Torquin fest. »Ich hole Uniform später.«

»Hoffentlich haben die auch Übergrößen«, bemerkte Fiddle. »Los jetzt! Und nehmt euch die Waffen, falls die Typen es irgendwann schaffen, sich zu befreien.«

Wir verließen das Grab, schnappten uns die Uniformen und zogen sie an. Die Jungs waren alle so groß gewachsen, dass die Sachen locker über unsere eigene Kleidung passten.

Cass schlug den Saum seiner sackartigen Hose um, zog den Gürtel so eng wie möglich und nahm sich eines der Gewehre. Als sich Aly ein anderes Gewehr über ihre schmale Schulter schwang, ging sie unfreiwillig in die Knie.

Fiddle warf ihr einen skeptischen Blick zu. »Wie wollt ihr die Massa besiegen, wenn ihr so viel mit euch selbst zu tun habt?«

»Wart's ab«, erwiderte Aly.

»Mir nach«, kommandierte Cass und setzte sich in Bewegung. Als wir uns an seine Fersen hefteten und einen Weg durchs Dickicht bahnten, schien der Dschungel mit jeder Sekunde dunkler zu werden. Unter dem Helm schwitzte ich wie verrückt. Die Geräusche vom Institut ebbten allmählich ab, was bedeutete, dass die Kampfhandlungen nachließen. Was würden wir zu sehen bekommen? Mein Herzschlag beschleunigte sich in einer Mischung aus Hoffnung und Angst.

Mein Gewehr schlenkerte schwer an meiner Seite, doch war dies nichts im Vergleich zu dem Moskitoschwarm, der um meine Fußgelenke sirrte. »Verschwindet!«, knurrte ich durch zusammengebissene Zähne und schlug nach der Wolke kleiner Insekten.

Ich hielt inne, als ich einen flachen Stein von der Größe eines Gullydeckels erblickte. Darin eingeritzt war das Bild eines Greifen, halb Adler, halb Löwe. Ich bückte mich, um es näher zu betrachten. Ich hatte es früher schon mal gesehen – während meines ersten Fluchtversuchs vom KI-Institut.

»Hm«, brummte Torquin, der hinter mir aufragte. Er nahm den Stein in die Hand und betrachtete das Bild mit finsterem Blick. »Greif. Pah!«

Der Brandgeruch wurde stärker. Durch die Äste konnte ich die Lichter des Instituts ausmachen. Rufe in der Ferne. Links von uns ersticktes Stöhnen und Hilferufe.

Ich schaute die anderen an. Sie hatten es auch gehört. Wir änderten die Richtung, kamen näher heran. Ich wusste, wo wir uns befanden – unmittelbar hinter den Schlafsälen.

Hinter einem dichten Busch gingen wir in Deckung. Nur wenige Meter vor uns ging ein Wächter gemächlich auf und ab und rauchte eine Zigarette. »Sie benutzen die Schlafsäle als Gefängnis«, flüsterte Aly.

»Jedenfalls lassen sie die KI-Leute am Leben«, sagte Fiddle. Ein glühender Punkt segelte durch die Luft. Ehe ich reagieren konnte, traf mich der glimmende Zigarettenstummel im Gesicht.

»Autsch!«

Torquins fleischige Hand schloss sich um meinen

Mund und erstickte meinen Schrei. Meine Wange brannte und seine Finger machten es nur noch schlimmer.

Der Wächter blieb stehen. Dann ging er dem Rand des Dschungels entgegen, genau auf uns zu. Ich hielt die Luft an. Er kniff die Augen zusammen und schaltete eine Taschenlampe ein. Plötzlich kam ein Klappern und die Stimme eines KI-Gefangenen aus dem Gebäude. »Hey, ihr Massa-Knallköpfe! Fritz hatte einen Anfall, er braucht unbedingt seine Medizin!«

Fritz. Der KI-Mechaniker, den ich während meines Trainings kennengelernt hatte.

Aber der Wächter ignorierte die Stimme. Der Kegel der Taschenlampe kam näher. Mein Gesicht würde zuerst erfasst werden. Ich machte mich so klein wie möglich, presste meine Hände gegen den steinigen Grund. Rechts neben mir stand Torquin. Er drehte sich zu mir um und formte lautlos mit den Lippen: *Sprich mit ihm!* Er zeigte auf meine Uniform.

Die hatte ich fast vergessen. Wir trugen die gleiche Kleidung wie der Wächter. Doch was sollte ich sagen?

»Ich sehe dich …«, sagte der Wächter und trat näher.

Torquins Augen loderten vor Zorn. Ich holte tief Luft und stand auf. »Natürlich tust du das«, entgegnete ich und zeigte auf die Wunde an meiner Wange. »Ich … ich bin gestürzt.«

Wie einfallslos, Jack!

Ein Lächeln breitete sich auf dem Gesicht des Wächters aus. Er hob sein Gewehr. »Nettes Outfit, Kleiner. Ich weiß, wer du bist«, entgegnete er. »Und dein Gesicht wird gleich noch viel schlimmer aussehen, wenn du mir nicht sagst, wo deine kleinen Freunde sind.«

Er hob sein Gewehr weit über den Kopf. Ich trat zitternd einen Schritt zurück.

Ein schwarzer Gegenstand sauste durch die Luft und erzeugte ein ungutes Geräusch, als er mit dem Kopf des Massa kollidierte. Lautlos sank er mitsamt seinem Gewehr zu Boden.

Der Stein mit dem Symbol des Greifen blieb auf seinem Kopf liegen.

»Jetzt«, sagte Torquin, während er zufrieden aus dem Dickicht trat, »wir haben fünfte Uniform.«

Kapitel 7

Notfallplan

»Wie seh ich aus?« Torqin stakste uns mit steifen Schritten entgegen. Die Nähte seiner Massa-Hose waren aufgeplatzt, die Ärmel seines Massa-Hemds viel zu kurz, und sein Bauch platzte regelrecht aus dem offenen Hemd heraus.

»Wie ein Bär im Amajyp«, antwortete Cass. »Wie schade, dass es dunkel wird, sonst würden sich die Massa tatsächlich totlachen.«

Aly und ich blieben am Rand des Dschungels. Fiddle war in das Gebäude mit den Schlafsälen gelaufen, das nun unbewacht war. Auf dem gesamten Gelände herrschte ein einziges Chaos. Dieser Ort mochte ein bedeutendes Forschungszentrum gewesen sein, war jedoch nicht dafür geschaffen worden, sich gegen Angreifer zur Wehr zu setzen.

Ein schriller Alarm ließ uns zusammenzucken. Sekunden später stürmte Fiddle aus dem Hintereingang des Gebäudes, gefolgt von mehreren verwahrlost aussehenden KI-Mitarbeitern. Zwei von ihnen trugen Fritz, den Mechaniker, an Schultern und Füßen. Als sie links von uns im Dschungel verschwanden, rief Fiddle ihnen nach: »Alle nach MO 21, sofort!«

»Was ist mit Fritz?«, fragte ich.

»Der ist Diabetiker«, antwortete er, während weitere KI-Gefangene aus dem Gebäude rannten. »Er braucht dringend seine Insulinspritze. Gott sei Dank haben wir hier eine Reihe von Ärzten und verschiedene geheime Fluchtpunkte auf der Insel. MO 21 befindet sich in der Nähe des Mount Onyx. Dort gibt es auch weitere Insulinvorräte.«

Einige der KI-Mitarbeiter waren kaum wiederzuerkennen. Brutus, der Verwaltungschef, war übel zugerichtet, sein Gesicht rot und geschwollen. Zwei Männer stützten ihn. Hiro, der Kampfsporttrainer, humpelte auf einer Krücke. Erschöpft und verwirrt starrten sie uns an, als wären wir Traumfiguren.

Fiddle trieb sie zur Eile an und winkte dann Torquin, Cass, Aly und mich zu sich heran. Von der Vorderseite des Gebäudes hörte man das Getrampel von Stiefeln; offenbar war dort neue Massa-Verstärkung eingetroffen. »Wir haben nicht viel Zeit, bis die Schwachköpfe rauskriegen werden, was hier vor sich geht. Ich bleib hier und versuche, so viele KI-Leute wie möglich in Sicherheit zu bringen. Ihr müsst in der Zwischenzeit Bhegads Notfallplan finden. Weißt du, wo ihr suchen müsst, Aly?«

»Block D«, antwortete sie.

Fiddle nickte. »Stimmt, im Kontrollzentrum. Aber ich warne euch, die Verschlüsselung der Infos ist unfassbar kompliziert.«

»Kommt drauf an, was du unter unfassbar verstehst«, entgegnete Aly mit schwachem Lächeln.

»Funkt mich an, wenn ihr ihn gefunden habt.« Fiddle fischte ein Walkie-Talkie aus seiner Tasche und warf es mir zu. »Die Uniformen geben euch einen gewissen Schutz. Ihr müsst unter allen Umständen die Loculi finden. Bhegad weiß, wo sie sind. Alles klar? Okay. Ich treffe euch dann am Flugzeug. Wo ist es?«

»Rätsel-Bucht«, sagte Torquin.

Mit einem Nicken verschwand Fiddle in Richtung der Schläfsäle. Cass, Aly, Torquin und ich liefen los. Wir folgten dem Verlauf des Campus bis zum Block D. Ich machte mir schreckliche Sorgen. Die Massa kannten unsere Gesichter. Sobald es hell wurde, waren wir geliefert. Unsere schlackernden Uniformen würden uns dann auch nicht mehr weiterhelfen. Doch in der hereinbrechenden Dämmerung konnten sie dafür sorgen, dass wir von den Massa-Soldaten nicht erkannt wurden.

Als die Sirene losheulte, schien sich das Chaos auf der gesamten Anlage zu vervielfachen. Offiziere schrien Untergebenen Befehle zu, während weitere KI-Mitarbeiter in Richtung der Schlafsäle getrieben wurden. Niemand schien sich um vier weitere Leute zu kümmern, die hier durch die Gegend rannten.

Wir gingen hinter dem besetzten rechteckigen Gebäude in die Knie und spähten durch ein Fenster. Zwei Massa waren zu sehen, die auf Tastaturen einhackten. »Notbesetzung«, kommentierte Cass.

Torquin erhob sich und signalisierte uns, ihm zu folgen. Er schlenderte gemächlich um das Gebäude herum, stieß die Vordertür auf und stapfte mitten hinein. »Ich Massa helfen!«, dröhnte seine Stimme.

Die beiden Männer fuhren herum. Einer von ihnen hätte fast seinen Kaffee ausgespuckt. »Boah, hübsche Uniform. Was hast du gegessen, Kumpel?«

Torquin packte beide am Kragen, hob sie aus ihren Sitzen und schlug ihre Köpfe zusammen. »Schokoladenkuchen«, antwortete er.

Aly ließ sich auf den Stuhl vor einer der Tastaturen nieder. Ihre Finger flogen über die Tasten. Zahlenfolgen rasten in unvorstellbarer Geschwindigkeit über den Bildschirm.

»Und das kannst du lesen?«, fragte ich.

»Sch…« Sie hörte auf zu scrollen, worauf sich der Bildschirm mit jeder Menge Buchstaben und Symbolen füllte. »Okay, hier ist es, das Wender-Haus, Untergeschoss 7. Das ist Bhegads Notfallplan.«

»Wo steht das, Aly?«, fragte ich und betrachtete den Wirrwarr an Zeichen.

»Das ist ein Hexadezimalsystem«, erklärte sie. »Diese Kombinationen stehen für bestimmte Buchstaben und Zeichen.«

Ich starrte sie an. »Du machst mir Angst.«

»Ehrlich gesagt, mach ich mir selber Angst.« Sie wandte sich mit besorgtem Blick vom Monitor ab. »Vor einer Woche hätte ich das noch nicht lesen können. Ein Hoch auf G7W. Dann lasst uns mal sehen, ob wir den Massa einen Schreck einjagen können ...« Sie drehte sich auf ihrem Stuhl wieder zur Tastatur um und fuhr fort: »Die können jetzt auch die Signale unserer Sender empfangen, stimmt's? Bevor wir zu Bhegad gehen, sollten wir also erst mal ihren Empfang stören und ein paar andere Dinge manipulieren ...«

»Wir können aber nicht einfach quer über die Anlage zum Wender-Haus rennen«, sagte Cass. »Da sind haufenweise Massa. Ob dunkel oder nicht, irgendjemand wird uns erkennen, so wie der Wächter vorhin.«

»Nehmen langen Weg«, schlug Torquin vor.

»Ich hab's.« Alys Finger flogen über die Tasten. »Die Stromversorgung des Comestibules bricht jeden Moment zusammen ... Kurzschlusssicherung außer Kraft gesetzt ... sollte dort zu einer kleinen Explosion führen. Okay. Bei drei sollten mit Ausnahme des Wender-Hauses überall die Lichter ausgehen. Die Massa-Schwachköpfe, die nicht zu den Schlafsälen unterwegs sind, werden zum Comestibule rennen, wo die Explosion stattgefunden hat. Das verschafft uns ein bisschen Zeit und Bewegungsspielraum.«

»Wartet mal. Was ist, wenn jemand in der Küche ist?«, fragte ich.

Torquin sah skeptisch aus. »Langer Weg besser.«

Aly seufzte. »Ich vermute, dass die Cafeteria der einzige Ort ist, wo es während eines Massa-Angriffs völlig leer ist. Lasst uns hoffen, dass ich recht habe. Fertig? Eins … drei!«

Sie sprang auf. Eine gewaltige Druckwelle erschütterte die Erde. Ich verlor das Gleichgewicht und landete auf dem Boden. »Hast du nicht was von einer *kleinen* Explosion gesagt?«

»Das war das Ende von fünfzig Säcken Schokoladenchips«, bemerkte Cass traurig.

Torquin trieb uns alle nach draußen. Wir hielten uns an der Hauswand im Schatten und sahen Rauch vom Comestibule aufsteigen.

Gemeinsam sprinteten wir über die Anlage, die nun komplett im Dunkeln lag und von den erleuchteten Fenstern im Wender-Haus gegenüber nicht erhellt wurde. In seiner feierlichen Erhabenheit mit der breiten Marmortreppe und den sieben Säulen thronte es über dem Campus wie ein Gerichtsgebäude. Die KI-Flagge, die sonst vor dem Gebäude im Wind flatterte, war schmutzig und zerrissen. Als eine Gruppe von fünf Massa verwirrt die Stufen hinunterstolperte, rief ihnen Torquin entgegen. »Attacke! Comestibule! Jetzt!«

Sie stürzten dem Tumult entgegen, und wir liefen in die große Eingangshalle, vorbei an dem gigantischen Dinosaurier, der mir beim ersten Mal solch einen Schrecken eingejagt hatte. Der Aufzug auf der anderen Seite der Halle war leer. Wir quetschten uns hinein und fuhren ins siebte Untergeschoss. Torquin hielt sein Gewehr bereit.

Die Tür öffnete sich zu einem riesigen kuppelförmigen Raum, der von brummenden Neonleuchten erhellt wurde. Torquin stapfte mit seinen nackten Füßen über den Betonboden. Zahlreiche Arbeitsplätze lagen verlassen da, auf jedem der Monitore sah man das KI-Symbol.

»Professor?«, rief ich.

Meine Stimme hallte unbeantwortet durch den Raum.

»Nicht da«, stellte Torquin fest.

»Ich glaube, das sehen wir alle«, bemerkte Aly.

»Irgendwelche Vorschläge, was wir jetzt tun sollen?«, fragte Cass.

Mit einem sirrenden Geräusch schloss sich die Lifttür hinter uns. Als ich unwillkürlich herumfuhr, erloschen plötzlich sämtliche Lichter.

Von der Decke kam ein leises Zischen. Drei Notlichter erwachten flackernd zum Leben und tauchten den Raum in unheimliches fahlblaues Licht. Ich spürte ein Kratzen in meiner Kehle. Cass begann zu husten, dann Aly.

Torquin fiel auf die Knie, seine Augen gerötet. Dann riss er ein paar Stofffetzen von seiner sowieso löchrigen Hose ab und warf sie uns zu. »Vor… Nase halten!«, keuchte er.

»Was ist das?«, fragte Aly, deren Oberkörper von krampfhaftem Husten erschüttert wurde.

Torquin drückte sich den Stofffetzen vor die Nase. »Tränen…gas!«

Kapitel 8

Abschnitt D

Ich sank zu Boden. Meine Knie schlugen mit einem dumpfen Geräusch auf, meine Augen füllten sich mit Tränen, und ich hatte das Gefühl, als würde mir jemand einen Haufen Messer in die Kehle stoßen.

Torquin kämpfte mit seinem Gewehr und blickte zur Hinterseite des Raumes hinüber. Dort war die Tür zu einem Labor aufgeschwungen und eine Person mit einem weißen Kittel und einer Gasmaske kam heraus. Als sie auf uns zuging, zielte Torquin.

Unter der Maske lugte ein schwarzgrauer Pferdeschwanz hervor. Als Torquin nieste, rannte die Person nach links.

Aly krümmte sich röchelnd zusammen Cass' Gesicht war erstarrt. Ich versuchte krampfhaft, die Augen offen zu halten, und atmete in den Stoff hinein. Ich kroch über den Boden und folgte dem Mann mit der Maske, der sich an der Wand entlangtastete, als suchte er etwas. Schließlich bekam ich sein Fußgelenk zu fassen und zog daran.

Als er zu Boden stürzte, riss ich ihm die Gasmaske vom Gesicht.

»Nein!«, schrie eine Stimme. »Nicht!«

Ich sah Dr. Bradley, Professor Bhegads Leibärztin, direkt ins Gesicht.

Verräter!

»Sie …«, ich keuchte, »sind auch eine von ihnen?«

Ich hatte das Gefühl, meine Lunge könnte jeden Moment platzen. Als ich nach hinten sank, war Dr. Bradley sofort neben mir. Mit knallrotem Gesicht und heftig hustend versuchte sie mir die Gasmaske zu entreißen, was ihr schließlich auch gelang. Mühsam kam sie auf die Beine, setzte sich die Maske wieder auf und lehnte sich gegen die Wand.

Ich zwinkerte wie wild, war jedoch zu schwach, um aufzustehen. Dr. Bradley öffnete einen Metallkasten an der Wand und drückte auf einen Schalter.

Dann drehte sie sich wieder zu mir um. Meine Augen schlossen sich flatternd. *Tränengas?* Das glaubte ich nicht. Das hier war ein anderes Gift. Ich glitt allmählich in eine Art Trance und kämpfte darum, bei Bewusstsein zu bleiben.

Das Letzte, was ich sah, bevor mir schwarz vor Augen wurde, war Dr. Bradley, die sich wie ein Koloss über mir auftürmte und ihre Hand nach meinem Kopf ausstreckte.

* * *

Ich wachte neben einer Leiche auf.

Jedenfalls glaubte ich das, als ich den von einem weißen Tuch bedeckten Körper erblickte, der auf einer Bahre lag. Ich selbst lag immer noch auf dem Boden. An der Decke summte leise eine ganze Reihe von Neonröhren. Als ich mich aufzusetzen versuchte, brummte mein Schädel.

»Ganz ruhig, Jack«, sagte Dr. Bradley. »Wir sind mit Cass noch nicht ganz fertig.«

Blinzelnd drehte ich mich um. Ich sah ihren Rücken, während sie sich über den Tisch beugte. Ihr Pferdeschwanz hing auf ihrem weißen Kittel. Unter dem Tuch lugten Cass' Schuhe hervor.

»Was ist passiert?«, fragte ich.

»Dr. Bradley hat gedacht, wir wären Massa«, antwortete Alys Stimme. Ich rappelte mich auf, um zu sehen, wo sie war, und sofort dröhnte mir wieder der Schädel. Sie saß neben Torquin an der Wand, nahe der Tür. Beide hatten rote Gesichter. Vermutlich eine Folgeerscheinung des Giftgases. »Deshalb hatte sie das Gas auch angestellt. Als sie begriffen hat, wer wir sind, hat sie es sofort wieder abgedreht.«

»Ich meinte Cass«, entgegnete ich. »Was ist mit Cass passiert?«

»Behandlung«, antwortete Torquin.

»Aber… aber seine Behandlung ist noch gar nicht wieder fällig«, sagte ich.

»Wir mussten sie vorziehen«, erklärte Dr. Bradley. »Ich hoffe, dass es am Gas lag.«

»Sie *hoffen* es?«, fragte ich.

Aly seufzte. »Denk dran, was uns Professor Bhegad erzählt hat, als wir das erste Mal darüber gesprochen haben. Je näher wir unserem vierzehnten Geburtstag kommen, desto stärker machen sich die Auswirkungen von G7W bemerkbar. Die Anfälle kommen häufiger und die Folgen sind gravierender.«

»Wann hat Cass Geburtstag?«, fragte ich.

»Er weiß es nicht«, antwortete Dr. Bradley mit sanfter Stimme. »Selbst das KI mit all seinen Möglichkeiten konnte es nicht herausfinden. Die Unterlagen wurden vermutlich in irgendeinem Krankenhaus falsch abgeheftet und später wohl entsorgt.«

»Er hat also vielleicht weniger Zeit als wir anderen?«, fragte Aly.

Dr. Bradley zuckte die Schultern. »Die gute Nachricht ist, dass die Behandlung anschlägt. Fürs Erste wird er über den Berg sein.«

»Erstklassige … Arbeit«, sagte eine Stimme unter dem Tuch. Die Stimme ließ mich zusammenzucken. Sie gehörte zweifellos zu Professor Bhegad. Als ich die Gestalt unter dem Tuch näher betrachtete, sah ich, dass Kopf und Gesicht nicht bedeckt waren. Dennoch hätte ich den alten Professor kaum wiedererkannt. Sein Gesicht war schneeweiß, die Augen wässrig und schmal, seine Haare wie ein Haufen Stroh. »Wie schön, euch wiederzusehen«, sagte er, während ein wenig Speichel aus seinem Mund lief. »Ich weiß gar nicht … wie das passiert ist.«

Als seine Augen sich zitternd schlossen und er sein Bewusstsein verlor, wandte sich Dr. Bradley an uns. »Eurem Freund sollte es erst mal wieder besser gehen. Was den Professor betrifft …« Aus einem Spülbecken nahm sie einen Waschlappen und legte ihn dem Professor auf die Stirn. »Eine Explosion hat ihn zu Boden geschleudert. Seine Lunge ist schwer geschädigt und möglicherweise hat er auch innere Verletzungen. Ich hatte bisher keine Zeit, ihn umfassend zu untersuchen.«

»Wir haben Slippy auf der anderen Seite der Bucht geparkt«, erklärte ich. »Fiddle kann Ihnen helfen, mit Cass und dem Professor dorthin zu gelangen, während Torquin, Aly und ich die Loculi bergen.«

»Professor Bhegad muss unbedingt im Krankenhaus behandelt werden«, entgegnete Dr. Bradley.

»Können Sie nicht alles besorgen, was er braucht?«, fragte ich. »Dann pflegen wir ihn ambulant. Wir dürfen ihn nicht einfach hierlassen. Wenn die Massa ihn finden, werden sie ihn foltern, um an Informationen heranzukommen. Ich kann Ihnen ein Walkie-Talkie geben, wenn Sie eins brauchen.«

»Danke, ich habe mein eigenes«, erwidert Dr. Bradley erschöpft. »Ich kann Fiddle jederzeit erreichen. Vermutlich ist das unsere einzige Chance.«

»Professor Bhegad«, sagte Aly und strich ihm sanft ein paar dünne, weiße Haare aus der Stirn. »Dr. Bradley wird Sie von hier fortbringen. Haben die Massa die Loculi gestohlen?«

»N… nein.« Professor Bhegad schüttelte den Kopf und wandte sich zitternd an Torquin. »Sie sind in … Abschnitt D… geht jetzt … bringt sie in Sicherheit.«

»Meinen Sie Block D, das Kontrollzentrum?«, fragte Aly.

»Nicht Block D«, sagte Torquin. »Abschnitt D.«

»Bedeutet was?«, bohrte ich weiter.

»Müllkippe«, antwortete Torquin.

* * *

Ich bemerkte den Geruch und den Klang zur selben Zeit.

Wir saßen in einem Jeep, den Torquin am Rande des Geländes entdeckt und gestohlen hatte. Na ja, *gestohlen* ist vielleicht der falsche Ausdruck. Der Jeep gehört dem KI, allerdings saßen zwei Massa darin, bis Torquin sie herausgezerrt und gegen einen Baum geschleudert hatte. Jetzt bretterten wir über die Landebahn, der Deponie oder auch Müllkippe des Instituts entgegen. Mein Kopf summte, als wäre jemand in mein Gehirn gekrabbelt. Ein Vibrieren, das in den Ohren begann und sich allmählich im ganzen Körper ausbreitete. »Ich kann es spüren«, sagte ich. »Das Lied des Heptakiklos. Das heißt, dass die Loculi ganz in der Nähe sein müssen.«

»Pfui Teufel, was für ein Gestank!« Aly hielt sich die Nase zu. Der beißende, faulige Geruch nahm im selben Maße zu, in dem wir einen qualmenden Hügel hinauffuhren. »Ich bleib im Auto.«

»Danke für deine Hilfe«, entgegnete ich und hielt mir

das Ende meines zu langen Ärmels vor die Nase. Torquin arbeitete normal. »Netter Ort«, murmelte er. »Torquin oft hier zum Nachdenken.« Wir hielten vor einem riesigen Komposthaufen an, den er mithilfe seiner Taschenlampe ausgiebig untersuchte. Dann begann er mit bloßen Händen zwischen schwarzen Bananenschalen, haarigen Mangokernen und verfaulten Gemüseresten herumzuwühlen.

Offenbar steckten die Loculi irgendwo in einem gewaltigen Haufen vergammelter Essensreste.

Irgendwo in der Ferne drang lautes Rufen aus dem Dschungel. Ich kniff die Augen zusammen, doch alles, was ich sehen konnte, waren die wenigen Meter um mich herum, die im matten Schein einer alten Straßenlaterne lagen. Torquin drehte sich um und drückte mir rasch eine Taschenlampe in die Hand. »Pah. Massa. Ich abgelenkt. Du machst weiter. Guck nach Tür. Code ist IDIOTEN.

»Aber…« Ehe ich protestieren konnte, stapfte er davon.

Ich starrte auf den stinkenden Abfallhügel und musste meinen Brechreiz unterdrücken. Doch die Stimmen kamen näher und sie klangen nicht gerade fröhlich.

An einer bestimmten Stelle des Haufens schien erst kürzlich jemand gewühlt zu haben. Ich hoffte, dass es der richtige Ort und nicht einfach die Futterstelle irgendeines Dschungeltieres war. Mit angehaltenem Atem bohrte ich meine Hand in die Pampe, die klebrig und kalt war. Meine Finger zuckten zurück, weil ich in diesem Moment das Gefühl hatte, das ein kleines Nagetier über meine Schuhe flitzte.

Mach weiter…

Meine Hände steckten jetzt bis zu den Gelenken im Abfall. Irgendeine Flüssigkeit läuft mir den Arm herunter. Mit jeder Bewegung wird ein neuer ekelhafter Gestank aufgewühlt.

Da!

Meine Fingerknöchel stoßen gegen etwas Hartes. Die Taschenlampe in einer Hand, benutze ich die andere, um große Brocken beiseitezuschieben, bis ich plötzlich eine Art Luke oder so was entdecke:

Kapitel 9

Dein Pech

»Jack … was machst du da?«, rief Aly, sprang aus dem Jeep und rannte mir entgegen. »Torquin hält die Massa auf. Tu was!«

Ich zeigte auf die verschmierte Schrift. »Torquin hat gesagt, dass der Code ›Idioten‹ ist.«

»Kapier ich nicht«, sagte Aly. »Und was ist das für ein komisches LCD-Display?«

»Keine Ahnung«, sagte ich. »Vielleicht ist das eine Art Code. Und für Codes bist du zuständig.«

Die Stimmen wurden lauter. Torquin schien mit jemand zu streiten.

»Wenn das ein Code ist«, entgegnete Aly, »müsste es auch eine Entertaste oder so was geben, wo man die Eingabe bestätigen kann.«

Tastatur. Nummernfeld.

Ich sah mir die Nachricht genau an. »Das sind Großbuchstaben«, sagte ich. »Sieht wie eine Tastatur aus.«

»Ist es aber nicht«, widersprach Aly und warf einen

nervösen Blick über die Schulter. Ich sah keine Wörter mehr, nur einzelne Buchstaben. Sie drehten sich in meinem Kopf und setzten sich zu neuen Kombinationen zusammen. Irgendwas war mit ihnen …

Ich streckte die Hand aus und berührte das *I* aus *DEIN*. Das LCD-Display veränderte sich.

»Was hast du gerade gemacht?«, fragte Aly.

»Idioten …«, murmelte ich und buchstabierte laut, während ich das *I* von *DEIN*, dann das *D* von *DEIN*, danach das *O von VOLLPFOSTEN* drücke und so weiter. »Ich drücke nur die richtigen Tasten für unser Codewort«, erkläre ich.

»Das kann doch nicht so einfach sein«, insistiert Aly.

Die Tür piepte. Ich sprang zurück. »Es ist tatsächlich eine Tastatur!«

Aly schluckte heftig. »Manchmal«, sagte sie, »ist es von Vorteil, so simpel zu denken …«

Ich drückte, aber die Tür öffnete sich nicht.

»Du musst dich mit deinem ganzen Gewicht dagegenstemmen!«, sagte Aly.

»Versuch's du doch«, entgegnete ich.

Doch auch Aly gelang es nicht, die Tür zu öffnen.

Die Stimmen hinter uns wurden lauter. Als wir uns umdrehten, sahen wir, dass Torquin in einen Streit mit drei Massa verwickelt war. Ich schaltete die Taschenlampe aus, nahm kurz Anlauf und warf mich mit der Schulter gegen die Tür.

Eine harte Dreckschicht platzte ab, worauf eine Art Türgriff sichtbar wurde. Ich fasste mit meiner glitschigen Hand darum und drückte sie herunter.

Die Tür öffnete sich quietschend. Ich hielt meine Taschenlampe in die Öffnung. Sie war weiter und tiefer, als ich vermutet hatte – wohl einen guten Meter in jede Richtung. Als ich meinen Kopf hindurchstreckte, sah ich links an der Wand zwei Leinensäcke, die voll und rund waren und genau die richtige Größe hatten. Am oberen Ende waren sie jeweils mit einem Seil zusammengebunden. Einer der Säcke war olivfarben, der andere braun. Beide waren verschlissen und voller Löcher. Vermutlich hatte Bhegad sie in aller Eile verstecken müssen.

Ich öffnete rasch den olivfarbenen Sack und erblickte den hell leuchtenden runden Flugloculus. Mit einem Lächeln schloss ich den Sack wieder und öffnete den anderen. Ich ertastete die Umrisse des unsichtbaren Loculus.

»Hab sie!« Nachdem ich mich vergewissert hatte, dass beide Säcke wieder gut verschlossen waren, zog ich sie heraus. Ich bereitete mich auf einen kleinen Spurt vor und drehte mich zu Aly um. Ein Lichtstrahl traf mich ins Gesicht. »Kannst du nicht die Taschenlampe runternehmen?«

Eine kehlige Stimme antwortete mir. »Wie du willst.«

Ich zuckte zusammen, als der Lichtkegel ein Gesicht offenbarte, das zur Hälfte unter der Kapuze einer Mönchskutte verborgen lag. Im Licht der Straßenlaterne sah ich Aly hinter ihm. Torquin war bei ihr. Ihre Gesichter waren aschfahl, ihre Hände in die Luft gestreckt. Hinter ihnen standen drei Massa.

»Was für ein Glück, euch hier zu finden«, sagte Bruder Dimitrios und schlug seine Kapuze zurück. »In Ägypten hatten wir euch vermisst. Wirklich sehr aufmerksam von euch, auf die Insel zurückzukehren und die hier für uns zu finden.«

Kapitel 10

Ausser Konkurrenz

Bruder Dimitrios streckte einen Arm aus, die Handfläche nach oben gekehrt. Hinter ihm standen seine beiden treusten Gefolgsleute. Bruder Yiorgos hatte dunkles, schütteres Haar, ein rundes Gesicht und ein unheimliches Lächeln. Stavros dagegen hatte dichte Locken, buschige zusammengewachsene Augenbrauen und einen finsteren Blick. Die Wangen waren von dunklen Bartstoppeln bedeckt.

Sie richteten ihre Pistolen auf Aly und Torquin.

»Eigentlich hasse ich so raue Methoden«, fuhr Bruder Dimitrios fort, »doch mit eurer plötzlichen Flucht aus Gizeh habt ihr unser Vertrauen ein wenig erschüttert.«

»Sie haben uns entführt!«, protestierte ich.

Bruder Dimitrios lachte leise in sich hinein. »Wir haben euch von den Leuten befreit, die euch euren Eltern entrissen haben. Das ist doch wohl das Gegenteil von einer Entführung, meint ihr nicht. Im Grunde war es eine Rettungstat.«

Er trat einen Schritt auf mich zu, die Hand immer

noch ausgestreckt. »Wir haben euch ein Angebot gemacht. Eine Möglichkeit, um euer Leben zu retten. Doch was tut ihr? Ihr flieht zu euren Entführern. Dann sagt mir mal, was euch das bisher gebracht hat.«

Ich trat einen Schritt zurück. »Sie haben Babylon dem Erdboden gleichgemacht. Sie haben Marco einer Gehirnwäsche unterzogen und ihn in ein Monster verwandelt, indem Sie ihm versprochen haben, dass er mal König wird. Warum sollten wir Ihnen glauben?«

»Weil wir es sind, die euch die Wahrheit sagen, Jack«, antwortete Bruder Dimitrios. »Wir sind die Guten in diesem Spiel.«

»Sie haben das Karai Institut zerstört«, sagte ich.

»Sie hätten uns vernichtet, wenn sie die Chance dazu gehabt hätten«, entgegnete Bruder Dimitrios. »Das ist von Anfang an Teil ihres Plans gewesen. Aber das alles ist jetzt nicht wichtig. Das KI existiert nicht mehr. Nun sind wir außer Konkurrenz – so, wie es sein sollte. Irgendwann werden wir auch dein Vertrauen zurückgewinnen, Jack. Doch fürs Erste genügt es, wenn du uns die Loculi gibst. Das ist das Klügste, was du tun kannst. Dir selbst und der Welt zuliebe.«

Als er die Hand nach den Säcken ausstreckte, rief Aly: »Nicht!«

Ich hielt die Säcke fest umklammert und wich zurück. Bruder Dimitrios lachte leise. »So schüchtern, mein Junge? Dabei warst du es doch, der uns den Weg gewiesen hat, den wir seit Jahrzehnten gesucht hatten.«

Als wir den abgeschirmten Bereich verlassen hatten, konnten die Massa unser Signal empfangen, hatte Aly gesagt.

»Sie haben die Sache mit dem Handy eingefädelt!«, warf Aly ihm vor.

Bruder Dimitrios hob eine Augenbraue. »Sprichst du von dem Handy, das ihr gestohlen habt?«

Ich konnte seine Miene nicht deuten. Machte er sich über uns lustig? Oder waren wir auf meine Mom hereingefallen?

Ich dachte darüber nach, was sie getan hatte. Sie hatte uns eine Großaufnahme ihres Auges hinterlassen, sodass wir eine Pupillenerkennung hatten durchführen können. Dadurch waren wir in den Besitz der Loculi gelangt. So hatten wir fliehen können. Sie hatte ihre Stellung riskiert, um mir zu helfen. Um uns zu helfen.

Das glaubte ich zumindest.

Bruder Dimitrios gab ein trockenes Lachen von sich. »Der Zeitpunkt hätte gar nicht besser sein können. Wir waren sowieso auf der Suche nach einem neuen Hauptquartier, nachdem du die Lage unserer alten Zentrale an deine Freunde vom Karai Institut verraten hattest. Was uns wiederum in die Lage versetzte, uns einen lästigen Konkurrenten vom Hals zu schaffen, wenn ich mich so ausdrücken darf.« Er sah sich mit selbstgefälligem Lächeln um. »Ganz zu schweigen von dem erhöhten Standard, den wir damit erreichen konnten.«

Eine ferne Explosion ließ mich zusammenzucken. Das

KI war zerstört worden. Diese Erkenntnis traf mich wie ein Keulenschlag. Einst war dieses Institut auf einer entlegenen Insel gegründet worden, die kein Außenstehender je hatte finden können. Jetzt befand sich alles – die Überreste der wissenschaftlichen Einrichtungen, der Heptakiklos, der Raum-Zeit-Spalt – in fremden Händen. Und das nur, weil die Massa jemand gefunden hatten, der dumm genug gewesen war, die Lage der Insel zu offenbaren. Mich.

»Wie du selbst hören kannst, haben wir bereits mit den Renovierungsarbeiten begonnen«, erklärte Bruder Dimitrios. »Wir werden alles wieder aufbauen, größer und prächtiger als je zuvor. Wenn du die Loculi behältst, wirst du sterben, Jack. Falls du dich jedoch entschließt, sie uns auszuhändigen, werden wir eure Leben retten.«

Ich schloss die Augen und atmete tief durch. Versuchte, irgendeinen Plan zu fassen, der einen Sinn ergab. Ich konzentrierte mich ganz auf das McKinley-Motto, das mir schon in vielen schweren Momenten geholfen hatte: Ein Problem ist eine Aufgabe, die darauf wartet, gelöst zu werden.

Ich öffnete die Augen und betrachtete die beiden Leinensäcke.

Es gab nur eine einzige Lösung.

»Okay«, sagte ich und ließ sie los. »Sie haben gewonnen. Nehmen Sie sie.«

Kapitel 11

Hau den Massa

»Jack! Nein!«, schrie Aly.

Torquin stieß ein Brüllen aus. Er packte Bruder Yiorgos am Kragen und hob ihn hoch wie einen Spielzeugsoldaten, doch das Knallen einer Pistolenkugel ließ ihn innehalten.

Bruder Stavros hatte einen Arm gehoben. In der Hand hielt er einen Revolver. Es rauchte aus dem Lauf, nachdem er gerade abgedrückt hatte. Seinen anderen Arm hatte er um Alys Hals geschlungen. »Immer schön vernünftig bleiben«, knurrte er.

Torquin ließ Yiorgos auf den Boden fallen.

»Lass den Quatsch, Stavros. Du bist kein Filmheld«, sagte Bruder Dimitrios. »Lass das Mädchen los.«

Aly befreite sich aus Stavros' Griff. Yiorgos verzog das Gesicht und errötete. Alle hatten sich mir zugewandt. Im schummrigen Licht konnte ich die Gesichter aller deutlich erkennen und warf Aly und Torquin einen warnenden Blick zu. Ich wollte nicht, dass sie sich verletzten.

Ich schob meine Hände unter die Säcke und hob sie hoch. Ihr Stoff war verschlissen und löchrig. Meine Finger tasteten nach den freien Stellen.

Dort.

Rasch ließ ich meine Hand in das Innere eines braunen Sacks gleiten und spürte die Wärme des unsichtbaren Loculus. Mehr als die Berührung seiner Oberfläche war nicht nötig.

Man sah Bruder Dimitrios an, dass ich unsichtbar wurde. Ihm stand der Schock ins Gesicht geschrieben.

Er wollte nach mir greifen, doch ich sprang zur Seite und drehte mich nach rechts. Dann löste ich den Knoten des Seils und zog den Loculus ganz heraus. Während ich ihn unter dem Arm hielt, öffnete ich den zweiten Sack.

Bruder Stavros hob sein Gewehr vom Boden auf.

Alles und jeder, den du berührst, wird unsichtbar.

Ich griff nach dem Stoff von Alys Uniform. Mit breitem Lächeln drehte sie sich zu Stavros um. »Nichts für ungut!«

Verwirrt, woher die Stimme gekommen war, blickte er sich in alle Richtungen um. Den Fuß, den Aly im nächsten Moment gegen sein Kinn krachen ließ, konnte er nicht kommen sehen. Als er bewusstlos zu Boden sank, umfasste Aly Torquins Gürtel. »Du bist dran.«

»Neues Spiel: Hau den Massa!«, sagte er.

Gemeinsam gingen wir von der Seite auf Bruder Dimitrios zu. Er starrte zitternd dorthin, wo wir gerade noch gewesen waren. »Das ist der größte Fehler, den ihr begehen könnt. Jemand zu schlagen, während man selbst unsichtbar ist, zeugt von ziemlich schlechten Manieren.«

»Etwas weiter links«, entgegnete Torquin.

Als Bruder Dimitrios zurückwich, versetzte ihm der rothaarige Riese einen krachenden Schwinger. Dimitrios' Füße hoben vom Boden ab. Er flog in Bruder Yiorgos hinein, worauf beide gegen einen Baum prallten.

Drei Männer lagen regungslos auf der nackten Erde. Torquin ballte und öffnete seine Fäuste. Ich sah buchstäblich, wie es aus seinen Ohren dampfte. »Schönen Tag noch, die Herren«, grunzte er.

Ich zog Moms Handy aus der Tasche. Es hatte uns betrogen. Wegen des Handys war die Insel aufgespürt worden. Und ich würde mich nicht noch einmal ausnutzen lassen.

Ich holte weit aus und schleuderte das Handy in den Dschungel.

»Lasst uns abhauen, ehe noch mehr Massa hier auftauchen«, sagte Aly. »Wir haben alles, was wir brauchen.«

»Gern geschehen«, sagte ich.

Aly lächelte verlegen. Dann schlang sie ihre Arme um mich und schmiegte ihren Kopf an meine Schulter. »Du bist einfach der Beste, Jack.«

»Abmarsch!«, drängte Torqin.

Ich zog den Flugloculus aus dem Sack. Wir mussten beide Loculi benutzen, um möglichst rasch den Strand zu erreichen. Ein kurzer unsichtbarer Flug.

Doch ich musste die ganze Zeit an das Handy und

seine Besitzerin denken. Selbst den Flug zum Strand habe ich gar nicht mitbekommen.

* * *

Das Einzige, woran ich mich erinnere, sind die leuchtenden Umrisse von Slippy, die ich aus großer Höhe erkannte. Sowie Fiddles erleichtertes Lächeln, als ich die anderen losließ und diese nach unserer Landung am Strand wieder sichtbar wurden. »Wo ist Jack?«, rief Fiddle, als er auf uns zulief.

Aly stieß mich in die Seite. Als ich den Loculus in den Sand legte, sprang Fiddle zurück. »Ahhh! Sag mal, musst du mich so erschrecken?«

»Tut mir leid, das liegt am Loculus«, antwortete ich. »Der macht dich unsichtbar, was ja ganz praktisch ist, wenn man über feindliches Territorium fliegt.«

Er nickte. »Ihr habt sie beide – großartig! Cass, Bhegad und Dr. Bradley sind schon an Bord. Alles zum Abflug bereit.«

Ich ließ den unsichtbar machenden Loculus wieder in einem der Säcke verschwinden und rannte mit beiden Säcken den anderen hinterher in Richtung Flugzeug.

»Wie geht's dem Professor?«, wollte Aly wissen.

»Dr. Bradley tut alles, was sie kann. Sie sind im Heck des Flugzeugs. Wir haben noch ziemlich viel Equipment aus dem Krankenhaus mitnehmen können – für ihn und für euch.« Fiddle verlangsamte seine Schritte. »Dr. Bradley kann eure Behandlungen noch eine Zeitlang fortsetzen. Wenn ihr sterbt, dann ist unser Traum ausgeträumt. Das KI ist sowieso schon in Flammen aufgegangen.«

»Tut mir leid, dass wir die Sache unnötig verkomplizieren«, bemerkte Aly.

Fiddles Gesicht lief rot an. »So hab ich das doch nicht gemeint. Ihr liegt uns alle am Herzen, ganz ehrlich. Jetzt kommt, ehe sie uns finden. Während ihr weg wart, sind noch viel mehr Massa hierhergekommen. Muss ein ziemlich großes Flugzeug gewesen sein.«

Während wir die letzten Meter zum Jet zurücklegten, erschien Cass an der Einstiegsluke, auf der obersten Sprosse der Leiter. »Dies rim tßürgeg!«, rief er. »Ich hoffe, ihr seid beeindruckt, dass ich das aussprechen kann.«

Aly kletterte die Leiter hinauf. »Wir sind so froh, dass es dir besser geht!«

Fiddle legte mir den Arm um die Schultern. »Viel Glück, Tiger. Und Danke, dass du mir den Arsch gerettet hast. Jetzt seid ihr in der Hand des fröhlichen roten Riesen.«

»Kommst du nicht mit?«, fragte ich ihn.

»Ich bin im Dschungel noch einigen unserer Leute begegnet«, antwortete er. »Sie sind teils verletzt und verängstigt. Ich weiß nicht, wie ihnen die Flucht gelungen ist. Aber zusammen mit den Gefangenen im Schlafsaal könnten wir den Kern einer Widerstandsgruppe bilden. Ich will hierbleiben, um das voranzutreiben.«

»Gegen die Massa habt ihr keine Chance«, sagte ich.

Fiddle lächelte mich gequält an. »Worauf würdest du eher setzen, auf Muskelkraft oder auf Intelligenz?«

»Da ist was dran«, sagte ich. »Die Massa tun mir jetzt schon leid.«

Ich umarmte Fiddle, so fest ich konnte, und kletterte die Leiter hinauf. Nachdem ich mich zu Aly und Cass gesetzt hatte, quetschte Torquin seinen massigen Körper ins Cockpit. Vom Heck des Flugzeugs hörten wir die schwache Stimme von Professor Bhegad: »Alle da? Aly... Jack... Cass... Marco...«

Er lag auf mehreren Kissen direkt an der Kabinenwand. Dr. Bradley hatte es geschafft, ihn anzuschnallen und an einen Tropf anzuschließen.

»Alle da«, antwortete ich mit sanfter Stimme. »Alle drei. Marco... hat sich verabschiedet, Professor. Erinnern Sie sich?«

Für einen Moment schien der Professor verwirrt zu sein. »Ach ja«, sagte er schließlich. »Natürlich...«

Der Motor sprang brüllend an. »Gurte«, sagte Torquin.

»Ich schnallte mich an. Durch das Dröhnen des Motors hindurch drang ein heller Schrei. Vermutlich von einer Seemöwe, dachte ich. Doch im nächsten Moment sah ich, wie mehrere Leute aus dem Dschungel stürmten. Ich leuchtete mit der Taschenlampe durch das Fenster. Zwei Personen rannten uns direkt entgegen und ruderten wild mit den Armen. Einer von ihnen war sehr viel schneller als der andere – breitschultrig, leichte O-Beine und fliegende braune Haare.

»Marco?«, rief Aly.

Doch meine Augen waren starr auf die zweite Person gerichtet. Es war eine Frau, deutlich älter als Marco, die sich ein Tuch vors Gesicht gebunden hatte.

»Stopp den Motor!«, schrie Cass. »Wir müssen rausfinden, wer das ist.«

»Zu spät!«, antwortete Torquin.

Der Jet fuhr eine Kurve. Ich hob ein Fernglas vom Boden auf und spähte hinaus.

Die Frau und Marco standen nun Schulter an Schulter und blickten zu uns hinüber. Kopfschüttelnd löste die Frau ihr Kopftuch und warf es auf die Erde.

Mir wäre fast die Luft weggeblieben. Als der Jet seine Pontons auf das offene Meer richtete, schien sich der Strand bereits von uns zu entfernen. Rauch trieb geisterhaft über die Oberfläche des Mondes.

»Jack«, sagte Aly, »was hast du gesehen?«

Das Fernglas glitt mir aus den Händen. »Meine Mom.«

Kapitel 12

In der Mongolei

»Woher willst du das so genau wissen?« Aly hob das Fernglas auf und suchte damit den Strand ab, doch war es zu dunkel, um dort etwas zu erkennen.

Ich zitterte. »Der Gang. Die Art, wie sie den Kopf bewegt hat, als sie das Tuch abgenommen hat. Ihre Augen ...«

»Das konntest du alles erkennen?«, fragte Aly.

»Ich konnte genug erkennen!«

Aly stieß hörbar die Luft aus. »Dann war das Foto also echt.«

»Was doch eine gute Sache ist, Jack«, sagte Cass, »auch wenn du das im Moment vielleicht nicht wahrhaben willst. Du musst darauf vertrauen, dass du sie wiedersehen wirst, dass sich irgendwann alles aufklären wird.«

»Eine Mutter, die ihren eigenen Tod vortäuscht!« Ich drehte mich abrupt zu ihm um, wütender als je zuvor in meinem Leben. »Der ich sechs Jahre lang völlig egal war! Die mit Betrügern und Mördern gemeinsame Sache macht! Was für eine Erklärung soll es dafür schon geben?«

»Eine Mutter, die am Leben ist, obwohl du sie für tot gehalten hast«, entgegnete Cass mit sanfter Stimme.

Ich drehte mich wieder um, atmete tief durch. Ich erinnerte mich an das Zeitungsfoto von Cass' Eltern, das Cass in seinem Rucksack aufbewahrt hatte. Die Überschrift lautete: »Gangster-Pärchen geschnappt!« Das Fahndungsfoto zeigte zwei finster dreinblickende Personen mit grimmigen, aufgedunsenen Gesichtern.

»Wie … wie schaffst du es, das Vertrauen nicht zu verlieren?«, fragte ich. »Hast du jemals versucht, mit deinen Eltern Kontakt aufzunehmen?«

Cass nickte. »Ich hab vor ein paar Jahren mal beim Gefängnis angerufen, das war echt seltsam. Meine Mutter konnte gar nicht glauben, dass ich es war. Ich hab die ganze Zeit geredet, aber sie hat kaum was gesagt, sondern nur zugehört. Als die Zeit um war, hab ich gehört, dass sie geweint hat. »Sie sagte noch: ›Hab dich lieb, Cassius‹, dann hat's klick gemacht.«

»Cassius?«, fragte Aly.

»Eine Figur aus *Julius Cäsar* von Shakespeare. Cäsar beschreibt sein Aussehen als ›hager und hungrig‹. Vermutlich bin ich also nach ihm benannt worden. Ich meine, *so* schlecht können sie doch nicht sein, wenn sie Shakespeare lesen.«

»*Romeo und Julia*«, brummte Torquin. »Sehr traurig.«

Cass beugte sich vor. »Ich gebe sie nicht auf, egal, ob

sie schuldig sind oder nicht … okay, wahrscheinlich sind sie schuldig. Aber genauso wenig kannst du deine Mutter aufgeben, Jack. Du musst an sie glauben. Vielleicht wurde sie einer Gehirnwäsche unterzogen. Vielleicht hat sie versucht zu fliehen. Oder sie ist eine Geheimagentin der Regierung. Vielleicht sammelt sie Informationen, um unsere Leben zu retten und die Massa zu sabotieren.«

»Hast du schon mal dran gedacht, Spionagethriller zu schreiben?«, fragte Aly. »Du hast echt eine lebhafte Fantasie.«

Cass zuckte die Schultern. »Frag mich noch mal, wenn wir unseren vierzehnten Geburtstag überlebt haben.«

»Ich muss es meinem Vater erzählen«, brummte ich. »Er muss das von Mom erfahren. Er glaubt doch, dass sie tot ist.«

»Aber wir dürfen doch nicht mit der Außenwelt in Kontakt treten, Jack«, entgegnete Aly. »Darüber haben wir doch schon so oft diskutiert. Dein Dad würde sofort Leute damit beauftragen, uns zurückzuholen. Das ist viel zu riskant.«

»Es *war* riskant«, widersprach ich, »als wir noch davon ausgingen, dass die Lage der Insel unbedingt geheim bleiben muss. Aber was spielt das noch für eine Rolle, jetzt, wo das KI zerstört worden ist?«

»Nicht zerstört«, sagte Torquin. »Fiddle immer noch da, mit den anderen.«

»Eine echte Rebellentruppe«, fügte Aly hinzu.

»Eine Horde verletzter Nerds in einer Höhle«, sagte ich.

»Aber sie kennen sich auf der Insel aus«, bemerkte Cass. »Im Gegensatz zu den Massa. Und wer sich dort nicht auskennt, ist ziemlich verloren. Außerdem haben sie keinen Cass, der ihnen einen Ssapmok ersetzt.«

Ich lehnte mich zurück. Cass hatte einen wahren Punkt getroffen. Die Massa hatten zwar das Institutsgelände erobert, aber nicht die ganze Insel. Wir besaßen immer noch die Möglichkeit, mit den Loculi zurückzukehren – jedenfalls solange wir von Professor Bhegad und Dr. Bradley am Leben gehalten wurden.

»Die Rebellen haben ein Versteck«, sagte ich, »aber wir haben keinen Ort, an dem wir uns verstecken können. Deshalb brauchen wir Unterstützung von außen. Ich werde meinen Dad zu absolutem Stillschweigen verpflichten. Der berät Firmen, wie sie effektiver arbeiten können, und kennt jede Menge Leute. Außerdem ist er echt clever und …«

Ich hielt inne. Ich würde nicht sagen, dass ich ihn vermisste, obwohl es die Wahrheit war.

»Jack hat recht«, sagte Cass. »An wen könnten wir uns sonst wenden?«

»Vielleicht Disney World?«, brummte Torquin.

»Und wenn dein Dad alles auffliegen lässt?«, gab Aly zu bedenken. Wenn meine Eltern was rauskriegen, werden sie Himmel und Hölle in Bewegung setzen, um mich zurückzuholen. Von dem Todesurteil, das über mir schwebt, wissen sie ja nichts. Außerdem würden sie es nicht glauben.«

»Vertrauen ... nicht sicher ...«, brachte Professor Bhegad mühsam über die Lippen. »Dein Vater ... mir ...«

»Mein Dad wird den anderen Eltern nichts verraten«, sagte ich. »Ist es das, worüber Sie sich Sorgen machen, Professor? Die Sache wird unter uns bleiben. Das verspreche ich. Und zwar so lange, bis wir alle Loculi gefunden haben.«

Cass und Aly tauschten Blicke. Nach einer langen Weile nickten sie. Professor Bhegad schüttelte mit großen Augen den Kopf. Ich war mir nicht sicher, ob er protestieren wollte oder bloß zitterte.

»Nimm das«, sagte Torquin und streckte mir über die Schulter hinweg sein Handy entgegen. »Fliegen niedrig genug für Signal. Aber nicht lange. Schnell.«

»Ich schreib ihm eine SMS.«

»Ruf ihn an«, sagte Aly. »Wenn er die unbekannte Nummer sieht, wird er das Ganze vielleicht für ein Fake halten. Er muss deine Stimme hören.«

Ich nahm das Handy. Meine Finger zitterten. Als ich das letzte Mal mit meinem Dad gesprochen habe, war ich zu Hause in Indiana und er in Singapur. Ich hatte bei uns ein totales Chaos angerichtet. Dann war ich zur Schule gefahren und wir hatten uns nie wiedergesehen.

Ich tippte die Nummer ein, hielt das Handy an mein Ohr und wartete.

Piep.

Bei diesem Geräusch hätte ich fast das Gerät fallen gelassen. Nach dem vierten Klingelton meldete sich eine vertraute Stimme: »Hier ist Martin McKinley von der McKinley GmbH & Co KG. Leider kann ich Ihren Anruf nicht persönlich entgegennehmen. Sie wissen also, was Sie zu tun haben!«

Mein Mund war trocken. Ich schluckte heftig. »Hallo Dad. Ich bin's, Jack. Äh … ich wollte nur …«

Klick.

Ich nahm das Handy vom Ohr. »Er hat aufgelegt!«

»Du hast zu leise geredet«, sagte Aly. »Ich hab fast gar nichts gehört. Versuch's noch mal – und sprich lauter!«

Als ich meinen Daumen über das Handy hielt, piepte es. Ich hätte es fast fallen gelassen. Auf dem Display war der Name MCKINLEY zu lesen.

Mit zitternden Händen hielt ich das Handy an mein Ohr. »H…Hallo?«

»Jack?« Am anderen Ende hörte ich Dad atmen. »Jack, bist das wirklich du?«

Ich nickte und hatte das Gefühl, jeden Moment ohnmächtig zu werden.

»Er kann nicht sehen, wie du nickst«, flüsterte Aly. »Sag was!«

Eine Million Wörter steckten in meiner Kehle fest und kämpften darum, die Ersten zu sein. »Ja«, war alles, was ich über die Lippen brachte.

Als er nicht antwortete, dachte ich, er hätte erneut aufgelegt.

»Mach weiter!«, drängte Aly.

»Tut mir leid wegen des Wohnzimmers«, platzte es

aus mir heraus. »Und wegen des Schlafzimmers und weil Vanessa gekündigt hat.«

Dads Stimme klang geschockt. »Mein Gott … du bist es wirklich. Wo bist du, Jack?«

»Ich … ich weiß nicht«, antwortete ich. »Also in einem Flugzeug, mit Freunden. Wir müssen uns vor jemand in Sicherheit bringen, irgendwo weit weg …«

»Nicht zu weit«, grunzte Torquin. »Wenig Benzin.«

»Aber warum?«, fragte Dad. »Vor wem müsst ihr euch in Sicherheit bringen? Wessen Stimme war das da eben?«

»Die von Torquin, unserem Piloten«, antwortete ich. »Ich erklär dir alles später. Du musst uns helfen, Dad, bitte! Wo bist du gerade?«

»In der Monogolei. Ich könnte euch hier treffen.«

»Mongolei?« Ich nahm das Handy vom Ohr und aktivierte den Lautsprecher.

»Weit«, entgegnete Torquin. »Sehr, sehr weit.«

»Es ist ein kleiner Privatflugplatz!«, rief Dad. »Nördlich von Ulan Bator.«

»Schaffen wir das?«, fragte ich Torquin.

Er zuckte die Schultern. »Keine Wahl.«

»Okay, Dad«, sprach ich ins Handy. »Kannst du Torqin genaue Anweisungen geben?«

»Hallo, Turkin?«, fragte Dad. »Kannst du mich hören?«

Rotbart gab das neue Flugziel in das Navigationsgerät ein. »Name Torquin«, antwortete er.

* * *

Sieben Stunden später flogen wir über den Wolken, doch sah ich sie nur verschwommen. Alle außer Torquin und mir waren eingeschlafen, doch plötzlich klebte auch Cass' Gesicht an der Scheibe.

»Wo sind wir gerade?«

Cass zuckte die Schultern. »Wir fliegen ungefähr mit doppelter Schallgeschwindigkeit. Wenn ich dir sagen würde, wo wir sind, wären wir am Ende des Satzes schon woanders. Aber ich hab eben eine riesige Sandfläche gesehen, könnte die Wüste Gobi gewesen sein. Dann wären wir schon ziemlich weit. Frag mal Torquin.«

Als ich mir die Augen rieb, sah ich, dass große Schweißtropfen in Torquins Augenbrauen hingen. Seine Hand krampfte sich so fest um den Steuerknüppel, dass seine Fingerknöchel weiß waren. »Nah!«, bellte er.

Ich warf einen Blick auf die Tankanzeige. Fast kein Benzin mehr. Dann schaute ich zu Aly und Cass hinüber. Auch sie waren nun wach und starrten ebenfalls auf die Tankanzeige.

»Äh, Torquin«, sagte ich. »Diese Benzinanzeige ... also wenn die beim Auto meines Vaters aufleuchtet, dann haben wir noch fünf Liter im Tank. Wir schaffen das doch, oder?«

»Nein«, antwortete Torquin, von dessen Arm der Schweiß tropfte.

»Was heißt das, nein?«, rief Aly.

»Gegenteil von ja«, sagte Torquin. »Mache jetzt Motor aus. Spart Benzin.«

»Bist du verrückt? Wir können doch nicht gleiten!«

»Wieder anmachen, wenn fast da«, antwortete Torquin.

Hinter uns meldete sich Professor Bhegad zu Wort: »Du meine Güte, warum sind wir nicht einfach in Russland gelandet?«

»Nächstes Mal«, sagte Torquin.

Die Flugzeuggeräusche erstarben. Plötzlich setzten wir zum Sturzflug an, schossen senkrecht durch die Wolken. Torquin rief Flugkommandos in sein Headset.

Professor Bhegad stöhnte vor Schmerz auf. Alys Hand krallte sich um meinen Arm. Unter uns breitete sich eine grüne, von Bergen umgebene Fläche aus.

Eine galoppierende Pferdeherde wirbelte gewaltig Staub auf, ihre langen Schatten in der Morgensonne, die Mähnen im Wind flatternd. Würden wir nicht gerade dem Tod ins Auge blicken, wäre es wunderschön. In der Ferne, unter einer grauen Dunstglocke, breitete sich eine Stadt aus.

Torqins Handy, das in der Getränkehalterung lag, erwachte zum Leben. Seine zitternde Hand griff danach. Es fiel auf den Boden, ich hob es auf.

Auf dem Display war der Name meines Vaters. Ich hielt es mir ans Ohr. »Dad!«, rief ich. »Kannst du uns sehen?«

»Ihr fliegt viel zu niedrig!«, rief er. »Was macht euer Pilot da eigentlich?«

Torquin riss mir das Handy aus der Hand. »Mayday!«, bellt er. »Wenig Benzin! Mayday!«

Er betätigte einen Schalter, worauf der Motor wieder

ansprang. Der Jet wurde so stark erschüttert, als wäre er gegen eine riesige Faust geflogen. Im Heck stieß Professor Bhegad einen lauten Schrei aus.

Die Nase des Flugzeugs senkte sich erneut nach unten. In der Ferne erkannte ich ein paar niedrige Gebäude aus Glas.

»Schaut auf die Landebahn!«, rief Dad. »Ihr seid immer noch zu tief.«

»Komm schon, Slippy!«, knurrte Torquin.

Der dröhnende Motor geriet ins Stottern und fiel aus.

Donnernd setzten wir auf dem Boden auf. Ich rammte mir die Knie gegen die Brust. Unter uns war ein solcher Krach, als würden gerade tausend Autos ineinanderfahren. In das Knallen, Scharren und Quietschen mischten sich die panischen Schreie von uns allen außer Torquin.

Wir wurden von einer Seite auf die andere geworfen. Große Steine prallten gegen die Windschutzscheibe.

Ich hörte das Kreischen von aufgeschlitztem Metall, dann gab es einen heftigen Ruck. Als ich aus dem Fenster schaute, sah ich, wie einer unserer Flügel an einem Dach abbrach wie ein Eiszapfen.

Der Jet wurde nach oben gerissen. Wir würden uns jeden Moment überschlagen. Ich wirbelte zu Aly und Cass herum, um sie ein letztes Mal zu sehen. Doch mein Kopf wurde nach vorne geschleudert und prallte gegen die Rückenlehne des Pilotensitzes. Dann wurde mir schwarz vor Augen.

Kapitel 13

Der Tod ist kalt

Der zerquetschte Stahl ist verschwunden. Die Dunkelheit ist absolut. Ich höre nichts als ein fernes Brausen.

Falls ich tot bin, ist der Tod kalt.

Aus dem Dunkel steigt ein fahles Licht, und plötzlich stehe ich auf den Klippen über dem Meer. Der Wind peitscht mein Gesicht. Ich setze mich in Bewegung, doch komme ich kaum voran. Meine Brust ist blutig, meine Arme ebenso schwach wie meine Beine, mein Gesicht zerschunden. Fröstelnd krümme ich mich zusammen.

Ist das wieder der alte Traum?

Nein, ich glaube nicht. Denn das giftige Grün des ehemaligen Atlantis ist verschwunden, die rauchige Luft und das lodernde Feuer, die steil abfallende Schlucht – dieses stets wiederkehrende Bild hat mich jahrelang begleitet.

Jetzt rieche ich das Salz in der Luft und meine Arme sind so schwer… warum eigentlich?

Ich zwinge mich, nach unten zu blicken. Meine Arme sind fest um eine Kugel geschlungen. Doch sieht diese Kugel nicht aus wie die beiden Loculi. Sie ist weder golden und warm wie der Loculus, der unsichtbar macht, noch leuchtend weiß wie der Flugloculus.

Er ist kompakt und tiefblau, fast schwarz. Er würde mich vor keinem Feind verbergen und vor keinem Sturz in die Tiefe schützen.

Wozu ist er gut?

Während ich tief durchatme, gelange ich allmählich zu Kräften. Ich gehe schneller. Jemand verfolgt mich und kommt immer näher.

In der Ferne sehe ich ein majestätisches Gebäude. Es liegt im Schatten der untergehenden Sonne. Ich bin von Freude erfüllt, obwohl ich es noch nicht vollständig sehe. Ein Mann steht davor und wartet auf mich. Er scheint erleichtert darüber, mich zu sehen, fürchtet sich aber offenbar vor dem, was hinter mir ist.

Als er einen Schritt nach vorn macht, erzittert die Erde.

Ich bleibe stehen.

Er rennt los und ruft mir etwas zu. Seine Arme sind weit ausgestreckt. Doch trotz des beißenden Geruchs, der aus der Erde aufsteigt, lasse ich nicht los.

Es ist der Geruch des Todes.

Kapitel 14

Dad

»Jack?«

Cass' Stimme drang durch den verblassenden Traum. »Sag mir, dass du ma nebel tsib.«

Ich löste mein Gesicht von der Rückenlehne des Pilotensitzes. »Sag mir, dass du im Jenseits nicht Rückwärtsisch sprichst.«

Das Flugzeug lag auf der Seite. Durch das Fenster, etwa hundert Meter vor uns, erkannte ich eine Landebahn. Ein Jet mit der Aufschrift MGL stand im Hangar. Dahinter erstreckte sich eine karge Fläche bis zu den Bergen in der Ferne. Cass war immer noch angeschnallt, doch sein Sitz war aus der Verankerung gerissen und mit Cass darauf gegen die Wand geschleudert worden. »Im Himmel ist es ganz schön unbequem«, beschwerte er sich.

Ich fühlte mich, als hätte mir jemand vor die Brust geschlagen. Ich löste meinen Gurt, um den Schmerz zu lindern. Torquin kämpfte darum, sich aus seinem Sitz zu befreien. Als ich herumfuhr, sank Aly nach vorne. Ihre Haare hingen ihr wirr in die Stirn.

»Aly!« Ich taumelte ihr entgegen, während ich mich an der Innenwand abstützte.

Dr. Bradley drängte sich an mir vorbei. Sie fühlte Alys Puls und leuchtete ihr mit einer Taschenlampe ins Gesicht.

Aly zuckte zusammen und drehte sich weg. »Ahhh … mach das Licht aus, ich hab Kopfschmerzen.«

Ich stieß erleichtert die Luft aus und krümmte mich auf dem Boden zusammen. »Dein Gesicht ist ganz schön geschwollen«, sagte Dr. Bradley. »Wir müssen dich eingehend untersuchen.«

»Jack«, murmelte sie. »Wie geht es Jack?«

»Dem geht's gut«, antwortete Cass. »Und mir auch. Und Torquin auch, falls es dich interessiert.«

Ich spürte, wie mir die Röte ins Gesicht schoss. »Wie geht's dem Professor?«

»Der ist ziemlich mitgenommen, aber okay«, antwortete Dr. Bradley. »Hinten im Flugzeug war er von uns allen am besten geschützt.«

»Leiter weg«, gab Torquin bekannt und zog eine Strickleiter unter seinem Sitz hervor. »Das hier benutzen.«

Er öffnete die Ausstiegsluke. Während er die Leiter befestigte und den Rest einfach hinauswarf, waren meine Augen auf einen alten Toyota fixiert, der uns auf dem steinigen Boden entgegenraste. Er bremste mit quietschenden Reifen, worauf die Fahrertür aufflog.

Noch ehe ich sein Gesicht sah, wusste ich, dass es mein Vater war. Ich sah es an der Stellung seiner Füße, die nach außen standen, als wären sie falsch angeschraubt worden. »Jack!«, rief er, während er dem zur Seite gekippten Flugzeug entgegenrannte. »Jack, wo bist du?«

Obwohl die Leiter nur wenige Meter lang war, blieb ich wie angewurzelt in der Türöffnung stehen. Dad lächelte so breit, dass sein Gesicht jeden Moment zu zerspringen drohte. Seine Haare waren mehr grau als braun und seine Gesichtszüge ein wenig faltiger, als ich sie in Erinnerung hatte. Was sehr verwunderlich war, weil unsere letzte Begegnung doch erst wenige Wochen her war. Er stand am unteren Ende der Strickleiter und streckte die Arme aus, und obwohl ich viel zu schwer war, stieß ich mich ab und sprang. Er fing mich auf und drückte mich an sich. Dann wirbelte er mich im Kreis herum, als wäre ich ein kleines Kind. »Gott sei Dank, Gott sei Dank«, schluchzte er immer wieder, und obwohl ich auch weinte, war ich ganz still, weil ich unbedingt seine Stimme hören wollte.

»Mir geht's gut, Dad«, sagte ich, nachdem er mich abgesetzt hatte und wir uns vom Flugzeug entfernten. »Wirklich! Was ist das hier für ein Ort? Und warum bist du in der Mongolei?«

»Wo bist du gewesen?«, fragte er. »Ich will alles wissen!«

Als Cass und Aly mühsam die Strickleiter hinunterkrabbelten, fuhr ein Krankentransporter mit dem Logo MGL heran.

»Schau mal, Dad«, sagte ich. »An Bord ist ein Mann, der sofort ärztliche Behandlung braucht. Er ist schon ziemlich alt und in schlechter Verfassung.«

»Ich verstehe …« Als Dads Blick in Richtung Flugzeug wanderte, schien er plötzlich zu erstarren. Dr. Bradley und Torquin trugen den Professor vorsichtig hinaus, während Sanitäter eine Bahre heranrollten.

»Das da ist Torquin«, erklärte ich. Er sieht ein bisschen seltsam aus, aber er wächst einem schnell ans Herz. Die anderen beiden sind Cass Williams und Aly Black.«

Doch Dad achtete nur auf eine einzige Person. »Radamanthus Bhegad …«, murmelte er. »Was hat dieser Mann hier zu suchen?«

»Du hast von ihm gehört?«, fragte ich. »Er war ein berühmter Professor in Princeton oder so.«

»Yale!«, rief Cass.

Bhegad stöhnte vor Schmerz auf, als ihn die mongolischen Sanitäter auf die Bahre verfrachteten. Dad stand neben ihm und stemmte die Hände in die Hüften. »Moment mal!«, sagte er. »Ich habe ein paar Fragen, bevor dieser Mann irgendwo hingebracht wird.«

Professor Bhegads Augen lagen tief in ihren Höhlen. Ängstlich blickte er ihn an. »M … Martin …«, stotterte er.

Woher kannte der Professor den Namen meines Dads?

»Ich bin Dr. Theresa Bradley«, stellte Dr. Bradley sich vor. »Wir müssen den Professor sofort ins Krankenhaus bringen, sonst kann ich für nichts garantieren.«

»Ich bin ein freundlicher und hilfsbereiter Mann«, entgegnete mein Vater, dessen Gesicht sich vor Erregung gerötet hatte. »Ich glaube an Vergebung und Barmherzigkeit. Hass ist mir fremd. Doch über diesen Mann lässt sich nur eines sagen: dass die Welt ohne ihn ein besserer Ort wäre. Dieser Mann ist … ein Monster!«

»Dad!« Ich hatte ihn noch nie so außer sich erlebt. Ich starrte Dr. Bradley hilflos an, der es die Sprache verschlagen hatte. »Okay, Dad. Ich weiß, was du denkst: Dieser Typ hat meinen Sohn entführt. Aber so verrückt sich das auch anhört, er wollte uns damit nur das Leben retten. Meine Freunde und ich, wir haben da nämlich so eine genetische Veranlagung, die uns töten wird, wenn …«

»Wenn ihr vierzehn werdet, ich weiß«, sagte mein Dad. »So wie Randall Cromarty und all die anderen Kinder, nach denen deine Mutter und ich geforscht haben.«

Cromarty. Ich erinnerte mich an eines der letzten Dinge, die er am Tag meiner Entführung zu mir am Telefon gesagt hatte: *»Hast du den Artikel gelesen, den ich dir geschickt hatte? Über diesen armen Jungen, der in der Nähe von Chicago ums Leben kam?«* Er sprach immer von diesen zufälligen Tragödien, für die es offenbar keine rationale Begründung gab.

»Geforscht?«, fragte ich. »Du hat die ganze Zeit über G7W Bescheid gewusst … und mir nichts davon gesagt?«

»Es hätte dir nur Angst gemacht«, antwortete Dad. »Du warst ja noch ein Kind. Aber deine Mom und ich sind aktiv geworden. Von diesem Moment an haben wir unser Leben einer einzigen Sache gewidmet: ein Heilmittel gegen diese Krankheit zu finden. Deshalb bin ich hier. Deshalb habe ich in all den Jahren McKinleys Genlabor finanziert.«

»Von all diesen Dingen hast du mir nie was erzählt!«, sagte ich. »Bitte, Dad. Lass sie sich erst mal um den Professor kümmern. Danach musst du mit ihm reden. In seinem Forschungslabor haben sie nämlich schon ein Heilmittel für G7W entwickelt.«

Dad stieß ein bitteres Lachen aus. »Diese Lüge hat er deiner Mom auch aufgetischt. Deshalb ist sie auch in eine Gletscherspalte in der Antarktis gestürzt.«

»Er hat Mom gekannt?«

Die Augen des Professors loderten, doch er war zu schwach, um zu sprechen.

»Er hat sie getötet, Jack. Der Mann ist ein Mörder.«

»Nein!«, sagte ich. »Das ist nicht wahr. Sie ist …«

»Sie wollte ihn in einem Geheimlabor am McMurdo-Sund treffen und ist nie zurückgekehrt«, fuhr Dad erregt fort. Er zitterte am ganzen Körper, als er sich über Professor Bhegad beugte und verhinderte, dass die mongolischen Sanitäter ihm helfen konnten. »Dann, viele Jahre später, hatten sie es auf dich abgesehen. Erst haben sie mir meine Frau genommen, dann meinen Sohn. Als ich aus Singapur nach Hause kam, warst du verschwunden. Sie haben mir erzählt, dass sich ein Mann im Krankenhaus als Pfarrer verkleidet hätte. Ein Fettwanst mit rotem Bart.« Er drehte sich zu Torquin um.

»Nicht fett«, brummte Torquin. »Schwere Knochen.«

»Bitte, Dad, hör mir zu!« Ich versuchte ihn von Professor Bhegad wegzuziehen, doch er hielt meinen Arm fest. »Sie ist nicht tot!«

Dads Augen füllten sich mit Tränen. »Das hast du dir immer eingeredet, Jack. Und ich hatte kein Herz, die Hoffnungen eines kleinen Jungen zunichte zu machen. Aber sie ist mehrere Hundert Meter in die Tiefe gestürzt …«

»In eine Gletscherspalte«, ergänzte ich. »Ihr Körper ist nie gefunden worden, nicht wahr? Weil es keinen Körper gab. Weil die ganze Geschichte nicht stimmt. Sie ist nur erfunden, Dad. Ich weiß nicht, warum das so ist, aber ich habe sie gesehen. Wir haben miteinander geredet. Glaub mir, Dad, sie ist am Leben!«

Dads Körper erschlaffte. Er sah mich mit leerem verständnislosem Blick an. »Das … das ist unmöglich.«

»Anne …«, murmelte Professor Bhegad und schien sich zu mühen, weitere Wörter über die Lippen zu bringen, »… war meine treue Mitarbeiterin. Hoch intelligent, aber auch … sehr ungeduldig, weil es ihr nicht schnell genug ging. Sie hatte solche Angst um Jacks Leben …« Er atmete tief durch. »Sie wollte … dass das KI mit den Massa zusammenarbeitet, um schneller voranzukommen. Ich habe ihr gesagt, dass es unmöglich wäre … eine seit Jahrhunderten bestehende Kluft zu überwinden. Aber sie war jung … und hartnäckig. Dann hat sie mir anvertraut, dass sie … Kontakt zu den Massa aufgenommen hätte. Das war ein extremer Vertrauensbruch, den ich … meinem Vorgesetzten melden musste.«

»Es gibt noch etwas Höheres als das KI?«, fragte Aly.

Der Professor nickte. »Den Omphalos. Ein Codename. Ich weiß nicht mal, ob es ein Mann oder eine Frau ist. Wir sprechen nur über einen Mittelsmann miteinander. Ich habe alles weitergegeben, was Anne mir erzählt hatte. Die Antwort kam rasch und war unmissverständlich. Mit einem Massa-Agenten zu sprechen war der schlimmste Verstoß gegen unsere Sicherheitsvorkehrungen, den man sich überhaupt vorstellen konnte. Darauf stand die Todesstrafe. Ich fürchtete um das Leben deiner Mutter und machte mir Vorwürfe, zu vieles enthüllt zu haben. Dann … dann kam eines Tages die Nachricht von ihrem … Unfall in der Antarktis. Ich wusste nicht, warum sie überhaupt dort gewesen war. Das KI unterhält keine Forschungsstation am McMurdo-Sund. Ihr Tod hat uns alle tief getroffen. Ich habe nie daran gedacht, dass sie ihren Tod nur vorgetäuscht haben könnte. Dass sie zur anderen Seite überlaufen …«

Der Professor begann zu husten. Sein Gesicht wurde knallrot. Als sein Kopf aufs Kissen zurücksank, verdrehte er die Augen. »Bitte«, sagte Dr. Bradley. »Er ist sehr schwach.«

Mein Dad nickte benommen und trat zur Seite. Die Sanitäter rollten Professor Bhegad auf seiner Bahre davon.

Als sie ihn im Beisein von Dr. Bradley in den Krankenwagen schoben, war Dads Gesicht so weiß wie Schnee.

Kapitel 15

Dschingis und Radamanthus

»Deine Mutter sah also … ganz okay aus?«, fragte Dad.

Wir drängten uns alle in seinem kleinen Toyota zusammen und rumpelten eine Straße voller Schlaglöcher entlang. Torquin und Dad saßen vorne, Aly, Cass und ich auf der Rückbank. Der Rettungswagen war hinter einem länglichen Glas-Stahl-Gebäude verschwunden, das so gar nicht in diese zerklüftete Landschaft passte. In die andere Richtung kroch ein Zug durch die mongolische Steppe. Eine Schafherde zerstreute sich langsam wie eine Schneewehe im Wind. Die Bruchlandung steckte mir immer noch schmerzhaft in den Knochen, aber das spielte jetzt keine Rolle. Einerseits war ich glücklich über das Wiedersehen mit meinem Dad, andererseits war ich wütend darüber, was er vor mir geheim gehalten hatte.

»Ja, sie sah gesund aus«, antwortete ich, »nur leider macht sie mit dem Feind gemeinsame Sache. Warum hast du mir nie erzählt, dass du das KI kennst, Dad? Warum hast du mir das verschwiegen?«

Aly legte ihre Hand auf meine. Sonst hätte ich gar nicht bemerkt, dass ich zitterte.

»Du warst noch ein kleines Kind, Jack«, antwortete Dad. »Wir wollten dir keine Angst machen.«

»Aber inzwischen bin ich kein kleines Kind mehr«, entgegnete ich.

Dad hielt auf dem Parkplatz vor dem Glasbau an. »Du hast recht. Ich bin dir … euch allen … eine Erklärung schuldig.« Er rieb sich die Stirn. »Vor vielen Jahren sind deiner Mutter eine Reihe von Todesfällen bei Jugendlichen aufgefallen. Alle waren vierzehn Jahre alt und hoch talentiert. Und sie alle trugen am Hinterkopf ein seltsames Zeichen: den griechischen Buchstaben Lambda, der bei ihnen ausschließlich aus weißen Haaren bestand. Ich hielt das Ganze für einen bizarren Zufall, aber deine Mom war von Anfang an überzeugt, dass mehr dahintersteckt. Sie hatte zwei Cousins, der eine war ein begnadeter Musiker, der andere ein Mathegenie. Beide starben mit vierzehn und beide hatten ein Lambda am Hinterkopf. Natürlich hat sie sofort bei dir nachgeschaut – und ebenfalls ein Lambda entdeckt.«

»Wie alt war Jack damals?«, fragte Aly.

»Fünf, vielleicht sechs.« Dad strich sich nachdenklich über das Kinn. »Die Haare an dieser Stelle waren damals noch nicht weiß, hatten aber eine andere Beschaffenheit. Wenn man nicht darauf achtete, fiel es allerdings nicht auf. Natürlich gerieten wir in Panik. Deine Mom ist allen nur erdenklichen Spuren und Hinweisen nachgegangen und ist auf diese Weise auf Bhegads Forschungsarbeit gestoßen, auf seine Theorie von den Auserwählten und ihrer genetischen Abweichung. Sie nahm Kontakt zu ihm auf und hat mit ihm korrespondiert. Bhegad hat stets ein großes Geheimnis aus allem gemacht, ich habe ihm nicht getraut, doch deine Mom war davon überzeugt, dass er einer wichtigen Entdeckung auf der Spur war. Das Ganze hat sie mehr und mehr in Anspruch genommen, und plötzlich hat sie erklärt, dass sie in die Antarktis reisen müsse, um ihn zu treffen. Ich war gegen die Reise, aber selbst vollauf damit beschäftigt, mein eigenes Forschungsinstitut zu gründen, Geld aufzutreiben, fähige Wissenschaftler einzustellen und so weiter. Dann habe ich eines Tages den Anruf bekommen, dass deine Mom …«

Er wandte den Kopf ab. Ich hatte einen Kloß im Hals. Ich konnte mich noch genau an den Tag erinnern, der mein Leben zum Einsturz brachte.

Alys Finger schlossen sich fester um meine Hand.

»Von Bhegad habe ich nie wieder etwas gehört«, fuhr Dad mit kaum hörbarer Stimme fort. »Ich war am Boden zerstört und rasend vor Wut. Ich spielte mit dem Gedanken, ihn irgendwie aufzuspüren, aber das hätte sie auch nicht zurückgebracht. Stattdessen richtete ich all meine Energie darauf, einen Weg zu finden, dich irgendwie zu retten.«

»Deshalb warst du also so viel auf Reisen«, stellte ich fest. »Du hast dieses Unternehmen hier gegründet … und geheim gehalten. Aber warum hier?«

»Weil dieses Land für Genetiker das reinste Paradies ist«, antwortete Dad. »Die Mongolen haben mehr gemeinsame Gene als alle anderen Völker dieser Erde. Im Grunde stammen all diese Menschen von einem einzigen Vorfahren ab, der vor etwa achthundert Jahren lebte, und zwar von Dschingis Khan, einem der größten Eroberer in der Geschichte der Menschheit. Er hat tatsächlich Übermenschliches geleistet. Wenn es also je einen Auserwählten gegeben hat, dann ihn. Und er ist sehr viel älter geworden als vierzehn. Was bedeutet, dass es noch andere geben muss wie ihn, die immer noch am Leben sind.«

»Und wegen dieser Vermutung sind Sie hierhergekommen?«, fragte Cass.

»Ich bin hierhergekommen, nachdem man eine Haarlocke von Dschingis Khan gefunden hatte«, antwortete Dad und stieg aus dem Wagen. »Genetische Untersuchungen deuteten auf gewisse Abweichungen im G7W-Komplex hin. Eine unglaubliche Entdeckung! Leider waren die DNA-Strukturen weitgehend zerstört, doch habe ich hier ein Land mit großartigen natürlichen Ressourcen vorgefunden, abgeschieden vom Rest der Welt. Das schien mir der perfekte Ort für ein geheimes Forschungsprojekt zu sein. Es war nicht leicht, doch konnten wir weitere Haar- und Knochenproben finden. Wir haben gerade den kompletten genetischen Code von Dschingis Khan entschlüsselt und werten ihn nun aus. Wenn wir herausfinden, welcher Mechanismus ihn am Leben gehalten hat, können wir vielleicht auch ein Heilmittel für euch entwickeln.«

Als wir aus dem Wagen drängten, sagte Aly: »Ich will das Genom sehen.«

»Für einen Laien ist das ziemlich verwirrend«, entgegnete Dad und schritt dem Gebäude entgegen. »Das Genom eines Menschen besteht aus über drei Milliarden Basenpaaren, ich zeig es euch nachher. Aber jetzt solltet ihr mir erst mal eure Telefonnummern verraten.« Er zog ein Handy aus der Tasche. »Wenn wir darauf warten, Neues von Bhegad zu erfahren, rufe ich eure Eltern an.«

»Nein!«, riefen Aly und Cass zur selben Zeit.

»Sie dürfen das nicht wissen«, sagte ich. »Wenn Alys Eltern vom Karai Institut erfahren, werden sie sofort kommen, um sie zu holen.«

»Ich weiß genau, was sie durchmachen, Jack, und ich kann es nicht verantworten, sie weiter im Ungewissen zu lassen.«

»Aber sie braucht ihre Behandlungen!«, sagte ich.

»Behandlungen?« Dad blieb stehen und drehte sich zu uns um. »Was genau hat Bhegad mit euch angestellt?«

Ehe ich antworten konnte, piepte Dads Telefon. »McKinley! Er hat was? Bin sofort da!«

Er schob sein Handy in die Tasche zurück. »Es gibt Komplikationen«, sagte er. »Professor Bhegad hatte einen Herzanfall.«

* * *

Ich hatte Torquin schon zornig, lachend, kämpfend und arbeitend erlebt, aber noch nie in Sorge.

Er hatte Cass' Perlenkette genommen und ließ die Perlen einzeln durch seine Finger gleiten. Auch ich machte mir große Sorgen. Bhegad befand sich im Operationssaal und wir standen hier hilflos in diesem gläsernen Gebäude. Ich nippte an einer warmen Flüssigkeit, die Dad als Milchtee bezeichnete, doch schmeckte ich fast gar nichts. Mein Kopf schmerzte, mein Magen brannte und meine Beine fühlten sich schwach an. Dad hatte gesagt, der Tee würde mir guttun, aber das war nicht der Fall.

»Bhegad stark …«, murmelte Torquin vor sich hin. »Sehr stark …«

Cass und Aly beugten sich über einen Monitor, während Dad ihnen eine Genom-Sequenz von Dschingis Khan erklärte. Die Buchstaben und Ziffern waren für mich ein einziges Durcheinander. Ich zwinkerte mehrmals. Seht ihr all diese Verbindungen, in denen ein A, ein T, ein G und ein C vorkommt?«, fragte mein Vater. Das sind die Aminosäuren Adenin, Thymin, Guanin und Cytosin. Die Grundbausteine des Lebens.« Er zeigte auf eine bestimmte Stelle des Monitors. »An dieser Stelle befindet sich das G7W-Gen, falls unsere Genetiker sich nicht irren …«

»Tun sie aber«, sagte Aly.

»Bitte?« Dad sah sie fragend an.

»Die Genetiker irren sich.« Aly scrollte auf dem Bildschirm nach unten. »Im weiteren Sinne befindet sich in dieser Gegend zwar der G7W-Komplex, aber der genaue Ort ist ein paar Millionen Stellen weiter auf der Doppelhelix, und zwar genau … hier. Ein Stück weiter oben sehe ich Guanin, wo eigentlich Cytosin sein sollte, und noch ein paar andere Schlampereien. Also Dschingis Kahn mag ja ein großer Eroberer gewesen sein, aber mit G7W hat er nichts zu tun.«

Dad fiel die Kinnlade runter. »Aber … woher kannst du …?«

»Weil Aly eine Auserwählte ist«, sagte ich. »Sie kann sich in jedes Computersystem hacken, jede Firewall überwinden und in Windeseile die kompliziertesten Daten analysieren. Marco ist ein überragender Sportler und Athlet …«

»Dnu hci nnak sträwkcür nehcerps«, fügte Cass hinzu. »Abgesehen von meinem fotografischen Gedächtnis. Außerdem kann ich Ihnen genau beschreiben, wie Sie von jedem beliebigen Ort an jeden anderen gelangen. Testen Sie mich.«

»Was im Himmel …«, stotterte Dad.

»Im Ernst«, sagte Cass. »Wohin Sie wollen.«

»Okay …« Dad dachte einen Moment nach. »New York City. Fünfunddreißigste, Ecke fünfte Straße. Von dort aus zum Parkplatz Nummer drei am Jones Beach. Dort hab ich nämlich mal als Rettungsschwimmer gearbeitet.«

Cass dachte einen Augenblick nach. »Okay, auf der fünften Richtung uptown, dann auf die neunundfünfzigste bis zur Queensboro Bridge. Auf dem Queens Boulevard entweder zur Grand Central Station und von dort mit dem Zug weiter oder über den Long Island Expressway bis zum Meadowbrook Parkway. Den bis ganz zum Ende und dann links abbiegen auf den Ocean Parkway, wo sich der Parkplatz befindet. Vorher muss man noch einen Verkehrskreisel hinter sich lassen.«

Dad hätte fast seine Tasse Tee fallen gelassen. »Das stimmt genau. Absolut perfekt beschrieben.« Er warf einen Blick auf den Monitor und zog sein Handy aus der Tasche. »Das, was du gesagt hast, Aly, muss sofort von meinem Team überprüft werden. »Falls du recht hast ...« Sein Gesicht schien plötzlich um Jahre gealtert zu sein.

Während er sein Team von Genetikern über Alys Einschätzung informierte, ließ ich mich auf einen Stuhl sinken. Mein Kopf dröhnte. »Jack?«, fragte Aly. »Alles okay mit dir?«

Ich nickte. »Wahrscheinlich die Nachwirkungen unserer Bruchlandung.«

»Vielleicht hast du eine Gehirnerschütterung«, sagte Cass.

»Wenn sie mit Professor Bhegad fertig sind, werde ich Dr. Bradley darauf ansprechen«, entgegnete ich.

»Was? Ist das ganz sicher?«, rief mein Dad, dessen Stimme schon wieder etwas munterer klang. Er beendete das Gespräch und legte sein Handy auf den Tisch. »Mein Chefchirurg hat sich gerade mit neuen Nachrichten von Bhegad in unser Gespräch gemischt. Er wird durchkommen.«

»Yeahhhh!«, brüllte Torquin und sprang von seinem Stuhl auf.

Mir fiel ein Stein vom Herzen. Cass lächelte mich erleichtert an. »Ttog ies knad!«

Als Aly mich umarmte, war Dad auf dem Weg zur Tür. »Und er will euch vier sofort sehen. Kommt mit zum Aufwachraum.«

Wir eilten einen Gang hinunter und ließen dabei mehrere Flügeltüren hinter uns. Professor Bhegad lag in halb aufgerichteter Haltung auf einem Bett und trug einen weißen Krankenhauskittel, der seinen mageren Körper umhüllte wie ein Zelt. Sein Gesicht war so weiß wie Papier, seine Hände fleckig und noch faltiger als sonst.

»Hallo ...«, flüsterte er. Seine Stimme war so schwach, dass sie das Surren und Piepen der Maschinen kaum übertönen konnte.

Aly nahm seine Hand. »Sie sehen großartig aus, Professor!«

Er zwang sich zu einem matten Lächeln, ehe sein Kopf zur Seite rollte und seine Lider sich flatternd schlossen.

»Er ist immer noch labil«, sagte Dr. Bradley, »und braucht jetzt viel Schlaf. Er hatte eine Reihe von inneren Verletzungen. Wir behalten ihn unentwegt im Auge. Mehr können wir nicht tun.« Sie seufzte. »Er ist ein alter Mann.«

»Was wohl dnegnertsna genug ist«, bemerkte Cass.

Dr. Bradley senkte die Stimme und warf Dad einen raschen Blick zu. »Der Professor hat mir gesagt, dass ihr umgehend eure nächste Aufgabe in Angriff nehmen sollt.«

Bei diesen Worten hob Bhegad den Kopf. »K...kommt

nä…her«, flüsterte er und winkte uns mit seinem krummen Zeigefinger heran. Wir gingen alle in die Knie, um seine leise Stimme besser hören zu können.

»Nächs… Loc…«

»Der nächste Loculus?«, fragte ich.

»Hei«, hauchte er und warf mir einen durchdringenden Blick zu. »Hei…«

»Hei?«, wiederholte Aly.

»L…« Bhegad schluckte und versuchte es noch mal.

Ich beugte mich weiter vor. »Ganz langsam, Professor. Was wollen Sie uns sagen?«

»Lung«, brachte er schließlich über die Lippen.

»Lung?«, wiederholte Cass. »Gibt es hier jemand, der Lung heißt? Dr. Lung?«

Bhegads Lider flatterten, ehe plötzlich ein Zucken durch seinen Körper ging. Ein schrilles Piepen war zu hören. »Was bedeutet das?«, rief Aly.

»Herzrhythmusstörungen«, sagte Dr. Bradley. »Den Defi, schnell!«

Wir wichen zurück. Mehrere Männer stürmten herein. Dr. Bradley befestigte zu beiden Seiten der Brust des Professors je eine Elektrode.

Der alte Mann bäumte sich auf, als hätte man einen Dolch in ihn hineingestoßen.

Kapitel 16

Newton spricht

Aly wandte sich ab. »Ich kann das nicht mit ansehen.«

Das Operationsteam scharte sich gemeinsam mit Dad und Torquin um den Professor. Jeder Stromstoß wurde von einem tiefen, schier unmenschlichen Schrei begleitet. In meinem schmerzenden Kopf begann es zu pochen.

Aly hatte ihre Arme um meine Brust geschlungen. Ich spürte, wie sich ihre Wärme in meiner Brust ausbreitete. *Umarm sie auch!*, schrie eine Stimme in meinem Kopf. Aber das wäre jetzt vollkommen lächerlich. Wir mussten uns zurückziehen. Die Ärzte brauchten Platz. Also entfernte ich mich weiter vom Bett des Professors, während Aly mich weiter umarmte und ich sie nicht, was sich unendlich peinlich anfühlte. Schließlich versuchte ich doch, meinen Arm um sie zu legen, doch ehe es dazu kam, prallte er gegen die offene Tür.

»Alles okay mit euch beiden?«, fragte Cass. »Oder führt ihr hier im Krankenhaus einen Zombietanz auf?«

Aly und ich ließen uns los. Mein Gesicht brannte. Wir

traten auf den Flur, ließen Torquin, Dad und Dr. Bradley mit den anderen Ärzten im Zimmer zurück.

Cass tigerte auf und ab. Er hielt jetzt die Perlenkette in der Hand und ließ die Perlen hin und her flitzen. »Er darf nicht sterben.«

Klick … klick …

Ich spähte zum Aufwachraum zurück. »Wir müssen diesen Mr Lung finden«, sagte ich.

»Vielleicht ist er gar kein Mr, sondern eine Ms«, gab Aly zu bedenken.«

Klick …

»Kommt in den Namen der sieben Weltwunder irgendwo ein ›lung‹ vor?«, fragte Aly.

»Die Pyramiden von Gizeh …«, begann ich. »Der Leuchtturm von Alexandria … das Mausoleum zu Halikarnassos … der Tempel der Artemis in Ephesos … die Zeusstatue des Phidias von Olympia.«

»Nirgends ein ›lung‹«, stellte Cass fest.

Klick … klick …

»Kannst du nicht endlich mal damit aufhören!«, fuhr Aly ihn an.

»Hey, das ist eine Trauerkette«, protestierte Cass, »und ich bin traurig.«

Klick … klick … klick …

»Gib sie her!« Aly griff nach der Kette, doch Cass zog sie rechtzeitig weg. Mit einem leisen Geräusch sprang der Verschluss auf. Die Perlen klackten gegen den unteren Teil des Verschlusses, während Cass die andere Hälfte in die Luft hielt. Das Ende eines USB-Sticks stand deutlich ab.

Aly strahlte. »Cass, du bist mein Held.«

»Ehrlich?«

»Lass mal sehen, was da drauf ist.« Aly nahm die Perlenkette und ging mit ihr in den Raum, in dem mein Dad ihr das Genom gezeigt hatte. Der Monitor zeigte immer noch dasselbe Bild.

Aly steckte den Stick in den USB-Anschluss an der Seite des Monitors. Der Bildschirm wurde schwarz, dann wurde ein Passwort angefordert.

»Okay, dann hacken wir die Kiste mal. Dazu braucht's nur den Passwort-Generator von meinem VPN …«

Endlose Buchstaben- und Zahlenkolonnen jagten über den Bildschirm, immer wieder von Error-Meldungen unterbrochen.

»Dauert das lange?«, fragte Cass.

Plötzlich kam der Bildschirm zur Ruhe und ein Ordner erschien. »Bingo! Acht Sekunden. Dieser Stick gehört … ihm.«

Sie zeigte auf den Bildschirm.

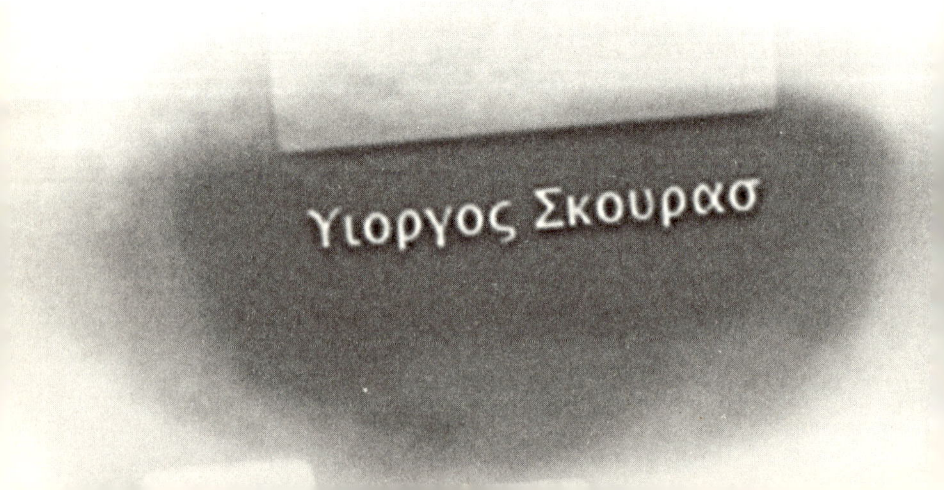

»Yiopgos?«, fragte Cass.

Ich dachte an Rhodos zurück. Geschrieben stand überall RODOS.

»Ich glaube, das p wird im Griechischen wie ein r ausgesprochen«, sagte ich. »Also Yiorgos Skouras.«

Cass verzog das Gesicht. »Yiorgos weiß, wie man einen USB-Stick benutzt?«

»Der ist wie der hässliche Bruder von André the Giant«, sagte Aly.

»Wer?«, fragte Cass.

»Na, du weißt schon: ›Will jemand noch 'ne Erdnuss?‹ aus *Die Braut des Prinzen*«, antwortete Aly. »Kennst du denn überhaupt keine amerikanischen Kinofilme?«

»Wenn ich so viele Filme wie du gucken würde, wäre ich längst ein körperliches Wrack«, sagte Cass.

Aly ging darauf nicht ein, sondern scrollte durch die Dokumente eines Ordners. »Es gibt insgesamt sieben Ordner«, sagte sie. Die griechischen Namen verstehe ich nicht, doch ich vermute mal, dass sie sich auf die sieben Weltwunder beziehen. Lasst uns mal mit diesem hier anfangen, das Wort sieht so ähnlich aus wie ›Pyramide‹.«

Sie klickte auf einen Ordner mit dem Namen PURAMIS. Als sie sich durch eine Fundgrube von Dokumenten klickte – Architekturartikel, Fotos, Wikipedia-Einträge etc. –, stieß Cass ein unwilliges Stöhnen aus. »Das bringt doch alles nichts. Bis wir das alles gelesen haben, liegt Bhegad längst unter der Erde!«

Unter der Erde.

Unwillkürlich musste ich an den Verwesungsgeruch in meinem Traum denken. »Lasst uns positiv denken, okay?«

»Okay«, sagte Aly. »Ich sammle alles, was in Englisch ist. Den Rest können wir später Torquin zeigen, der kann Griechisch.«

Ich sah mehrere Dokumente und einige Fotos vorüberfliegen, darunter ein herrschaftliches Gebäude auf einer Klippe. »Was ist das?«, fragte ich.

»Das Mausoleum zu Halikarnassos«, antwortete Aly.

Ich beugte mich näher heran. Irgendwas daran kam mir vertraut vor. »Sieht irgendwie unheimlich aus«, sagte ich.

»Sollte es auch. Dort wurden nämlich Tote begraben. Ein Herrscher namens Mausolos und seine Frau Artemisia.« Aly klickte auf einen Ordner namens MAUSWLEION. Wie der Pyramiden-Ordner enthielt auch dieser jede Menge Dateien. Sie öffnete alle gleichzeitig. Wir betrachteten eine Kaskade griechischer Wörter und verstanden natürlich nur Bahnhof.

Mit einer Ausnahme.

»Hey, scroll noch mal zurück«, sagte ich. »Da stand eben was auf Englisch.«

Aly pflügte durch die Dokumente, hielt bei einem inne und druckte es aus.

CHARLES NEWTON

Charles Newton
Halikarnassos, 2846
777

Meinem werten Kollegen,
lieber Harry Bishop,

wie immer allerbeste Grüsse! Wer die Mühe nicht ehrt, kann nur als unklug und ehlend gelten. Kaum ein rechter Arm oder n kluger Kopf, der es anders macht. Sind ja auch sehr ehrbar. Fremd die Orte, reich der Boden. Keine Beben. Fresken, Tonvase, Teller, Bluemle, Farben, Kisten voll. Endlich. Oder fixe Idee? Ehre all den Toten. Frohes Ernten bei sengenden Graden. Echt ein Wunder. Bin stets gewarnt.

CN

Wer ist Charles Newton?«, fragte Cass.

Alys Finger flitzten erneut über die Tasten, auf der Suche nach Informationen über Charles Newton. Der erste Treffer war ein Wikipedia-Eintrag. »Hab was«, sagte sie. »Newton war der Typ, der das Mausoleum von Halikarnassos entdeckt hat, beziehungsweise das, was davon noch übrig war.«

Mein Herz begann zu rasen. »Okay, ich suche nach dem Wort ›lung‹. Wäre super, wenn wir da eine Verbindung finden würden.«

»Hier gibt's jedenfalls keine«, sagte Aly. »Ist doch ein total konfuser Brief. Da passt eins nicht zum andern. Außerdem schreibt man elend ohne h.«

»Vielleicht war Englisch nicht seine Muttersprache«, mutmaßte Cass.

»Charles Newton hört sich aber ziemlich englisch an«, entgegnete Aly.

»Vielleicht hieß er eigentlich Lung und Newton war nur sein Künstlername«, schlug Cass vor.

Ich starrte auf die drei Siebenen unter dem Ort Halikarnassos.

»Siehst du, was ich sehe?«, fragte ich.

Aly nickte. »Du meinst die dreifache Sieben? In Atlantis hatten sie's ja mit diesen Siebenerbrüchen ... die wir auf der Insel und in Babylon benutzt haben, weißt du noch?«

1/7= 0,142857

2/7= 0,285714

3/7= 0,428571

Stets dieselben Ziffern, nur unterschiedlich zusammengesetzt. Sie waren Bestandteil des Codes, den wir im Labyrinth des Mount Onyx und in den Hängenden Gärten von Babylon benutzt hatten.

Cass schnappte sich ein Blatt Papier und einen Stift vom Schreibtisch und begann zu schreiben. »Wir nehmen also den ersten, vierten, zweiten, achten, fünften und den siebten Buchstaben des Briefes …«

»Sehr hilfreich!«, spottete Aly.

»Vielleicht ist es ein Anagramm«, sagte Cass.

Aly kratzte sich am Kopf. »Glaub ich nicht.«

Ich holte tief Luft. »Da steht doch noch ein anderer Name, Harry Bishop. Irgendwelche Infos über ihn?«

Aly startete einen neuen Suchlauf. »Nichts.«

»Okay«, sagte ich und massierte mir die pochenden Schläfen. »Lasst mich nachdenken …«

»Vielleicht hat es doch nichts mit Siebteln zu tun«, sagte Cass.

»Und wenn wir jeden siebten Buchstaben des Briefes nehmen«, schlug ich vor.

Ich nahm den Stift und kreiste sorgsam die entsprechenden Buchstaben des Briefes ein:

Meinem werten Kollegen,
lieber Harry Bishop,

wie immer allerbeste Grüsse! Wer
die Mühe nicht ehrt, kann nur als
unklug und ehlend gelten. Kaum ein
rechter Arm oder n kluger Kopf, der
es anders macht. Sind ja auch sehr
ehrbar. Fremd die Orte, reich der
Boden. Keine Beben. Fresken, Tonvase,
Teller, Bluemle, Farben, Kisten voll.
Endlich. Oder fixe Idee? Ehre all den
Toten. Frohes Ernten bei sengenden
Graden. Echt ein Wunder. Bin stets
gewarnt.

CV

Dann notierte ich sie nacheinander:

WOLAHMEGEHENUNDKRANKESICHERHEBEN
LEBENDIETOTENEWIG

»Wo Lahme gehen und Kranke sich erheben, leben die Toten ewig«, las Cass.

»Das ergibt doch keinen Sinn«, sagte ich. In einem Mausoleum werden Tote beerdigt.«

»Er hat dich doch zu sich ans Bett gerufen«, sagte Cass und machte Bhegads gekrümmten Zeigefinger nach. »Jaaack!«, krächzte er.

Ich schüttelte den Kopf. »Nein, er hat nicht Jack gesagt. Er sagte ›Hei‹. Bhegad hat mich angeschaut und ›Hei‹ gesagt.«

»Stimmt«, sagte Cass. Und als du dich weiter vorgebeugt hast, hat er diesen Namen gesagt. Lung.«

Die Antwort traf mich wie ein Blitz. »Nein, nicht Lung! Jetzt verstehe ich ...«

Cass und Aly schauten mich fragend an.

»Er hat uns keinen Namen gesagt. Er wollte uns etwas zum nächsten Loculus erzählen!«

Kapitel 17

Der doppelte Dad

Hei. Lung.

Heilung. Ich hoffte, dass ich recht hatte.

»Du kannst hier nicht einfach so reinplatzen, Jack!«, sagte Dr. Bradley. »Der Professor musste sich gerade einem sehr schmerzhaften Eingriff unterziehen!«

»Tut mir leid, Dr. Bradley, aber es ist sehr wichtig!«

Ich eilte an ihr vorbei ans Bett des Professors. Seit ich das Büro verlassen hatte, waren meine Kopfschmerzen noch schlimmer geworden und hämmerten jetzt regelrecht. Der alte Mann lag flach auf dem Rücken, seine Augen gerötet und glasig. Dad, Cass und Aly standen zusammen an der Tür und blickten zu mir herüber. Torquin saß auf einem Stuhl in der Ecke und hielt eine Ukulele in der Hand.

Ich blieb abrupt stehen. »Was tust du da?«, fragte ich.

»Spielen.« Torquins Augen waren feucht. In seinen großen Händen sah das kleine Instrument noch mickriger aus. »›Oh! Susanna!‹. Lieblingslied von Professor.«

Ich kniete mich neben Bhegad und hielt meinen Mund ganz nah an sein Ohr. »Herr Professor, ich bin's, Jack. Wie geht es Ihnen?«

Seine Augen bewegten sich nicht. Doch ich spürte, dass er mich hörte.

»Er ist nicht bei Bewusstsein, Jack«, sagte Dr. Bradley.

»Vorhin«, sprach ich weiter, »haben Sie mich angesehen und etwas zu mir gesagt. Ich hab es nicht genau verstanden, aber sagten Sie, wir sollten nach dem Loculus der Heilung Ausschau halten?«

Ich hatte das Gefühl, ihn etwa eine Stunde lang anzustarren, ohne ein Zeichen des Erkennens wahrzunehmen. Alles, was ich sah, war die Neonröhre, die sich als weißer Ring in seinen Pupillen widerspiegelte. Kalt und starr. Mit einem Stoßseufzer richtete ich mich auf.

Der weiße Ring bewegte sich.

»Jack …«, flüsterte Aly.

Bhegads Augen wanderten zu mir. Sein Mund zitterte leicht, doch kein Laut kam ihm über die Lippen. Ich beugte mich nah an sie heran, spürte seinen schwachen Atem. Dann hörte ich einen gehauchten Vokal. »Ist das ein Ja, Herr Professor?«

Bhegads Gesicht bewegte sich auf und ab. Es war die kraftloseste Bestätigung, die man sich vorstellen konnte.

»Wir haben einen verschlüsselten Brief von Charles Newton gefunden«, sagte ich. »Von dem Mann, der die Überreste des Mausoleums von Halikarnassos entdeckt hat. Darin heißt es: *Wo Lahme gehen und Kranke sich er-*

heben. Ist das der Ort, an den wir reisen müssen? Finden wir dort den Loculus der Heilung?«

»Newton …«, flüsterte Bhegad. »… Massa …«

»Charles Newton hat mit den Massa gemeinsame Sache gemacht?«, fragte ich. »Ist es das, was Sie zu sagen versuchen?«

Doch Bhegads Energie war erschöpft. Seine Lider schlossen sich langsam, sein Atem wurde zu einem leisen Schnarchen.

Als Dr. Bradley ans Bett trat, zog ich mich in Richtung Tür zurück. Aly und Cass stand der Mund offen. »Du hattest recht mit dem Loculus«, murmelte Aly.

»Das heißt, dass wir ihn vielleicht retten können«, fügte Cass hinzu.

»Dad!«, rief ich. »Wir haben einen Notfall und müssen sofort los! Diese Maschine auf dem Rollfeld mit dem MGL-Logo – können wir die benutzen? Und kannst du einen Piloten besorgen, der uns in die Türkei fliegt?«

»Was?« Dad starrte mich entgeistert an. »Würdest du mir bitte mal erzählen, was hier vor sich geht?«

Das würde nicht einfach werden.

»Komm mit!« Ich drängte mich an Dad, Cass und Aly vorbei und eilte in das Büro von vorhin. Inzwischen fühlte sich mein ganzer Körper so fiebrig an, als hätte ich mir eine Grippe eingefangen. Nachdem wir uns alle im Büro versammelt hatten, schloss ich die Tür hinter uns und zeigte auf den gepolsterten schwarzen Schreibtischstuhl. »Setz dich hin, Dad, und hör zu. Und versprich mir, bis zum Ende zuzuhören. Was ich dir jetzt erzähle, hört sich in deinen Ohren wahrscheinlich völlig verrückt an.«

»Ich glaube, noch mehr Verrücktheiten ertrage ich nicht«, entgegnete Dad.

»In diesem Rucksack da vorne«, ich zeigte auf Torquins ausgebeulten Rucksack, der an der Wand lehnte, »befinden sich zwei Loculi. Kugeln. Himmelskörper. Mit dem einen kannst du fliegen, der andere macht dich unsichtbar. Sie wurden von Königin Qalani gemacht, der Frau von König Ulah'ar, der Mutter von Prinz Karai und Prinz Massarym.«

Die Anspannung wich aus Dads Gesicht. »Karai ... Massarym ... von Atlantis. Ich kenne diese Namen. Deine Mutter war von dieser Sage fasziniert.«

»Das ist keine Sage, Dad«, entgegnete ich. »Das ist die Wirklichkeit. Atlantis war ein unbeschreiblich friedlicher und hoch entwickelter Ort. Die magische Energie, die dort herrschte, verdankten sie einem Spalt in der Erde. Qalani war eine Wissenschaftlerin. Sie wollte die Energie analysieren und arbeitete daran, sie notfalls an einen anderen Ort bringen zu können. Schließlich ist es ihr gelungen, diese Energie in sieben Komponenten aufzuspalten, die sie in den sogenannten Loculi einschloss. Aufbewahrt wurden die Loculi an einem Ort namens Heptakiklos, der die Energie in ständigem Fluss und Gleichgewicht hielt. Doch Massarym gefiel es, die Loculi zu stehlen und mit ihnen zu spielen. Als der Kontinent von Erdbeben, Kriegen und Krankheiten heimgesucht wurde, machte Karai seine Mutter dafür verantwortlich, weil sie die heilige Energiequelle entweiht habe. Die einzige Möglichkeit, der Not ein Ende zu bereiten, sah er darin, die Loculi zu zerstören. Massarym war darüber entsetzt und versteckte die Loculi an Orten, die Karai niemals finden würde. Einen zum Beispiel in der großen Pyramide von Gizeh. Er gab sechs weitere monumentale Bauwerke in Auftrag, in denen jeweils ein Loculus aufbewahrt werden sollte. Sie sind heute als die sieben Weltwunder der Antike bekannt.«

»Der Kontinent versank im Meer«, fuhr Aly fort. »Unwiederbringlich. Doch Jahrhunderte später entdeckte der Forscher Herman Wender die Überreste einer kleinen vulkanischen Insel. Sein Sohn Burt war ein Auserwählter, so wie Jack, Cass und ich. Wender und sein Team blieben auf der Insel und gründeten dort das Karai Institut. Sie konnten Burt nicht retten, doch heute befindet sich dort eine Hightech-Forschungsstation, die vielen Geheimnissen von Atlantis auf den Grund geht. Unter anderem wird dort an einem Heilmittel für Leute wie uns gearbeitet. Das Problem besteht darin, dass der Spalt langsam größer wird und ein Zeitriss entstehen könnte, der die ganze Welt zerstört. Ein paar atlantische Ungeheuer sind bereits durch diesen Spalt entkommen.«

»Also müssen wir die Loculi zurückbringen und den Spalt schließen«, sprach Cass weiter. »Was sich auch für uns lohnen wird, denn wenn wir die Loculi zum Heptakiklos zusammenfügen und die Energie ihr Gleichgewicht wiedergewinnt – zack! –, sind wir geheilt! Dann haben wir noch ein langes Leben als Supertalente vor uns.«

Unsere Worte hingen in der Luft. Dad warf uns nacheinander lange Blicke zu. »Und ihr glaubt das alles?«

»Wir haben es doch selbst erlebt«, antwortete ich. »Cass kann dir die Krallenabdrücke des Greifen an seinem Körper zeigen. Wir haben den Koloss von Rhodos zum Leben erweckt und waren in der Parallelwelt von Babylon, wo die Zeit neunzig Mal langsamer verging als bei uns.«

Cass knöpfte schon sein Hemd auf, doch Dad schüttelte den Kopf – quasi beide Köpfe, denn ich hatte begonnen, alles doppelt zu sehen. Ich zwinkerte heftig, doch mein Kopf fühlte sich seltsam an.

»Aber wenn all diese Dinge wirklich passiert sind«, sagte Dad, »das mit dem Greif, dem Koloss von Rhodos und dem antiken Babylon, warum ist dann nie in den Nachrichten darüber berichtet worden?«

»Weil alles längst zerstört ist«, antwortete ich.

Dad atmete tief durch. »Ich bin wirklich so dankbar, dass ihr noch am Leben seid, und ich weiß, dass ihr viel durchgemacht habt. Aber ich bin ein Mann der Wissenschaft. Ich zweifle nicht daran, dass all diese Dinge … in irgendeiner Form … passiert sind. Es gibt vieles, das uns zunächst rätselhaft vorkommt. Doch die modernen Wissenschaften können das allermeiste erklären.«

»Sie glauben, wir hätten uns das alles nur eingebildet?«, fragte Aly.

Durch die offene Tür sahen wir, wie mehrere Leute in weißen Kitteln zum Operationsraum liefen. Uns blieb nicht mehr viel Zeit. Mir war ziemlich mulmig zumute.

Ich schnappte mir Torquins Rucksack und griff nach Dads Hand. »Komm mit, Dad.«

Verwirrt folgte er mir aus dem Büro, durch den Flur und nach draußen. Aly und Cass liefen hinter ihm her. Auf einer Ukulele wurde immer noch »Oh! Susanna« geklimpert, begleitet von einer Stimme, die so dumpf und traurig klang wie ein Nebelhorn.

Wir traten aus dem Gebäude in die Stille der mongolischen Steppe. Die Sonne ging langsam unter und die Kühle des Abends linderte meinen heftigen Kopfschmerz. Ich lehnte Torquins Rucksack gegen das Glasgebäude und nahm die beiden Beutel mit den Loculi heraus.

»Siehst du, was hier drin ist?«, fragte ich meinen Dad, nachdem ich den ersten Beutel aufgeschnürt hatte.

»Nein«, antwortete Dad. »Da ist nichts drin.«

Ich streckte die Hand hinein, berührte die Oberfläche des Loculus, der unsichtbar macht, und achtete genau auf die Reaktion meines Dads.

Als ich mich vor seinen Augen in Luft auflöste, taumelte er erschrocken zurück. Cass und Aly umfassten seine Arme, um ihn zu stützen. »Jack?«, murmelte er. »Was soll das bedeut… wo bist du?«

»Ich bin immer noch hier«, antwortete ich. »Achtung, ich strecke jetzt meine Hand nach deiner aus. Sobald ich dich berühre, wird die Kraft auf dich übergehen. Dann wirst du mich und den Loculus erkennen, aber wir beide werden für alle anderen unsichtbar sein.«

Er schnappte nach Luft, als ich seine Hand nahm. »Aly«, sagte ich, »gib mir bitte den anderen Loculus.«

Aly hob den Flugloculus aus dem anderen Beutel und ging mit ausgestreckter Hand auf uns zu. »Halt dich gut fest«, sagte ich, während sich meine Finger um sein Handgelenk schlossen. »Bei Aly und bei mir!«

Dad griff nach Alys Hand, und schon stiegen wir auf, bis wir zwei Meter über der Erde schwebten.

»Uaahhhh!«, schrie Dad mit baumelnden Beinen. »Lasst mich runter! Lasst mich runter!«

Cass lachte. »Oh sorry«, prustete er, »aber das ist das Lustigste, was ich je nicht gesehen habe.«

Aly setzte uns behutsam wieder auf dem Boden ab. Als wir sicher waren, dass mein Dad sein Gleichgewicht wiedergefunden hatte, verstauten wir die Loculi erneut in den beiden Beuteln. Er atmete flach und stoßweise. »Was … was war das gerade?«

»Das«, sagte ich, »waren die ersten beiden Loculi. Der dritte, da sind wir ziemlich sicher, hat heilende Kräfte. Ihn müssen wir jetzt finden, um Professor Bhegad und um uns selbst zu heilen. Das Mausoleum von Halikarnassos befindet sich in der Türkei, was von hier aus ja gar nicht so weit ist.«

»Ich kenne den Weg«, versicherte Cass.

Dad hielt die Augen geschlossen, als hoffte er, dass dadurch alles verschwinden würde. »Meine Frau hat ihren eigenen Tod vorgetäuscht«, sagte er schließlich. »Mein Sohn ist dem Tode geweiht. Mein Labor beruht auf falschen Prämissen. Ich bin vom Boden abgehoben und niemand hat es gesehen. Ich bin als Vater, Ehemann, Wissenschaftler und Geschäftsmann total gescheitert. Sagt mir, dass ich das alles nur träume.«

»Du träumst nicht, Dad«, antwortete ich, »aber du bist nicht gescheitert. Du bist der beste Vater, den man sich vorstellen kann.«

Er öffnete die Augen, in deren Winkeln Tränen saßen.

»Ich glaube, ich muss auch gleich weinen«, sagte Aly.

Dad legte mir den Arm um die Schultern und schüttelte den Kopf. »Das ist doch alles total verrückt.«

»Verrückt«, entgegnete ich, »ist das neue normal…«

»Aber ich kann das nicht tun«, sagte er. »Nicht ohne weitere Forschungsergebnisse. Es tut mir leid, Jack.«

Ich trat einen Schritt zurück. Meine Knie fühlten sich an, als wären sie aus Marshmallows. Plötzlich stand ein doppelte, dann ein dreifacher Dad vor mir. Seine Augen verschwammen in meinem Blick.

»Jack…«, sagte er.

»Jack, was ist mit dir?«, fragte Cass.

Ich sank auf die Kie. »Nur… diese Kopfschmerzen.«

Das Letzte, was ich sah, ehe mein Kopf auf der nackten Erde aufschlug, waren sechs Paar Arme, die sich nach mir ausstreckten.

Kapitel 18

Es gibt viel zu tun

Der Sturm tobt. Das Gebäude ist noch nicht fertig, doch ist es schon jetzt ein guter Zufluchtsort. Solide gebaut und für meine Pläne völlig ausreichend.

Als ich einen Donnerschlag höre, blicke ich auf. Die Tür zur trostlosen Nacht steht offen. Mein Möchtegern-Kontrahent liegt bewusstlos auf der Schwelle, zu Füßen des Wächters. Sein Schattenriss macht einen ängstlichen Eindruck, obwohl das Schlimmste noch kommt.

Er weiß nicht, wie schlimm es werden wird.

Am Fuße der Treppe steht eine Statue, die noch nicht auf dem Dach des Gebäudes befestigt wurde – ein verstorbener Herr und seine Frau, die noch lebt. Für einen Moment denke ich an meine eigenen Eltern, die als König und Königin über ein längst versunkenes Reich geherrscht haben. Das schnürt mir die Kehle zu und ich muss ein Schluchzen unterdrücken. Ich werde nie die Möglichkeit haben, das für sie zu tun, was ich für diese Herrscherin tun werde, die sich Königin nennt.

Das Meer brandet krachend gegen die Klippen. Im Gebäude ist es kalt und unwirtlich. Aber das wird sich bald ändern. Hinter dem Bauwerk ist ein geheimer Ort, der die Dunkelheit zum Leuchten bringt und alle Finsternis in Jubel verwandelt.

Die alte Königin wird wieder herrschen.

Ich greife in meinen Beutel und hebe die glatte, kobaltblaue Kugel heraus. Die Erde bebt, doch ich fürchte mich nicht mehr. Alles ist so, wie es sein soll.

Ich bin Massarym. Und es gibt viel zu tun.

Kapitel 19

Der Schneider erwacht

»Er ist wach …«

»Nein, ist er nicht.«

»Aber seine Augen bewegen sich.«

»Jack, Jack, hörst du mich?«

Jack. Mein Name ist Jack.

Der Traum zersplitterte in kleine Scherben. Seine Bilder verblassten. Dann hörte ich Stimmen. Richtige Stimmen, keine Traumerscheinungen. Cass und Aly. Ich wollte die Augen bewegen, doch sie gehorchten mir nicht. Ich versuchte zu reden, aber ich war nicht in der Lage dazu.

»Er braucht mindestens eine halbe Stunde, um sich zu erholen, vielleicht länger.«

»Er kann sich erholen, während wir ihn woanders hinbringen.«

Dr. Bradley. Aly.

Was war geschehen?

Eine warme Hand schloss sich um meinen Arm. Meine

Liege wurde geschoben. »Sie sagten, dass er eigentlich noch eine ganze Woche Zeit gehabt hätte?«

»Er war früh dran. So wie Cass.«

»Dann haben wir keine Zeit zu verlieren. Was ist mit Bhegad?«

Dad. Torquin. Dann wieder Dad.

»Ich weiß die Anteilnahme zu schätzen … doch es ginge mir besser … wenn irgendjemand dieses Banjo zerstören könnte.« Professor Bhegad.

»Ist Ukulele«. Torquin.

Was sollte das hier? Wo brachten sie mich hin? Warum sprach niemand mit mir?

»Redet!«

Meine Liege kam zum Stehen. Meine Lider sprangen auf. Ich blinzelte. Wir waren auf dem Gang, in der Nähe des Operationssaals.

»Hast du was gesagt, Jack?« Dad blickte besorgt auf mich herunter.

»Ich habe ›redet‹ gesagt. Glaub ich.«

»Ich wusste es!«, rief Aly, die glücklich am Arm meines Vaters hing. »Er ist wieder okay.« Sie beugte sich nah an mich heran, »JACK, BIST DU GANZ WACH? KANNST DU MICH HÖREN? DU HATTEST EINE BEHANDLUNG. BALD WIRD'S DIR WIEDER BESSER GEHEN.«

»Warum schreist du denn so?«, fragte ich.

Cass erschien auf der anderen Seite. »Bhegad ist aufgewacht. Wir haben ihn nach dem Loculus, der gesund macht, und nach dem Mausoleum von Halikarnassos gefragt. Nur, um ganz sicher zu sein. Und weißt du was? Das hattest recht – mit beidem!«

»Gute Arbeit, Schneider«, sagte Aly.

»Schneider?«, fragte Dad.

Bhegads gehauchte Stimme meldete sich zu Wort. Er rollte auf seiner Krankenliege neben mir her. »Tüftler … Schneider … Soldat … Matrose …«

»Ich bin der Matrose wegen meiner nehcsitsatnaf Netiekgihäfsnoitagivan«, erklärte Cass. »Marco ist der Soldat, den haben Sie ja nie kennengelernt, Mr McKinley, aber er ist wirklich ein erstaunlicher Athlet. Und Aly ist die Tüftlerin, weil sie bei allen technischen Sachen den totalen Durchblick hat.«

Dad lächelte. »Und was kann ein Schneider besonders gut?«

Auch ich zwang mich zu einem Lächeln. »Ich dachte, das könntest du mir sagen.«

Derjenige, der alles zusammenfügt, hatte Bhegad einmal gesagt. Aber das hörte sich wie eine Art Trostpreis an. Wie den Pokal, den man erhält, obwohl das eigene Team auf dem letzten Platz gelandet ist.

Leider war Professor Bhegad wieder verstummt.

»Wie auch immer«, sagte Dad. »Ich bin sicher, dass es etwas Großartiges ist. Er gab jemand ein Zeichen, worauf sich meine Liege wieder in Bewegung setzte. Ich rollte vom Operationssaal in Richtung Ausgang.

»Wo wollen wir hin?«, fragte ich.

»Ich habe in Ruhe über das nachgedacht, was du mir

erzählt hast, bevor du ohnmächtig geworden bist«, antwortete Dad. »Dann habe ich mit Dr. Bradley, Torquin und deinen Freunden diskutiert und mich entschieden, mit den Vorbereitungen für deinen vierzehnten Geburtstag zu beginnen. Und für deinen fünfzehnten natürlich auch. Wir haben also Brunhilda gebucht, um uns zu helfen.«

»Wovon redest du da?«, wollte ich wissen.

Wir blieben vor einem kleinen leeren Raum stehen. Zwei Mitarbeiter des McKinley-Labors hielten dort ein paar zusammengefaltete Kleidungsstücke bereit.

»Brunhilda ist der Name unseres Firmenjets«, erklärte Dad. »Zieht euch schnell um. Ich gebe dir noch ein Handy mit, falls wir irgendwann voneinander getrennt werden sollten. In zehn Minuten heben wir ab. Mit Bhegad. Torquin sitzt am Steuer.«

Kapitel 20

Brunhilda

»Pah!« Torquin riss das Steuer zur Seite. »Slippy wie Lamborghini, Brunhilda wie Minivan!«

»Ist doch ein sanftes Fluggefühl«, sagte Dad auf dem Copilotensitz.

Der Jet legte sich geschmeidig nach links. »Sanft ja«, gab Torquin zurück. »Spaß nein.«

Cass, Aly und ich saßen hinter den beiden auf drei gepolsterten Sitzen. Cass nestelte wieder an seiner USB-Stick/Perlenkette, während er den Brief von Charles Newton betrachtete. »Da ist noch was Merkwürdiges«, sagte er. »Ist euch schon aufgefallen, dass manche Buchstaben heller als andere sind?«

Aly schaute ihm über die Schulter. »Ist halt 'ne Kopie«, entgegnete sie.

»Oder eine schlechte Schreibmaschine«, fügte Dad hinzu. »Bei so alten Maschinen hing die Deutlichkeit der Buchstaben vom Druck ab, den man auf die Tasten ausübte. Je schwächer der Anschlag, desto blasser die Schrift.«

»Aber die blassen Buchstaben ergeben einen Sinn, wenn man sie aneinanderreiht«, sagte Cass. »›Zerstörer soll herrschen.‹«

»Bist du sicher?«, fragte Aly. »Es gibt doch so viele blasse Buchstaben.«

Cass zuckte die Schultern. »Das kann doch kein Zufall sein. Vielleicht hat es etwas mit König Mausolos zu tun.«

»Der war kein König«, sagte Aly. »Er war ein Satrap, das ist eine Art Gouverneur oder so was.«

»Maaa…«, stöhnte Professor Bhegad im Heck des Flugzeugs.

Wir drehten uns alle um. Bhegad ruhte auf einem Sitz, dessen Rückenlehne vollständig zurückgekippt war. Hinter ihm war ein zusammengeklappter Rollstuhl an der Wand befestigt. »Wie geht es ihm?«, fragte ich.

»All die Aufregung hat ihm sehr zugesetzt«, antwortete Dr. Bradley. »Für einen Menschen in seiner Verfassung ist so ein Flug eine Tortur.«

»Aber er schafft es doch bis in die Türkei, oder?«, fragte Cass.

Dr. Bradley legte den Kopf auf die Seite und enthielt sich einer Antwort.

Aly öffnete ihren Gurt, kniete sich neben Bhegad und nahm seine Hand. »Ich weiß nicht, ob Sie mich hören, Professor, aber wenn es einen Weg gibt, Sie gesund zu machen, dann werden wir ihn finden.«

»Mit Slippy«, grummelte Torquin, » längst in Holli… Halli… Türkei.«

»Halikarnassos«, sagte Dad. »Aber so heißt das nicht mehr. Die Johanniter änderten den Namen in Petronium, die Osmanen später in Bodrum. Dorthin fliegen wir also, nach Bodrum in der Türkei.«

Torquin nickte, während er auf das GPS blickte: »Siebenundneunzig Meilen.«

Ich betrachtete den Monitor, der soeben aus der Armlehne meines Sitzes gekommen war. Seit unserem Aufbruch von der Insel hatten wir keinen Internet-Empfang mehr gehabt. Jetzt holte ich die verpasste Zeit nach, indem ich Informationen über das Mausoleum von Halikarnassos zusammensuchte. Vielleicht würde mir sogar noch genug Zeit bleiben, mich auch gleich mit den übrigen Weltwundern zu beschäftigen.

Ich vergrößerte ein paar Illustrationen. Dieser Ort war weder sehr weitläufig noch besonders prunkvoll, aber ein Meisterwerk der Baukunst – so wie die Hängenden Gärten von Babylon. Etwas unbeschreiblich Schönes ging von diesem Bauwerk aus, das von hohen Säulen umgeben war und einen rechteckigen Sockel hatte, der wie der oberste Teil eines Wolkenkratzers aussah. Geschmückt wurde es von mächtigen Säulen und gekrönt von einer Art Stufenpyramide, an deren Spitze sich ein Streitwagen mit zwei Personen befand.

»Fast fünfzig Meter hoch«, las ich vor. »Größer als die Freiheitsstatue, den Sockel nicht mit einberechnet. Das Mausoleum hatte sechzehn Jahrhunderte Bestand und wurde von sechsunddreißig Säulen umgeben. Mausolos und seine Frau Artemisia stehen in dem Wagen an der Spitze, der von vier Pferden gezogen wird – natürlich nicht sie selbst, ist ja nur eine Statue. Damals hieß der Ort Caria und nicht Halikarnassos und gehörte zu Persien. Das Bauwerk muss so gewagt und modern gewirkt haben, dass die Leute regelrecht geschockt waren. Außerdem wurden repräsentative Gebäude damals mit historischen Schlachtenszenen oder so was geschmückt. Doch hier wurden Statuen von Tieren und Porträts echter Menschen verwendet.«

»Wahrscheinlich sind die Leute reihenweise in Ohnmacht gefallen«, bemerkte Cass.

»Was ist dann passiert?«, fragte Dad.

»Im zwölften Jahrhundert wurde es durch ein Erdbeben stark beschädigt«, antwortete ich. »Und ein Jahrhundert später haben die Kreuzritter dieses Gebiet erobert und dachten sich, hey, was für ein schöner Ort für unsere Festung, und weil sie für die so viele Steine brauchten, haben sie sich an der Ruine des Mausoleums bedient. Diese Steine gibt es immer noch – die alte Festung ist heute ein Museum.«

»Museum des Mausoleums«, sagte Cass. »MuMa.«

»Wie sollen wir denn einen Loculus finden, der in den Mauern eines Museums einzementiert ist?«, fragte Aly mit einem Seufzer. »Denkt mal drüber nach. Die Bruchstücke für den Koloss befanden sich in einem Steinhaufen und die Hängenden Gärten waren in einer Parallelwelt, aber in beiden Fällen kamen wir direkt an die Loculi heran.«

Cass nickte nachdenklich. »Da ist was Wahres dran.«

»Es wurden ja nicht alle Steine für das Museum benutzt«, sagte ich. »Die anderen werden dort ausgestellt.«

»Heute ist aber geschlossen«, gab Dad zu bedenken.

»Uns wird schon was einfallen«, sagte Aly.

Dad blickte zu Professor Bhegad hinüber. »Ich hoffe nicht, dass ich die ganze Sache bereuen werde.«

Als Cass aus dem Fenster schaute, sah er einen mondbeschienenen weißen Berggipfel, der aus den Wolken herausschaute. »Boah … das ist der Ararat, ganz im Osten der Türkei. Da, wo die Arche Noah nach der Sintflut gestrandet ist.«

»Muss ja ’ne heftige Flut gewesen sein«, sagte ich.

»Und eine riesige Arche«, fügte Aly hinzu.

»Brunhilda wie Arche«, brummte Torquin. »Ohne Flut. Oder Tiere. Moment!«

Mit einem Grunzen riss er so heftig an einem Kontrollinstrument, dass fast der Hebel abgebrochen wäre.

Langsam und sanft begannen wir den Landeanflug.

* * *

Der Leihwagen bretterte über die Autobahn nach Bodrum, die sich direkt am Mittelmeer entlangzog. Ich saß auf der Rückbank neben Professor Bhegad, der zwar bei Bewusstsein war, jedoch nur wenig sagte. Sein Rollstuhl lag zusammengeklappt im Laderaum. Ein Streifen Mondlicht spannte sich bis zu den fernen Lichtern der Insel Kos.

Die Lichter verschwammen, als Torquin hart das Steuer einschlug und einen Hügel hinaufdonnerte.

Professor Bhegad schnappte nach Luft. »Der Verrat der Massa … Torquins Fahrkünste … man weiß nicht, was schlimmer ist.«

Als Torquin vor einem Tor eine Vollbremsung hinlegte, geriet der Wagen ins Schlingern. »Sind da!«, gab er bekannt. »Sagt GPS.«

»Hallelujah!«, rief Cass.

Torquin warf ihm einen bösen Blick zu. »Ha-li-kar-nas-sos!«, sagte er mit Nachdruck.

Als ich meinen Gurt löste, gab mir Dad ein Handy. »Hier, nimm, falls wir getrennt werden sollten.«

Ich steckte es ein und wir stiegen aus dem Wagen. Auf der einen Seite sahen wir eine Wachstube, auf der anderen erstreckte sich eine große freie Fläche. In der Mitte befand sich ein großes Loch, das von mehreren Steinhaufen umgeben war. »Das ist es?«, fragte Cass.

»Tja, mehr ist wohl nicht mehr übrig«, sagte Aly.

Ich lehnte mich gegen die Eisenstäbe, stand ganz still und versuchte die Gegenwart des Loculus zu spüren. Die Melodie des Heptakiklos wahrzunehmen.

Jedes Mal, wenn wir einem Loculus oder dem Heptakiklos im Herzen der Insel nahe waren, hatte ich es gespürt. Es war keine richtige Musik, sondern eher ein wundervolles Klanggebilde, das sich tief in mir selbst zu befinden schien. Als wäre mein Körper ein Instrument und jemand würde auf meinen Sehnen und Nervensträngen musizieren.

Ich wartete darauf, es erneut zu spüren. Konzentrierte mich ganz auf diese Empfindung.

Schließlich schüttelte ich den Kopf. »Er ist nicht hier. Ich spüre nichts.«

»Du kannst es spüren«, fragte Dad. »So eine Art… übersinnliche Wahrnehmung?«

»Wir müssen näher ran«, sagte Cass. »Um ganz sicherzugehen.«

»Wir können versuchen, die Alarmanlage außer Kraft zu setzen«, schlug Aly vor.

»Ich hab eine bessere Idee.« Cass lief zum Auto und schwebte zu uns zurück, den Flugloculus in der Hand. Als er vor mir auf dem Boden aufsetzte, berührte auch ich die Kugel.

Gemeinsam stiegen wir in die Luft, glitten über Gesteinsbrocken und geborstene Säulen hinweg. Die Überreste waren viel spärlicher, als ich vermutet hatte. »Und?«, fragte Cass. »Irgendwelche Geigen oder Trompeten?«

Ich schüttelte den Kopf. Alles, was ich wahrnahm, war der leichte Salzgeschmack, der in der feuchten Seeluft lag.

Wir landeten außerhalb des Tores, wo Dad, Aly und Torquin gespannt auf uns warteten. »Was ist?«, fragte Dad. »Können wir wieder nach Hause fahren?«

Ich blickte die Küstenstraße hinauf. In der Ferne, halb hinter den Bäumen verborgen, ragte ein imposantes Gebäude über die Klippen. »Ist das das Kastell der Kreuzritter?«

»Yep«, antwortete Cass. »Wollen wir's uns mal ansehen?«

»Aber … das ist nicht das Mausoleum«, sagte Dad, »was sollen wir da schon finden?«

»Wenn die Kreuzritter Teile des Mausoleums für ihre Festung benutzt haben«, entgegnete ich, »dann wäre es doch auch möglich, dass sich Teile des Loculus jetzt in diesen Mauern befinden.«

Aly nickte. »Sind schon seltsamere Sachen passiert.«

Dad seufzte. »Das hört sich für mich zwar ziemlich unwahrscheinlich an, aber ihr habt mit so was ja mehr Erfahrung als ich …«

Wir sprangen wieder in unseren Van. Dad tat mir leid. Er sah verwirrter aus, als ich ihn je gesehen hatte.

Torquin jagte mit Vollgas den Hügel hinauf. Die kleinen Fenster der Festung kamen uns wie neugierige schwarze Augen vor, die uns beobachteten. Die Türme waren mit Zinnen besetzt, und ich stellte mir vor, wie mit Pfeil und Bogen bewaffnete Wachen uns bereits ins Visier nahmen.

»Ich krieg hier echt eine Gänsehaut«, sagte Cass.

»Waren ja auch Kreuzritter und keine Promi-Architekten, die das hier gebaut haben«, entgegnete Aly.

Ich stieg aus dem Wagen und ging dem Museum entgegen. Hinter einem massiven, mit einem Vorhängeschloss gesicherten Tor befand sich ein mondbeschienener Hof. Nahe den Klippen war ein Areal, das mit einem Seil umspannt war, darin befand sich nichts weiter als ein Haufen alter Steine.

Relikte.

Mein Herzschlag beschleunigte sich. Ich fasste um die

Gitterstäbe und konzentrierte mich ganz auf diesen Ort. Es musste doch hier sein …

Erst nach ein paar Sekunden bemerkte ich, dass Aly und Cass bereits neben mir standen. Sie warteten schweigend ab. Wollten mich nicht stören. Unten, am Fuße der Steilküste, hörte ich die Brandung rhythmisch gegen die Felsen schlagen. Die kühle Meeresbrise ließ mich frösteln.

Der Traum.

Jetzt kam er mir wieder zu Bewusstsein. Auch in ihm hatte ich auf einer Klippe gestanden, während unten das Meer getobt und mir der Wind ins Gesicht geschlagen hatte. Ich hatte geblutet … vor Kälte gezittert … und was in der Hand gehalten?

»Einen Loculus …«, murmelte ich.

»Was?«, fragte Cass.

»Hast du Loculus gesagt? Spürst du ihn?«, fragte Aly.

»Nein, aber ich glaube, ich habe von diesem Ort geträumt«, antwortete ich.

»Ich glaube, das habe ich auch«, sagte Cass bibbernd. Ich blickte zum Stacheldraht hoch, der sich auf dem Zaun befand. »Ich hol mal schnell den Flugloculus.«

»Nein«, sagte Aly. »Das ganze Gebiet hier ist ziemlich groß. Wir können nicht riskieren, dass irgendein Nachtwächter ein paar Kids beobachtet, die auf einem Strandball durch die Gegend fliegen.« Sie nahm zwei Haarklammern aus ihrem Rucksack und führte sie vorsichtig in das Vorhängeschloss ein. Sie drückte sie vorsichtig gegeneinander und bewegte sie langsam hin und her.

Ein klirrendes Geräusch schreckte uns auf. Wir gingen unwillkürlich in die Hocke, während aus dem Inneren der Festung ein metallisches *Klink … klink … klink* zu uns herüberdrang. Ich spähte dorthin, woher das Geräusch kam, konnte aber nirgends ein Warnlicht oder Ähnliches erkennen.

»Was ist das?«, flüsterte Cass.

Aly zuckte die Schultern. Das Schloss sprang auf. Cass, Aly, Torquin, Dad und ich schlichen auf Zehenspitzen durch das Tor. Dr. Bradley blieb bei Professor Bhegad im Wagen. Wir huschten durch den Museumseingang und drückten uns dicht an der Wand entlang. Das Brüllen der Wellen übertönte alle anderen Geräusche, doch plötzlich blieben wir abrupt stehen.

Klink … klink … klink …

Ich streckte einen Finger in die Luft, als Zeichen, dass alle stehen bleiben sollten.

Behutsam wagte ich mich an der Wand ein Stück weiter vor. Im hinteren Teil der Festung befand sich ein kleiner rechteckiger Kiesplatz, der sich bis zu den Klippen erstreckte.

Ich spähte an der Mauer entlang und erblickte auf der anderen Seite des Platzes einen Steinhaufen. Von dort schien das Geräusch zu kommen. Ich ging in die Hocke und zog mich in den Schatten einer Türschwelle zurück. Im Mondlicht erkannte ich die scharf geschnittene Silhouette einer buckligen Gestalt, die kaum eineinhalb Meter groß sein mochte. Ich wusste nicht, ob es ein Mann oder eine Frau war. Beim Gehen schwankte die Gestalt hin und her, ihre Füße zeigten nach außen, als wären sie vertauscht worden. Mit angehaltenem Atem beobachtete ich, wie sie bis zu den Klippen watschelte und den Steinhaufen dabei aus den Augen verlor. Sie ließ ihren Blick über das Meer schweifen.

Auf Zehenspitzen schlich ich näher zu den Steinen heran. Sie schienen zu glühen. Ich fühlte mich seltsam, schwerelos. Der Wind pfiff in meinen Ohren, verschluckte alle anderen Geräusche. Aber die Musik konnte ich immer noch nicht hören. Ich blickte zu den Klippen hinüber. Die merkwürdige Gestalt war verschwunden.

Vielleicht ein Dieb, den wir vertrieben hatten.

Ich trat näher. Die Steine schimmerten gelblich im Mondlicht. Ihre Oberfläche war von feinen Linien durchzogen. Ich streckte die Hand aus und berührte einen der Steine. Er war warm und schien unter meinen Fingern zu pulsieren.

»Pssst«, hörte ich eine Warnung hinter mir. Als ich mich umdrehte, sah ich Cass, Aly und Torquin um die Ecke spähen.

Ich klemmte mir den Stein unter den Arm und lief zu ihnen.

»Jack, pass auf!«, rief Aly.

Aus dem Augenwinkel nahm ich eine Bewegung an den Klippen wahr. Ich fuhr herum und sah im letzten Moment, wie etwas auf meinen Kopf zuflog. Ich duckte mich und ließ den Stein fallen.

Ein Felsbrocken von der Größe eines Baseballs sauste über meinen Kopf hinweg, krachte mit einem dumpfen Geräusch gegen die Festungsmauer und fiel zu Boden. Ein geduckter Schatten tappte auf mich zu wie ein Bärenjunges.

Bevor ich mich aufrappeln konnte, stand er über mir, einen Fuß rechts, den anderen links von mir. Es war ein Mann, seine Gesichtszüge schienen merkwürdig zusammengepresst. Seine Haare standen wie Akupunkturnadeln in alle Richtungen ab. Nur die Mitte seines Schädels war vollkommen kahl und von Furchen durchzogen wie ein ausgetrocknetes Flussbett. Ein Auge blickte nach außen, als sei es abgelenkt. Das andere schaute mich durchdringend an.

Aly, Cass und Torquin rannten uns entgegen. Der Mann fuhr blitzartig herum und holte mit einem Stein aus, der die Größe einer Melone hatte.

»Wir … wir kommen in friedlicher Absicht«, quakte Cass.

Der Mund des Mannes glitt ein wenig auf. Ein Speichelfaden hing die Lippe herab. »Und in friedlicher Absicht sollt ihr wieder das Weite suchen«, antwortete er formvollendet und mit klarer Aussprache.

»Wer sind Sie?«, fragte ich.

Der Mann sah mich mit einem seltsamen Ausdruck an, der zwischen Verachtung und Belustigung lag. »Für diejenigen, die mich mit Namen anreden, was betrüblich wenige sind«, antwortete er, »heiße ich Canavar.«

Kapitel 21

Gnom? Pixie? Troll?

Canavar war kleinwüchsig, sein sabbernder Mund kam mir gefährlich nahe. »Könnten Sie mich bitte aufstehen lassen?«, sagte ich.

»Ich weiß, was ihr denkt.« Canavar sprang zur Seite, worauf sein Speichel nur Zentimeter an meinem Ohr vorbeiflog »Ein Gnom! Ein Pixie! Ein Troll!«

»Nichts davon hab ich gedacht!«, protestierte ich.

»Ha! Mag mein Körper auch gebeugt sein, so bin ich doch schnell und stark«, verkündete er. »Diebe und Beutelschneider sollten sich vor jemand wie mir in Acht nehmen! Doch da ich sehe, dass ihr jung und unerfahren seid – jedenfalls die meisten von euch –, will ich euch in Frieden gehen lassen.«

»Bitte«, sagte ich, »wenn Sie irgendwas mit diesem Museum zu tun haben, dann …«

»Irgendwas zu tun?« Er watschelte zu dem Stein, den er geworfen hatte, und hob ihn auf. »Ich bin ein hier ansässiger Archäologe, Kryptologe, Ozeanologe, DJ!«

»DJ?«, fragte Cass.

»Doktor der Jurisprudenz!«, bestätigte Canavar. Seine Stirn legte sich in Falten. »Da meine Erscheinung und meine Wesensart für die Öffentlichkeit jedoch wenig geeignet sind, ziehe ich es vor, nach Geschäftsschluss zu arbeiten, also jetzt. Geht also unverzüglich eurer Wege, sonst werde ich nicht umhinkommen, euch über Nacht einzusperren und gleich morgen früh der weltlichen Gerichtsbarkeit zu überantworten!«

»Er meint, er zeigt uns bei den Behörden an«, erklärte Cass.

Ich dachte rasch nach. »Selbstverständlich, doch zuvor würden wir uns gern ein wenig umsehen«, erwiderte ich und stand auf. »Wir haben einen Mann von weit her mitgebracht, einen bedeutenden Archäologen, der schwer krank und dessen letzter Wunsch es ist …«

Canavars Augen wanderten zu unserem Van hinüber, in dem Dr. Bradley und Professor Bhegad saßen. Er schaukelte dorthin und blickte durch die Scheibe. »Beim Geiste des Mausolos«, flüsterte Canavar, »ist das … Raddy?«

»Ich muss doch sehr bitten!«, sagte Professor Bhegad.

»Bitte gewährt!«, entgegnete Canavar. »Raddy ist Ihr Spitzname unter all Ihren Bewunderern in Oxford. Sie sind doch Radamanthus Beghad, der König der Gelehrten, der Archetyp eines Archäologen, nicht wahr? Was im Himmel fehlt Ihnen und was kann ich für Sie tun? Ich bin Canavar, stets zu Ihren Diensten!«

Dr. Bradley und Professor Bhegad starrten den missgestalteten Mann an. Für einen Augenblick wusste niemand so recht, was er sagen sollte.

»Ja … äh, ich bin Bhegad«, sagte der Professor schließlich mit sanfter und schwacher Stimme. »Und es gibt tatsächlich etwas, das Sie für mich tun können. Zum Wohle der Archäologie sozusagen. Diese Leute hier … brauchen ungehinderten Zugang zur gesamten Anlage. Außerdem müssen sie alles erfahren, was Sie über das Mausoleum von Halikarnassos wissen.«

Canavar hatte sich zu seiner vollen Größe aufgerichtet, was nicht sehr beeindruckend war. »Oh, bei der Warze von Artemisias entzückender Nase … ich glaube, mir wurde soeben eine wichtige Aufgabe übertragen, nicht wahr. Dann folgt mir bitte.«

Er entfernte sich rasch vom Wagen, eilte dorthin, woher wir gekommen waren, und verschwand um die Ecke der Festung. Wir blieben wie angewurzelt stehen.

»Meine Mutter hat mir beigebracht, Kobolden nicht zu trauen«, sagte Aly.

»In diesem Fall«, entgegnete ich, »sollten wir eine Ausnahme machen.«

* * *

Beim gesegneten Asklepios, was für eine Geschichte!«, rief Canavar aus. Er saß vor einem Steinhaufen auf der nackten Erde. »Ihr sucht also … eine Art … Himmelskörper der Heilkraft, ist das richtig?«

Cass warf mir einen fragenden Blick zu. »Tun wir das?«

»Ja«, antwortete ich, »den Loculus der Heilung. Sehen Sie, Canavar …«

»Dr. Canavar«, sagte Canavar.

»Dr. Canavar. Die Organisation, von der ich Ihnen erzählt habe – das Karai Institut von Professor Bhegad –, ist der Meinung, dass dieses Relikt einst im Mausoleum versteckt wurde.«

»Du liebe Güte«, entgegnete Canavar und zog die Augenbrauen zusammen. »Wenn das wahr ist, denn dürfte dieses Relikt inzwischen zu Staub zermahlen, gestohlen oder im Meer versunken sein.« Er zeigte auf die Festung. »Das ist alles, was vom Mausoleum übrig geblieben ist! Ein Haufen zerbröckelter Steine, die man zum Gedenken aufeinandergehäuft hat. Hier ein Flachrelief, dort eine Statuette. Und das alles, um diese scheußliche Verteidigungsanlage zu bauen, dieses Monument ritterlicher Eitelkeit. Oh, unglückselige Zeit!«

Er begann bitterlich zu weinen. Seine Tränen fielen auf die Steine, die er sorgsam arrangiert hatte. Cass und Aly blickten mich hilflos an.

Ich stand auf und begann, auf und ab zu gehen. Wo war das Lied des Heptakiklos? Ich hatte es außerhalb des Labyrinths beim Mount Onyx gehört, im Kloster der Massa auf Rhodos und in den Hängenden Gärten von Babylon. Wäre der Loculus hier, müsste ich jetzt etwas hören.

Doch nahm ich nichts anderes wahr, als die leichte Wärme der Steine. Konnte das ein Hinweis auf den verlorenen Loculus sein? War dieser hoffnungslos auseinandergesprengt und in alle Winde verstreut worden?

»Canavar«, sagte ich.

»Dr. Canavar.«

»Stimmt. Einige Steine des Mausoleums wurden doch benutzt, um diese Festung zu errichten. Aber gibt es auch Teile des Mausoleums, die ganz woanders gelandet sind?!«

»Dieser Ort war ein Paradies für Langfinger«, antwortete Canavar. »Manche sind mit ihrem Diebesgut entkommen, wohl vor allem diejenigen, die über den Landweg kamen. Manche haben die gestohlenen Steine und Juwelen auf dem freien Markt verkauft. Aber die größten Raubzüge wurden von Schiffen aus unternommen. Von Männern, bei denen sich Dummheit und Unerschrockenheit die Waage hielten. Und so besteht kaum noch eine Möglichkeit, ihre gestohlen Schätze zu finden.« Canavar zeigte mit dem Finger aufs Meer hinaus. »Der Meeresboden ist mit Schiffswracks übersät, die mitsamt ihrem Diebesgut untergegangen sind. Sand und Korallen vermehren sich durch den Körpern derjenigen, die Artemisias Flüche verspottet haben.«

»Artemisia«, sagte Aly, »war doch die Frau von König Mausolos.«

Canavar nickte. »Und seine Schwester.«

»Ist das nicht illegal?«, wollte Cass wissen. »Oder zumindest ziemlich ekelhaft?«

»Die Welt war eine andere damals.« Canavar machte eine kleine Verbeugung. »Hiermit präsentiere ich euch die wertvollsten Mausoleum-Relikte der jüngeren Vergangenheit. Diese Steine wurden nämlich von einem ebenso genialen wie heldenhaften Taucher – also von meiner Wenigkeit – persönlich aus dem Meer geborgen. Denn alles, was mit dem Mausoleum in Verbindung stand, muss hierher zurückkehren. Hier gehört alles hin, entfaltet ein neues Leben und hat seine eigene Bedeutung.«

Ich kniete mich vor die Steine. Sie waren ziemlich klein, viele nur wenige Zentimeter lang und allesamt streng geometrisch geformt. Manche sahen wie neu aus, andere alt und abgenutzt, wieder andere waren von geraden Linien durchzogen.

Canavar stand der Stolz ins Gesicht geschrieben. »Seht ihr die Linien auf den Steinen. Ich glaube, dass sie zusammen ein bestimmtes Zeichen ergeben, und zwar den griechischen Buchstaben **my**, das Äquivalent zu unserem M für Mausolos.«

»Aber dieser Ort gehörte früher zu Persien«, versuchte ich mich zu erinnern, »nicht zu Griechenland.«

Canavar nickte. »Das persische Königreich von Caria oder Karien. Durch seinen Hafen bot es vielen Nationalitäten eine Heimat und Mausolos erwies sich als unabhängiger und flexibler Herrscher. Er beauftragte griechische Architekten und Steinmetze. Daher das griechische M. Wollt ihr sehen, wie die Steine zusammenpassen?«

Mit seinen dürren Fingern brachte er die Steine im Handumdrehen in die richtige Ordnung.

»Seht ihr, ein M«, verkündete er stolz.

Ich nickte. »Manche sind blasser als andere.«

»Ja. Das sind diejenigen, die ich aus dem Schiff geborgen habe. Ich habe diese Steine jahrelang studiert und mich gefragt, was sie bedeuten. Ich habe sie immer wieder anders angeordnet, bis ich irgendwann die Möglichkeit für ein M erkannte, auch wenn manche Steine dazu fehlten. Darum habe ich selbst welche bearbeitet, um die fehlenden zu ersetzen. Das sind die dunkleren Steine. Ein anderes Material stand mir nicht zur Verfügung.«

»Moment mal«, sagte Cass. »Sie haben sich das nur ausgedacht? Sie haben verschiedene Linien gesehen und angenommen, dass sie Teile eines M sein könnten? Und wenn sie nun etwas ganz anderes bedeuten?«

Canavar schaute ihn streng an. »Du willst doch nicht allen Ernstes die Meinung vertreten, dass Q ein angemessenes Zeichen für Mausolos wäre?« Er drehte sich verärgert um und stapfte zu Torquin und Dad hinüber.

Cass, Aly und ich blieben bei den Steinen zurück. Ich berührte einen nach dem anderen. »Sie sind warm«, sagte ich. »Aber nur die alten, nicht die neuen.«

»Also für mich fühlen sie sich alle gleich an«, sagte Cass.

»Findet ihr sie nicht ein bisschen klein?« Aly nahm einen in die Hand und drehte ihn hin und her. »Denkt nur mal an die Buchstaben-Steine über den Säulen des Wender-Hauses – die sind viel größer. Und dann stellt euch mal diese Steine weit oben am Mausoleum vor. Die hätte doch niemand erkennen können.«

Ich legte meine Hand auf einen der Steine und ließ sie dort liegen. Ich spürte ein Kribbeln in meiner Handfläche. Aly und Cass sahen mich gespannt an.

»Diese Steine sind anders.« Sorgfältig begann ich damit, die Steine zu sortieren, legte die älteren nach links und die jüngeren nach rechts.

»Ich kann etwas spüren«, sagte ich. »Bei den älteren, helleren Steinen. Es ist keine Musik. Aber da ist irgendwas.«

»Geh mal mit einem ein bisschen spazieren«, schlug Aly vor. »Vielleicht ist das wie bei einem Geigerzähler, und er beginnt zu singen, wenn du dem Loculus ganz nah bist.«

Ich nahm einen Stein in die Hand, ging erst kreuz und quer über den Hof, dann zur Straße und zurück in Richtung Klippen.

»Suchst du die Herrentoilette, junger Freund?«, rief Canavar zu mir herüber.

»Nein, nein, alles in Ordnung!« Ich blickte nach Westen aufs Meer hinaus und stellte mir die Schiffe der Johanniter mit vollen Segeln vor. Den Laderaum berstend vor wertvollen Statuen und polierten Steinen …

Alles, was mit dem Mausoleum in Verbindung stand, muss hierher zurückkehren. Hier gehört alles hin, entfaltet ein neues Leben und hat seine eigene Bedeutung.

Ich drehte mich und schlenderte zu Canavar, der in ein Gespräch mit Dad und Torquin vertieft war. »Canavar …«, begann ich.

»Dr. Canavar«, verbesserte er mich erneut.

»Dr. Canavar. Ich habe eine sehr große Bitte an Sie. Dürften wir Ihre Steine dorthin mitnehmen, wo sich das Mausoleum befand?«

»Aber da waren wir doch schon«, flüsterte Cass. »Du hast gesagt, dass du da nicht das Geringste gespürt hast!«

»Ich will's noch mal versuchen. Mit diesen Steinen.«

Canavar schaute von Dad zu Torquin und kicherte in sich hinein. »Ach, Kinder lieben Steine, nicht wahr? Und wie oft man es ihnen auch sagt, sie können den Wert historischer Kostbarkeiten einfach nicht erfassen. Aber ich bin ganz gewiss, Mr McKinley, dass Sie ihren Sprössling davon abhalten werden, einen derartigen kulturellen Frevel zu begehen.«

»Äh, bitte wie?«, fragte Dad.

Canavar drehte sich um und watschelte zu seinen Steinen zurück. »Wünsche noch allseits einen angenehmen Abend und eine gute Nacht!«

Dad warf Torquin einen auffordernden Blick zu. Dieser nickte verständig, trampelte hinter Canavar her und schaufelte die Steine mit zwei Griffen seiner Pranken auf.

»Ich … ich verstehe nicht …«, stotterte Canavar. »Sollte das eine Art Scherz sein?«

Torquin stopfte die Steine in seinen Rucksack, packte Canavar am Kragen und hob ihn hoch. »Torquin auch Steine lieben!«

Kapitel 22

Das Geheimnis der Steine

»Das ist alles?«, fragte Dad.

Der tiefer liegende Bereich war vielleicht zehn Quadratmeter groß und von einzelnen Steinen und Säulenteilen übersät, die von Bodenscheinwerfern sanft angestrahlt wurden. Ich kniete mich neben das runde Bruchstück einer Säule, das wie ein entwurzelter Baum auf der Seite lag.

Dad hatte recht. Es gab nicht viel zu sehen.

»Gute Steine«, sagte Torquin und ließ seinen Rucksack auf den Boden fallen. »Gibt schöne Veranda.«

»Das ist nicht besonders amüsant«, grummelte Canavar. »Zunächst zwingt ihr mich, euch hier mit einer Magnetkarte einzulassen, und dann macht ihr euch noch über diesen heiligen Ort lustig.«

»Schnauze, Gnom«, sagte Torquin.

»Für den Koloss hatten wir jedenfalls alle Steine, die wir brauchten«, sagte Cass. »Aber wie soll man ein Wunder wiedererschaffen, von dem nur noch ein Bruchteil existiert?«

Aly kniete neben dem Bild eines Tierkopfs. »Sieht aus wie ein Mušḫuššu«, sagte Aly.

»Soll bestimmt ein Löwe sein«, bemerkte Cass. »Wir sind ja nicht mehr in Babylon.«

Dr. Bradley schob den Professor in seinem Rollstuhl auf mich zu. »Das dürfte nicht leicht werden, Jack«, sagte Bhegad. »Aber in der Archäologie geht es im Prinzip immer darum, einen winzigen Diamanten in einem Haufen Schutt zu finden. Du solltest also nicht den winzigsten Kieselstein außer Acht lassen, mein Sohn.«

»Stimmt wohl«, entgegnete ich. »Danke.«

Doch wo beginnen? Ich betrachtete einen kleinen flachen Stein, der so ähnlich wie die Steine aussah, die Canavar bearbeitet hatte. Ich strich mit der Hand darüber.

Aly legte ihre Hand auf meine. »Ich spüre es.«

Meine Hand zuckte zurück.

»Was ist?«, fragte sie.

»Nichts, du hast mich nur erschreckt.«

Aly kniff die Augen zusammen. »Du wirst ja ganz rot.«

»Unsinn.« Ich drehte mich weg. »Was … was hast du gespürt?«

»Wärme«, antwortete sie.

Ich schluckte. »Wärme?«

»In der Festung konntest du doch die Wärme der Steine spüren, Jack. Deshalb habe ich jetzt versucht, die Wärme durch deine Hand hindurch zu spüren.« Aly lächelte. »Was hast du denn gedacht?«

Mein Gesicht brannte. »Ach, gar nichts.«

Sie starrte mich an und ich stand wie belämmert da. Strich erneut über den flachen Stein. Er strahlte wirklich eine gewisse Wärme aus. Ich ließ die Fingerkuppen über die Oberfläche gleiten, bis ich eine diagonale Linie spürte. Sie war ein bisschen erhöht, wie die Ader einer geballten Faust.

»Ah, du hast bereits mein Lieblingsstück entdeckt«, hörte ich Canavars Stimme. Er ging neben mir in die Knie und fuhr mit einem gekrümmten Finger die Linie entlang. »Ein absolut gerader Strich, wie mit der Rasierklinge gezogen, wirklich bemerkenswert.«

»Das scheint von denselben griechischen Typen eingeritzt worden zu sein, die auch das M gemacht haben«, sagte Cass.

»Nun, ein geschultes Auge erkennt da natürlich gewisse technische Unterschiede«, entgegnete Canavar mit gehobenen Brauen. Diese Linie hier ist erhaben und wurde nicht in den Stein eingeritzt. Das ist ein ganz anderer Vorgang.«

Ich bemerkte einen weiteren flachen Stein und dann noch einen. Ich zog eine Taschenlampe aus meinem Rucksack, ließ sie hin und her wandern und verstärkte damit das Licht, das von den Bodenlampen ausging. »Von solchen gibt es ganz viele hier«, sagte ich und richtete den Lichtstrahl auf verschiedene Steine, die mir aufgefallen waren. »Hier … und da hinten … ich glaube, dass die alle mal Teil einer bestimmten Skulptur waren.«

»Tust du das?«, fragte Canavar mit spöttischem Lächeln. »Dann bist du mit deinen herausragenden visuellen Fähigkeiten vielleicht auch in der Lage, eine komplette Artemisia-Statue wiederauferstehen zu lassen.«

»Jack kann so was«, bestätigte Dad lächelnd. »Der hat in der Schule den ersten Preis beim Puzzle-Wettbewerb gewonnen. Wir haben mit jeder Menge Ben&Jerry's gefeiert.«

»Echt?«, fragte Aly. »Puzzle-Wettbewerb – so was gibt's?«

»Und Ben&Jerry's?« Cass leckte sich die Lippen. »Welche Sorte?«

»Süüüüüüß!«, brummte Torquin.

Mir stieg schon wieder die Hitze ins Gesicht.

Konzentrier dich. Beachte sie gar nicht.

Die Rache kommt später.

Ich betrachtete die Steine und fügte sie in Gedanken zusammen. Dann nahm ich sie und legte sie dicht nebeneinander, bis ich keine mehr finden konnte, die dazu passten.

Vorsichtig schob ich alle an ihren Platz.

»Sieht aus wie eine Platte oder Tafel«, sagte Aly. »Mit einer spiegelverkehrten Sieben.«

»Vielleicht haben die Perser von rechts nach links gelesen«, mutmaßte Cass.

Dad legte neugierig den Kopf auf die Seite. »Irgendeine Idee, was das bedeuten könnte?«

Ich war mir nicht sicher. Aber mein Gehirn versuchte sich das genaue Muster von Canavars M in Erinnerung zu rufen. Doch irgendwas passte da nicht zusammen. »Torquin«, sagte ich, »kannst du mir mal Canavars Steine geben? Ich meine alle.«

»Ich glaube, diese Frage sollte lieber an den Hüter der Steine selbst gestellt werden«, entgegnete Canavar, »der sein Leben riskiert hat, um sie zusammenzutragen.«

»Darf ich, Dr. Canavar?«, fragte ich.

»Genehmigung erteilt.«

Torquin holte die Steine aus seinem Rucksack und gab sie mir. Ich trennte erst einmal die alten von den neueren Steinen. Dann widmete ich mich ausschließlich den alten und ordnete sie verschiedenartig an.

»Darf ich dich daran erinnern«, schaltete Canavar sich ein, »die wichtigsten dieser Steine nicht außer Acht zu lassen, nämlich diejenigen, die ich aus reiner Notwendigkeit bearbeiten musste, um das historische M zu rekonstruieren.«

Nachdem ich den letzten Stein an seinen Platz geschoben hatte, musste ich lächeln. »Ihre Steine ergeben kein M.«

»Es ist eine Sieben!«, rief Cass. »Ich wusste doch, dass es kein M wird. Yesss!«

Hinter mir hörte ich die schwache Stimme von Professor Bhegad: »Das ist mein Junge!«

Canavars kleine Augen wurden doppelt so groß. »Nun … das … ist natürlich auch eine Möglichkeit.«

»Eine in den Stein gemeißelte Sieben«, stellte Dad fest, während er das Bild betrachtete. »Und eine reliefartige spiegelverkehrte Sieben von derselben Größe. Denkst du, was ich denke?«

»Denke schon.« Ich platzierte die Steine aus Canavars Sammlung verkehrt herum, sodass die gemeißelte Sieben vollendet wurde.

Als ich den neunten Stein an seinen Platz schob, ging ein Zittern durch mich hindurch.

Dad fasste um meinen Arm. »Was ist mit dir? Spürst du das Lied des Heptococcus?«

»Heptakiklos«, verbesserte ich. »Ja. Absolut.« Ich spürte die Vibration von den Haaren bis zu den Zehenspitzen.

Aly schüttelte den Kopf. »Das ist kein Lied, Jack …«

Nun hörte ich, wie sich Felsbrocken aus den Klippen lösten und klatschend ins Meer stürzten. Alys Gesicht verschwamm und meine Beine vibrierten, als wäre ich in einem Zug oder stünde auf einem Surfbrett.

Sie hatte recht. Dies konnte kein Loculus sein. Das war ein Erdbeben.

Kapitel 23

Fata Morgana?

Die Platte – die von uns zusammengefügten Steine – sprang auf und ab, als hätte sie ein Eigenleben. Die Erde riss in gezackten Linien auf, die sich von der Platte aus wie Sonnenstrahlen in alle Richtungen erstreckten.

»Das … das geht von dem Ding aus!«, rief ich. »Du musst die Sieben zerstören!«

Torquin war schon da und machte sich mit seinen dicken Fingern an der Platte zu schaffen. Cass, Aly und ich versuchten ihm zu helfen.

»Was tut ihr da?«, rief Dad.

»Wir müssen es stoppen!«

»Ein Erdbeben stoppen?«

Doch es war zwecklos. Die Steine waren nicht voneinander zu trennen, als wären sie mit Superkleber zusammengeklebt. Torquin keuchte und versprühte Spucke. Plötzlich spürte ich, wie die Platte vom Boden abhob. Zunächst dachte ich, Torquin würde sie hochheben, während ich weiterhin versuchte, die Steine auseinanderzureißen.

»Legt sie hin!«, rief Aly. »Das bringt doch nichts!«

»Geht nicht … hinlegen!«, stöhnte Torquin.

Die Platte begann sich zu verändern. Die abgebrochenen Ecken vervollständigten sich von selbst, bis die ganze Platte ein perfektes Rechteck ergab. Die Platte fühlte sich glatt an und wurde immer heißer.

Ich zog meine Finger weg. Die Klippen und das Meer verschwammen, als ginge ein grauer Vorhang über sie hinweg. Als ich nach hinten fiel, schoss aus der Platte ein Netzwerk von zahllosen Adern und Arterien in alle Richtungen, füllte den eben noch leeren Raum, explodierte in einer Gischt aus steingrauem Plasma.

»Weg da!«, schrie ich.

Cass, Aly und Torquin sprangen zurück.

Vor uns nahm eine Mauer Gestalt an, die weder gasförmig noch flüssig oder fest war, sondern irgendwas dazwischen. Dann verfestigte sich das Material in den Nischen, bildete Säulen und Reliefs heraus. Im Zentrum des Ganzen, etwa in Brusthöhe, befand sich die Platte mit der zusammengesetzten Sieben. Darüber wölbte sich ein Torbogen aus Marmor, der mit Ochsen-, Pferde- und Schlangenbildnissen verziert war. Zu beiden Seiten reihten sich massive Marmorsäulen aneinander, als würde eine Reihe von Ehrfurcht gebietenden Wächtern aus dem Boden schießen.

Die Mauern dröhnten und erzeugten in der Tiefe, aus der sie kamen, ein hohles Echo. Oberhalb der Säulen bildete sich eine dreieckige Fläche mit dem Relief eines Streitwagens, der von vier Pferden gezogen wurde. Als ich den Kopf hob, sah ich, dass ein spitz zulaufendes Dach Gestalt annahm, an dessen höchstem Punkt zwei menschliche Figuren entstanden, ein Mann und eine Frau.

Als die Erde sich hob, prallte ich rückwärts gegen meinen Vater. »Was zum Teufel …?«, sagte er.

Jetzt gewann das Bauwerk an Höhe und wurde von einem Unterbau, der so breit war wie ein ganzer Wohnblock, in den Himmel geschoben. Der Unterbau bekam eine zweite Etage, sodass er nun aussah wie die beiden Schichten einer mächtigen Torte. Hoch über unseren Köpfen blickten nun mächtige Statuen auf uns herab – ernste Figuren in langen Gewändern, riesenhafte Pferde und Geschöpfe des Waldes. Schließlich entstand vor uns ein Hohlraum in der Wand und wurde zu einem Torbogen, von dem aus eine breite Treppenflucht zu uns nach unten kroch und dabei viel Staub aufwirbelte.

Cass, Aly, Torquin und Dad wandten sich hustend ab.

»Ist … ist das … eine Fata Morgana«, stieß Dad aus. »Rational lässt sich das jedenfalls nicht erklären.«

»Nein«, stimmte ich zu.

Cass schluckte. »Schade, darauf hatte ich gehofft.«

»Haaa!« Als der Staub sich legte, sah ich die kleine bucklige Gestalt von Canavar hustend und lachend durch die Gegend tanzen. »Es war eine Sieben …« Auf unsicheren Füßen taumelte er dem Gebäude entgegen. »Beim Triumphwagen von Mausolos, es war kein M, sondern eine Sieben! Hihihi! Wir haben das Mausoleum von Halikarnassos wieder auferstehen lassen! Ich werde weltberühmt werden! Bucht mir einen Flug nach Schweden, damit ich meinen Nobelpreis abhole! Ich bin ein glücklicher Mann, ich schwebe auf Wolken!«

Er tänzelte die Stufen des riesigen Bauwerks hinauf, das die kleine Gestalt regelrecht zu verschlucken schien.

»Jemand… muss ihn zurückhalten!«, krächzte Bhegad, dessen schwache Stimme jedoch kaum zu verstehen war.

Aus dem Torbogen schoss plötzlich ein bläulich-weißes Licht. Canavars Füße lösten sich vom Boden. Seine Beine zappelten in der Luft, als wären dies die letzten Zuckungen seines seltsamen Tanzes. Dann erstarrte er.

Als würde er von einem unsichtbaren Arm gezogen, sauste er plötzlich der offenen Tür entgegen.

»Himmel, was für ein Erlebnis!«, rief er. »Kann mir vielleicht jemand helfen?«

Ich sprang auf, doch Dad hielt mich zurück. »Nein, Jack, bleib hier!«

Mit einer Geschwindigkeit, die ich Torquin nicht zugetraut hätte, raste er auf Canavar zu und hielt ihn am Fußgelenk fest.

»Au, was für ein Schmerz!«, schrie Canavar. Er lag jetzt parallel zur Erde in der Luft. Sein Kopf zeigte zur Tür, eines seiner Beine wurde von Torquins fleischiger Hand umschlossen.

»Lass Bein nicht los!«, schnaubte Torquin.

»Dann wird sich Bein von Torso, Kopf und Armen lösen!«, schrie Canavar.

Der Torbogen erbebte. Aus dem Dunkel schoss ein

Lichtblitz in den Himmel. Das Krachen, das ihn begleitete, dröhnte in meinen Ohren. Ich taumelte zurück. Torquin stürzte und musste Canavars Bein freigeben.

Vor dem Torbogen begann die Luft zu flirren, als wäre dort ein Moskitoschwarm. Aus dem Luftwirbel entstand allmählich die Gestalt einer Frau.

Sie hob die Arme, worauf Canavar zu ihr nach oben schwebte, bis sie von Angesicht zu Angesicht waren. Sie schien ihn in einer Sprache zu beschimpfen, die ich nicht kannte, und Canavar erwiderte: »Bitte verschonen Sie mich! Es tut mir so leid! Es war ein Unfall!«

Aus den Augen der Frau schoss ein roter Blitz. Canavar flog durch die Luft, wurde zum Dach des Gebäudes hinaufgerissen.

Aly und Cass kamen dicht zu meinem Dad und zu mir. Torquin sprang zurück, schützte uns mit seinem Körper.

Die Frau schritt die Stufen hinunter. Ihr Gesicht war grau und eingesunken, die Haut schien sich abzulösen. Ihre weißen Haare hingen leblos herab und reichten ihr fast bis zu den Füßen. Sie streckte uns ihren knochigen Zeigefinger entgegen, dessen Haut wie sprödes Papier aussah. Ihre Nägel waren schwarz und gekrümmt wie die Hörner eines Ziegenbocks.

Als ihr Mund sich öffnete, hörte ich eine Stimme, die so rau war wie Sandpapier.

»Ist das alles«, sie warf ihren Arm in die Luft, »was ihr mir bieten könnt?«

Kapitel 24

Pellende Zombiehaut

Einen Fetzen fliegender Zombiehaut ins Auge zu kriegen, ist echt kein Spaß. Es brennt ebenso sehr, wie es stinkt.

Mein tränendes Auge zwinkert wie wild. »Alles okay?«, fragt Dad.

»Antwortet auf meine Frage! Ist das alles, was ihr mir bieten könnt?«, verlangte die Frau zu wissen. Mit einem Auge sah ich sie die Stufen hinabsteigen, während sie kleine Fragmente ihrer selbst um sich her verteilte. Ich war mir nicht sicher, ob es Knochensplitter, Fetzen ihrer zerrissenen Toga oder Brösel schorfiger Haut waren.

»Absolut!«, rief Aly. »Oder nicht? Keine Ahnung. Könnten Sie Ihre Frage ein bisschen anders stellen?«

Während die Kreatur auf uns zukam, eine Spur verdorrter Partikel hinter sich her ziehend, zeigte ihr Arm immer noch nach oben. Mein Blick wurde klarer. Ich folgte der Richtung ihres skelettartigen Fingers bis zur Spitze des Mausoleums, wo Canavar unbequem auf einem der Pferde des marmornen Streitwagens saß.

»Dieser Schwachkopf soll eine Seele sein?«, rief die Frau. »Ist das alles, was ihr zu bieten habt? Diesen schrumpeligen Winzling?«

»Ich habe verborgene Qualitäten, verehrte Hausherrin!«, rief Canavar, der wie ein Wasserspeier von seinem Marmorpferd hinunterblickte. »Welche ich gern näher erläutern würde, vorzugsweise von Angesicht zu Angesicht … beziehungsweise was von Ihrem Gesicht noch übrig ist. Sie hätten nicht zufällig eine Leiter?«

Die Frau machte mit dem Zeigefinger eine kreisförmige Bewegung und murmelte etwas in sich hinein.

Schreiend schoss Canavar wie ein Torpedo in die Luft, strampelte mit Armen und Beinen und fiel direkt auf uns zu. Torquin nahm ihn ins Visier und schaukelte von einer auf die andere Seite, um einen möglichst stabilen Stand zu haben. Nahezu lautlos landete Canavar in seinen Händen, als hätte Torquin einen riesigen Marshmallow aufgefangen.

»Touchdown«, murmelte Torquin.

»Wir kommen in friedlicher Absicht …«, begann Aly mit zitternder Stimme. »Mein Name ist Aly und das hier sind Jack, Cass, Torquin und Mr Martin McKinley. Dahinter stehen Dr. Theresa Bradley und Professor Radamanthus Bhegad. Und wie heißen Sie?«

Als die Frau ihre Hand senkte, fielen ein paar Hautschuppen ihres kleinen Fingers auf die Stufen. Angewidert drehte ich mich um. »Ich bin Skilaki«, antwortete sie.

»Was für ein hübscher Name«, platzte es aus Canavar heraus. »Wohlklingend, geradezu poetisch. Mein Name ist Canavar … Dr. Canavar, um genau zu sein … und ich schulde Ihnen verbindlichsten Dank für Ihre …«

»Mein Name bedeutet ›kleiner Hund‹ und ich verachte ihn!«, blaffte Skilaki ihn an. »Einst wurde ich Sybille genannt, doch unserer Herrscherin gefiel das nicht. Und die große Königin Artemisia bekommt alles, was sie will. Wenn ihr also Einlass begehrt, dann lasst uns jetzt über die Bedingungen reden. Artemisia will nicht gestört werden! Aber lasst mich ihr ein anderes Wesen präsentieren als diesen Homunculus namens Kaviar.«

»Canavar«, verbesserte das bucklige Männnlein. »Aber ich muss Ihnen recht geben. Ich bin nicht würdig. Meine Seele ist arg in Mitleidenschaft gezogen und …«

»Schweig, Winzling, oder ich schick dich aufs Pferd zurück!«, rief Skilaki.

Ich schluckte. Blickkontakt mit Skilaki aufzunehmen war nicht einfach. Ihre Augen schienen in den Höhlen hin und her zu schwimmen und drohten jederzeit herauszufallen. Ich versuchte mein Zittern unter Kontrolle zu bringen, während ich sprach. »Wir suchen das Mausoleum von Halikarnassos«, sagte ich. »Wir wollen einfach hineingehen, das finden, was wir brauchen, und wieder verschwinden.«

»Und was ist es, das ihr *braucht*, Kind?«

Cass und Aly warfen mir panische Blicke zu.

Unmöglich zu sagen, ob sie über die Macht der Loculi

Bescheid wusste. Doch falls sie unsere wahren Absichten kannte, würde das unsere Aufgabe keinesfalls einfacher machen.

»Eine Art… Steinball«, antwortete ich. »Eigentlich nichts Besonderes. Doch wir Menschen schätzen ihn außerordentlich. Wir wissen, dass er Artemisia vor vielen Jahren verehrt wurde. Vielleicht können Sie uns helfen.«

Für einen Moment starrte sie mich sprachlos an, dann stampfte Skilaki mit dem Fuß auf. Ich wandte mich ab, weil ich nicht ein weiteres Peeling betrachten wollte. »Red hier nicht von simplen Steinen! Die Königin. Verlangt. Zum Eintritt. Eine Seele!«

»Okay, dann nehmen Sie also eine… Seele von uns«, entgegnete Aly. »Was passiert mit der Person, nachdem ihre Seele verschwunden ist?«

»Die Seele wird sich in einem Zustand ewigen Glücks befinden. Ein freies und ungebundenes Dasein führen. Wissen und Weisheit in sich aufnehmen. Vielleicht ein neues Zuhause in einem anderen Körper finden. Der ehemalige Körper ist befreit worden – befreit von seinen Gedanken und Gefühlen – und existiert so unwissend und kreatürlich wie ein Insekt.«

»Wir sollen uns also freiwillig melden, um ein Zombie zu werden«, stellte ich fest.

»Dieses Wort kenne ich nicht. Ich bin nur die Hüterin Artemisias«, sagte Skilaki. »Habt ihr ein Problem mit dieser Forderung?«

»Natürlich haben wir das!«, gab Aly zurück.

»Dann lebt wohl«, entgegnete Skilaki und wandte uns den Rücken zu.

Als sie die Stufen hinaufstieg, vibrierte das gesamte Mausoleum. Die Erde bebte erneut, die Mauern begannen sich aufzulösen.

»Oh, nein, jetzt verschwindet alles wieder«, sagte Cass.

Ich riss mich von Dad los und lief ihr nach. »Warte!«, rief ich.

»Jack, komm zurück!«, schrie Dad.

Ich hörte, wie er mir nachlief. Ich rannte an Skilaki vorbei, drehte mich um und versperrte ihr den Weg zum Eingang. »Ich will Artemisia sehen«, sagte ich. »Sagen Sie ihr, ich sei … ein Nachfahre von Massarym.«

Skilaki hätte fast ihr Gleichgewicht verloren. »Wie kannst du es wag…« Sie hielt inne und beugte sich vor. »Hast du Massarym gesagt? Eine gewisse Ähnlichkeit gibt es tatsächlich …«

»Richten Sie der Königin aus, dass wir es in Erwägung ziehen, ihr eine unserer Seelen zu überlassen, doch nur, wenn Sie uns den Steinball aushändigt und uns in Frieden gehen lässt«, forderte ich.

Ich wusste, dass es die spärlichen Reste ihrer bröselnden Zähne kaum zuließen, dass sie mit »Ja« antwortete. Skilaki trat einen Schritt zurück und hob die Hand. »Du hast keine Macht, etwas zu fordern.«

Ich spürte, wie sich meine Füße vom Boden lösten. Verzweifelt versuchte ich mich an einer Säule festzuhalten, damit ich nicht in die Luft gerissen wurde.

»Lassen Sie ihn!«, rief Dad und packte ihren Arm. Er versuchte sie zurückzureißen, hielt jedoch nichts als Haut- und Togafetzen in der Hand. Ich schlingerte nach oben, als würde ich von einer unsichtbaren Vorhangkordel gezogen.

»Stopp!«, rief eine Stimme. »Ich melde mich freiwillig!«

Skilaki drehte sich um. Dad erstarrte. Meine Beine wurden auf den Boden zurückgerissen.

Professor Bhegad war von seinem Rollstuhl aufgestanden. Mit einer Energie, die ich ihm nicht zugetraut hätte, hielt er seinen Kopf gerade. »Ich will es tun. Ich werde Artemisia meine Seele überantworten.«

Kapitel 25

Ein Spiel um Leben und Tod

Wir eilten zu Professor Bhegad, nachdem er in seinen Rollstuhl zurückgesunken war. »Das dürfen Sie nicht tun, Professor«, sagte ich.

Professor Bhegad schüttelte trotzig den Kopf. »Seht mich an, meine Kinder«, flüsterte er mit heiserer Stimme. »Ich habe nicht mehr lange zu leben. Ihr könnt nicht ermessen, was für Schmerzen ich erdulden musste. Wenn ich nicht mehr bin, habe ich keinen Nutzen mehr für euch. Bitte sorgt dafür, dass mein Tod die Suche nach dem Loculus erleichtert.«

Dad starrte den alten Mann fassungslos an. »Sie wollen Ihr Leben für die Kinder geben?«

Er nickte. »Ich will das tun, was notwendig ist.«

»Das können wir nicht zulassen«, sagte Aly.

»Das Leben eines Zombies würde Ihnen bestimmt nicht gefallen, Professor«, fügte Cass hinzu.

»Skilaki«, sagte ich. »Geben Sie uns ein paar Minuten Zeit.«

Sie verdrehte die Augen, worauf eines aus seiner Höhle fiel. Sie hob es mit der rechten Hand vom Boden auf und drückte es an seinen Platz zurück. »Ich habe alle Zeit der Welt«, erwiderte sie. »Buchstäblich.«

»Das will ich nicht gesehen haben«, sagte Cass.

Ich rannte die Stufen hinunter. Winkte die anderen hinter mir her. Torquin trat hinter den Rollstuhl des Professors und schnallte ihn an. Dann ging er in die Knie, umfasste beide Armlehnen und hob den Rollstuhl samt Professor hoch bis auf Brusthöhe. Als Torquin vorsichtig die Treppe hinunterging, legte Bhegad seine Hand auf die des Riesen. »Du wirst mir fehlen, alter Freund«, sagte er.

Torquin hustete. Sein Gesicht war dunkelrot. Als er den alten Mann abstellte, sah er niemand von uns ins Gesicht.

Was würde der Tod des Professors für ihn bedeuten?

Was würde er für uns bedeuten?

Ich schaute Bhegad verstohlen an. Der Blick seiner wässrigen blutunterlaufenen Augen war ebenso fest und unerschütterlich wie die Marmorsäulen, die über uns aufragten.

»Jack…?« Alys Stimme brachte mich wieder zu mir selbst.

»Ich hab einen Plan, also hört zu«, sagte ich. »Wir überlassen ihnen den Professor, aber dann handeln wir superschnell. Artemisia muss uns den Loculus aushändigen, ehe sie irgendwas mit ihm anstellen können.«

»Das ist doch Wahnsinn, Jack«, sagte Cass. »Und wenn sie ihn gleich zum Zombie machen?«

»Denk an Newtons Botschaft: ›Wo Lahme gehen und Kranke sich erheben, leben Tote ewig‹«, zitierte ich. »Heißt das nicht, dass der Loculus ein Leben wieder herstellen kann? Wir nehmen Bhegad mit und wenden diese Kraft bei ihm an.«

Dad erbleichte. »Jack, das ist ein Spiel um Leben und Tod.«

»Und für Sterbliche ist es am gefährlichsten«, warnte Canavar.

»Ich hab nichts mehr zu verlieren«, betonte der Professor. »Wenn ich sterbe, ist die Suche beendet. Dann ist mein Leben umsonst gewesen. Doch wenn mein Opfer noch einen weiteren Loculus ans Tageslicht befördert, hätte es vielleicht doch irgendeinen Sinn gehabt. Bitte lasst es uns versuchen.«

Er blickte von einem zum anderen, sah uns durchdringend an. Keiner sagte ein Wort. Torquin stieß ein ungewohntes Geräusch aus, das wie ein Niesen klang, und starrte verbissen in die Ferne.

Bhegad nahm Torquins Hand. »Mein getreuer Gefährte. Trotz der Millionen Dinge, die uns trennen, wirst du mir wohl am meisten fehlen. Wollen wir?«

Der imposante Kerl mit dem struppigen Bart nickte mit versteinertem Gesicht. Schweigend hob er erneut den Rollstuhl in die Höhe und stapfte die Stufen hinauf.

»Gnädige Frau«, rief Bhegad so laut, wie er nur konnte. »Ich werde Ihnen meine Seele unter zwei Bedingungen überlassen. Erstens, dass meine Freunde mich begleiten dürfen. Zweitens, dass sie danach sicher wieder nach Hause zurückkehren.«

»Der Eintritt ist allen gestattet«, sagte Skilaki. »Doch die Rückkehr …«

Plötzlich schoss ihre Hand nach vorne. Sie packte Cass am Kinn, drehte seinen Kopf zur Seite und betrachtete seinen Hinterkopf.

Ihr fiel die Kinnlade herunter. Buchstäblich.

Nachdem Skilaki sie aufgehoben und wieder an ihren Platz geschoben hatte, sagte sie: »Ich hatte schon von diesem Zeichen gehört, doch jetzt habe ich es zum ersten Mal gesehen. »Du, mein Junge, sollst freies Geleit haben.«

»Wegen des Lambdas?«, fragte Cass.

»Aber wir alle haben dieses Zeichen«, sagte ich.

»Wer das Zeichen trägt, wird zurückkehren«, erklärte Skilaki. »Doch niemand sonst.«

Dad trat einen Schritt vor und packte mich am Arm. »Sie glauben ja wohl nicht im Ernst, dass ich meinen Sohn allein dort reingehen lasse.«

Professor Bhegad nahm Dads Hand. »Er muss es allein tun, Martin. Das weißt du. Doch mein Tod sichert ihm seine Rückkehr.«

Dad öffnete seinen Mund, um etwas zu entgegnen, dann schloss er ihn wieder. Für einen Moment schien die Zeit stehen zu bleiben. Alle starrten ihn an. Auch Skilaki.

Ich spürte das Zittern seiner Finger. Dann löste er langsam seinen Griff. Sein Blick war verzweifelt, seine Augen füllten sich mit Tränen.

»Jack kommt zurück«, sagte Torquin mit sanfter Stimme. »Gutes Training. Gute Gene.«

Dad drückte mich an sich und sagte, dass er mich liebte.

Ich spürte Alys Arm um eine Schulter, den von Cass um die andere. Als Dad losließ, drehte sich Skilaki um und schritt die Stufen empor, dem schwarzen Torbogen entgegen. »Wie gut, dass die Geduldprobe ein Ende hat. Jetzt kommt. Lasst eure Taschen hier«, fügte sie hinzu und zeigte auf den Rucksack, in dem ich die Loculi versteckt hatte.

»Aber … ich brauche meine Tasche«, protestierte ich. Eines der sieben Weltwunder ohne magische Hilfe zu betreten, war nicht sehr verlockend.

Skilaki schüttelte den Kopf. »Drinnen werdet ihr nichts brauchen. Auch nicht den Rollstuhl. Lasst alles zurück.«

Cass, Aly und ich stellten unsere Rucksäcke ab. Ich gab Dad meinen, während Torquin dem Professor aus dem Rollstuhl half. Ich stützte ihn. Die Arme in seinem Mantel fühlten sich dünn und zerbrechlich an. »Einer für alle, alle für einen«, murmelte der alte Mann.

Als wir durch das Portal schritten, wurden wir von einem weißen Licht geblendet. Für den Bruchteil einer Sekunde sah ich Bhegads Gesicht aufleuchten.

Er lächelte.

Kapitel 26

Rabrednuw

»Boah, wird hier ein Schwarz-Weiß-Film gedreht?«, flüsterte Cass.

Ich war zu perplex, um die Augen zu öffnen. Wir hatten nur drei Schritte ins Innere des Mausoleums gemacht, aber da war kein Mausoleum mehr. Keine Marmordecke, keine Bodenfliesen, keine verzierten Wände.

Ich fuhr herum. Das Portal, durch das wir mit Skilaki eingetreten waren, war verschwunden. Wir befanden uns auf einer kargen, von kleinen Steinen übersäten Fläche, die sich im Nebel verlor. Das schummrige Licht schien sämtliche Farben verschluckt zu haben.

»Ich hatte mit einem Palast gerechnet«, sagte Aly, »nicht mit einem Anti-Narnia.«

Skilaki schritt voraus über die graue Wüste, in der hier und da ein paar Grasflecken zu sehen waren. Der Professor hielt sich an meinem Arm fest, während er tastende Schritte unternahm. »Nur Mut«, sagte er.

»Wie weit gehen wir noch, Skilaki?«, fragte ich.

»So weit wie nötig«, antwortete sie.

Professor Bhegad ließ mich los und ging allein. »Faszinierend … wie eine Art Unterwelt.«

»Vorsicht, Professor!«, rief Aly, die ihm mit Cass zu Hilfe eilte.

»Alles in Ordnung.« Er sah uns erstaunt an. »Meiner Lunge geht es erheblich besser.«

»Wirklich?«, fragte Cass. »Das ist ja rabrednuw.«

Aly starrte ihn an. »Nein, ist es nicht, Cass, sondern ziemlich unheimlich. Ich finde diesen Ort echt unheimlich.«

»Ich wollte nur ein bisschen positiv sein«, verteidigte sich Cass.

Ich spürte den Boden unter meinen Füßen, doch hörten sich unsere Schritte seltsam gedämpft an. Knorrige schwarze Zweige streckten sich in einen schmutzig weißen Himmel. Ich zwinkerte, weil ich hoffte, dann klarer zu sehen, doch nichts veränderte sich.

Skilaki verlangsamte ihre Schritte. Als wir an eine Stelle kamen, wo ein Pfad nach links in Richtung eines Waldes abzweigte, blieb sie stehen. Ich konnte beim besten Willen nirgendwo ein Schloss und auch kein anderes Bauwerk entdecken.

»Wo ist Artemisia?«, fragte ich.

»Ungeduld«, antwortete Skilaki, »ist zwecklos in Bo'gloo.«

»Ist Bo'gloo ein anderer Name für Hades?«, wollte Cass wissen. »Für Tartarus?«

»Hades und Tartarus sind Hades und Tartarus!« Skilaki schüttelte den Kopf. Ich duckte mich, um einem Hautfetzen von der Größe eines Lesezeichens auszuweichen. »Immer diese Besessenheit mit dem griechischen Festland! Sie sind … verwandt. Doch Bo'gloo hat seine eigenen fruchtbaren Verdienste, wie ihr noch feststellen werdet.«

»Davon hab ich noch nichts gemerkt«, murmelte Aly.

Skilaki musterte Professor Bhegad. Ein seltsames Lächeln umspielte ihre toten Lippen. »Ihr Name ist Radamanthus«, stellte sie fest. »Sie wissen doch, dass Rhadamanthys einer der drei Richter über die Seelen im Hades war.«

»Selbstverständlich.« Bhegads Augen leuchteten jetzt und seine Stimme klang irritierend neugierig.

»Werde ich heute meinem Namensvetter begegnen?«

Skilaki lachte. »Natürlich nicht. Rhadamanthys hat keine Gewalt über Bo'gloo. Nur Königin Artemisia.«

»Moment mal«, schaltete Cass sich ein. »Also eigentlich war sie gar keine richtige Königin …«

»Hier ist sie die Königin!«, gab Skilaki zurück. »Doch lasst mich alles erklären, wenn ich euch unsere Heimat zeige.«

»Sie haben uns versprochen, Professor Bhegad zu Artemisia zu bringen«, sagte Aly. »Unsere Gefährten warten auf uns. Für ein ausgiebiges Sightseeing haben wir einfach keine Zeit.«

»Zeit«, erwiderte Skilaki, »ist hier ohne Bedeutung.«

Ich blickte auf meine Uhr. Sie zeigte 3:17 Uhr an. Ich

klopfte ein paar Mal auf das Glas. »Sie ist stehen geblieben.«

»Und nicht nur sie«, sagte Skilaki. »Sie hatten doch große Schmerzen, Professor, wenn ich mich nicht irre. Und jetzt?«

»Überhaupt nicht mehr«, antwortete Professor Bhegad. »Wirklich äußerst erstaunlich.«

Skilakis papierweiße Lippen wurden wie ein Vorhang nach oben gezogen und entblößten genau vier graubraune Zahnstummel. »Zeit wird im Allgemeinen sehr überschätzt.«

Wir folgten der alten Lady auf dem Pfad, der nach rechts abzweigte, und befanden uns plötzlich in einem Labyrinth schwarzer Bäume. Vor uns rauschte es wie aus einem alten Autoradio.

Als ich in die Ferne spähte, geriet ich ins Stolpern und stürzte der Länge nach zu Boden. Als ich die Arme ausstreckte, um mich vor dem Aufprall zu schützen, sah ich mich plötzlich einem kleinen grinsenden Totenschädel gegenüber.

Ich zuckte zusammen und schrie auf.

Skilaki drehte sich langsam um und lachte, was klang wie ein rhythmisches Sss-sss-sss.

»Kein Grund, sich so zu erschrecken, mein Junge«, sagte sie. »Die sind nur dazu da, um den Weg zu markieren.«

»Sie benutzen Totenschädel als Wegmarkierung?«, fragte ich.

»Mit Farbe kann man das auch machen«, kam mir Cass zu Hilfe.

»Das wäre doch langweilig«, bemerkte Skilaki mit einem Seufzen. »Aber wenn es euch stört …« Sie schnippte mit den Fingern und der Schädel verschwand.

Aly umfasste meinen Arm. »Ich hasse, hasse, hasse diesen Ort!«

Während wir Skilaki auf dem nicht markierten Weg folgten, wurde das Rauschen lauter, als bliese einem ein Staubsauger direkt in die Ohren. Bald musste ich mir beide zuhalten.

»Meine liebe Sybille, der Krach ist unerträglich!«, rief Professor Bhegad.

An einer Lichtung blieb Skilaki stehen. Sie ging in die Knie und nahm ein wenig Erde in die Hand, in der sich Tannennadeln, kleine Kiesel und weitere Partikel mischten. Dann rieb sie alles zwischen ihren Fingern, bis sie ein weiches, rundes Etwas erhielt, das etwa so groß wie eine Vitaminpille war. »Steck dir das in die Ohren«, sagte sie, »dann wird es dir besser gehen.«

»Aber das ist doch nur Dreck!«, rief Cass.

»Gib's mir!«, rief Aly, riss ihm den kleinen Klumpen aus der Hand und pfropfte ihn sich ins Ohr. Dann ließ sie sich auf die Knie fallen, folgte Skilakis Beispiel und steckte sich einen zweiten Pfropfen ins andere Ohr. »Wow! Es funktioniert!«

Cass, Professor Bhegad und ich verloren keine Zeit und machten es ihr nach.

»Und natürliche Materialien«, erklärte Skilaki, »lassen sich vielfältig verwenden.«

Ich konnte es nicht glauben. Das Rauschen war fast verschwunden, doch Skilakis Stimme immer noch laut und deutlich zu hören. Das galt für all unsere Stimmen. Sogar unsere Schritte. Nur das Geräusch des Flusses schien unterdrückt zu sein.

Skilaki zeigte auf die Lichtung. »Geht weiter«, sagte sie.

Während wir den Weg neugierig fortsetzten, lockerte die Bewölkung auf. Jetzt nahm ich die Umrisse eines enorm breiten Flusses wahr, der sich zu beiden Seiten durch das düstere Dickicht erstreckte. Das gegenüberliegende Ufer mochte etwa ein Fußballfeld oder auch einen ganzen Kilometer weit entfernt sein – in dieser seltsamen Landschaft war das nicht zu entscheiden.

Ein ruhiger Strom floss etwa einen halben Meter unter uns dahin. Er schien völlig schwerelos, ein silbriges Band, das sich quer durch die Luft zog, das Licht reflektierte und fast durchsichtig war. Ich trat mit dem Fuß gegen die Uferkante. Ein paar Tropfen flogen durch die Luft, manche landeten auf meinem Arm, ohne die geringste Feuchtigkeit zu hinterlassen.

Für eine Millisekunde zog ich einen der Pfropfen aus meinem Ohr. Das Rauschen war immer noch unerträglich. »Daher kommt also das Geräusch«, stellte ich fest. »Es ist der Fluss.«

»Aber ich glaube, es ist kein Wasser«, fügte Aly mit klarer Stimme hinzu.

Ich kniete mich hin und betrachtete das fließende Element. Weder Fische noch Seegras waren zu erkennen. Doch das Flussbett schien in Bewegung zu geraten. Und plötzlich brachen verschiedenste Gestalten, Landschaften, Stadtansichten und Berge aus dem Schlamm hervor, wurden nach oben gewirbelt und standen uns als gestochen scharfe Schwarz-Weiß-Bilder vor Augen. Manche davon eher harmlos, andere so furchterregend, dass man nicht hinsehen mochte. Ein verkohltes Haus, ein schreiendes Gesicht, der verbogene Kühlergrill eines Trucks.

Aly schnappte nach Luft. Oder war das ich? Ich wandte den Kopf ab, wollte mir das alles nicht ansehen.

»Auf diese Weise werdet ihr euren Weg allein fortsetzen, bis wir uns auf der anderen Seite wiedersehen, was ein wenig dauern kann«, erklärte Skilaki. »Ich würde gern sagen, dass es mir eine Freude war, doch kann ich mich kaum daran erinnern, wie Freude sich anfühlt.«

Cass verzog das Gesicht und machte große Augen. »Sie erwarten von uns, dass wir da durchschwimmen?«

»Da ihr ja schlecht hinübergehen könnt«, antwortete Skilaki.

»Was ist das für ein Fluss?«, fragte Aly.

»Der Fluss Nostalgikos«, antwortete Skilaki. »Die Griechen haben natürlich auch so einen.«

»Ich meine, was ist das da auf dem Grund?«, fragte Aly.

»Erinnerungen«, sagte Skilaki. »Davon ernährt sich der Fluss. Unsere Gäste kommen mit großer Traurigkeit und zerschlagenen Träumen zu uns. Ihre Gedanken haben ein Leben lang an ihnen gezehrt. Vielleicht hatten sie ein Bild von sich selbst, dem sie nicht gerecht werden konnten. Vielleicht hegten sie einen Groll gegen jemand oder litten an einer unerfüllten Liebe. Der Nostalgikos sorgt dafür, dass ihr eurer schlimmsten Erinnerungen gewahr werdet und ihre Flüchtigkeit begreift. Und indem ihr dies erkennt, verschwinden die Erinnerungen, werden vollständig fortgewaschen.«

»Die Erinnerungen bleiben also auf dem Grund des Flusses«, stellte Cass mit sanfter Stimme fest. »So wie alte Posts bei Facebook?«

»Aber nur«, entgegnete Skilaki, »wenn ihr euch selbst dem Fluss übergebt. Wer dagegen ankämpft, den werden die schlechten Erinnerungen verschlingen. Ich habe dies schon oft gesehen. So tragisch … und so sinnlos.«

»Das ist alles?«, fragte ich. »Man watet hindurch, wirft die Erinnerungen ab und ist frei?«

»Nicht frei«, antwortete Skilaki. »Denn alle guten Dinge erfordern ein Opfer.«

Cass erbleichte. »Reden wir hier etwa von körperlichen Opfern?«

Skilaki stieß ein feucht-rasselndes Lachen aus und zog eine vergilbte Papierrolle aus ihrer Toga. »Sollten wir getrennt werden«, erklärte sie, »wird euch das helfen, Artemisias Palast zu finden.«

Cass studierte konzentriert die Karte. Ich war sicher, dass er sich alles exakt einprägte. Ich zeigte auf den Fluss,

der mit ›Photia‹ gekennzeichnet war. »Verschlingt dieser Fluss ebenfalls Erinnerungen?«

»Der Photia beschützt den Palast«, erklärte Skilaki. »Denjenigen, die den Nostalgikos überwunden haben und reinen Herzens zu Artemisia kommen, gewährt er eine sichere Reise. Wittert er jedoch einen Eindringling, dann wird er ihn zerstören. Und ihr habt keine Vorstellung davon, wie schwierig es für mich ist, dies meiner Königin zu erklären.«

»Moment mal, soll das unser Opfer sein?«, fragte Aly. »Dass wir mit reinem Herzen kommen? Wollen wir Artemisia oder die Brüder Grimm besuchen? Ich meine, woher sollen wir denn wissen, ob unsere Herzen rein sind?«

»Das könnt ihr nicht«, antwortete Skilaki. »Das wird der Photia entscheiden.«

»Und wenn er sich irrt, ertrinken wir?«, fragte Cass.

»Der Photia führt kein Wasser mit sich«, erklärte Skilaki. »Ebenso wenig wie der Nostalgikos. Denkt daran, dass ihr euch alle dem Notalgikos hingeben müsst, sonst ist der Prozess nicht abgeschlossen. Wir treffen uns auf der anderen Seite. Ich habe einen langen Weg über die Brücke vor mir. Solltet ihr aus einem vollkommen unerklärlichen und aberwitzigen Grund vor mir ankommen, dann wartet auf mich.«

»Warum können wir nicht auch die Brücke nehmen?«, wollte Cass wissen.

Skilaki drehte sich blitzartig um, dass sich ein ganzes Haarbüschel von ihrem Kopf löste. »Wenn ihr den Regeln nicht folgt, werdet ihr Artemisia nie begegnen. Dann brecht ihr euer Versprechen. Und das wird schwere Konsequenzen haben.«

»Zum Beispiel?«, fragte Aly.

Skilaki wandte sich zum Gehen. »Zum Beispiel, dass ihr alle Radamanthus' Schicksal teilen werdet.«

Kapitel 27

Kalte Füsse

Cass stand wie angewurzelt am Ufer und starrte nach unten. »Ich kann nicht.«

»Du warst doch so scharf auf diese Sache«, erinnerte ihn Aly. »Warum kriegst du jetzt kalte Füße?«

Das Gesicht eines heulenden Wolfs stieg vom schlammigen Grund auf, die spitzen Zähne mit Blut beschmiert. »Genau deshalb!«, antwortete Cass.

»Das sind doch nur Bilder«, beschwichtigte ich und legte ihm die Hand auf die Schulter, als hätte ich nicht selbst die Hosen voll.

»Lasst mal überlegen«, sagte Aly, »was Marco jetzt tun würde.«

Cass fuhr herum. »Der würde uns irgendwie auf die andere Seite bringen, komme, was da wolle. Und er würde es mit einem Lächeln tun.«

»Dann sollten wir uns ihn zum Vorbild nehmen«, sagte Aly.

»Kann mir aber nicht vorstellen, dass einer von euch da

reinspringen will«, gab Cass zurück. »Ohne Marco können wir das nicht tun. Der ist mutig, will immer kämpfen, hat keine Angst. Alles Dinge, die bei uns anders sind.«

Marco.

Ich hatte mir alle Mühe gegeben, um ihn zu vergessen. Doch Cass hatte recht. Irgendwie war es nicht mehr dasselbe, seit er auf die dunkle Seite gewechselt war.

Wir brauchten ihn dringend.

Und zum ersten Mal machte sich in mir ein Gefühl breit, dass seine Rückkehr durchaus möglich war.

»Stimmt, Marco will immer gewinnen«, sagte ich. »Und im Moment sind wir eindeutig auf der Gewinnerseite. Wir haben die Loculi. Wenn wir Marco irgendwie zurückkriegen können, dann deshalb. Wir müssen die Massa alt aussehen lassen, noch stärker werden, die KI-Mission fortsetzen. Marco will immer bei den Gewinnern sein.«

Professor Bhegad nickte. »Weise gesprochen.«

»Okay, wer ist unser Anführer?«, fragte Cass und sah mich an. »Du, Jack?«

»Ihr müsst alle führen«, sagte Professor Bhegad. »Dann wird Marco schon ko-o-o-o-mmen!«

Seine Stimme wurde zu einem fernen Rufen, als er sich in den Fluss stürzte. Sein Körper war schlaff wie der einer Vogelscheuche, seine Haare wehten wie Spinnweben im Wind, seine Brille fiel in den Fluss.

Ich blickte erschrocken zu Aly und Cass hinüber. Jetzt gab es kein Zurück mehr. Als Nächster ließ ich mich hinabgleiten. Meine Beine durchdrangen die Oberfläche. Wie im Wasser spürte ich einen gewissen Auftrieb. Doch im Gegensatz zum nassen Element fühlte sich der Nostalgikos ein wenig kitzlig an, als bestünde er aus Federn. Er floss wie ein Band aus flüssigem Silber dahin, während Tausende Bilder unablässig nach oben stiegen und wieder auf den Grund sanken. Manche von ihnen waren klein und diffus, anderes riesig und gestochen scharf. Ich schrie auf, als direkt unter mir ein Kopf von der Größe eines Medizinballs auftauchte. Er rollte zurück und offenbarte buschige Augenbrauen auf einer faltigen Stirn. Ein Gesicht zeichnete sich ab. Aus einem Auge sickerte Blut. Die Nase war seltsam verdreht und der Mund, der von einem grau-schwarzen Bart eingerahmt wurde, zu einem lautlosen Schrei geöffnet.

Ich spürte die Hand Professor Bhegads auf meiner Schulter. Auch Cass und Aly waren jetzt in den Fluss gesprungen. Und obwohl wir unterschiedlich groß waren, standen wir alle bis zur Brust im Nicht-Wasser. Ich hatte nicht das Gefühl zu sinken, spürte aber auch keinen Grund unter den Füßen.

»Ich … ich hab dieses Gesicht gesehen«, stotterte Cass. »Ich schau lieber, wo die Brücke ist.«

Ich atmete tief durch. »Das sind doch nur Bilder. Die Erinnerungen anderer Menschen.«

Eine ernst dreinblickende Frau stieg aus der Tiefe, ihre Haare zu einem Knoten gebunden. Aus einem Leberfleck auf der linken Wange sprossen ein paar Härchen. Sie trug eine Tweedjacke mit hochgeschlagenem Kragen sowie einen langen Rock und klopfte sich mit einem Zollstock in die Handfläche.

Keine Angst, sagte ich mir.

Ich griff nach dem Zollstock, spürte jedoch nichts. Meine Hand ging durch das Bild hindurch, worauf die Frau wieder in der Tiefe versank. »Harmlos«, stellte ich fest. »Dann lasst uns mal auf die andere Seite schwimmen, waten, was auch immer.«

»Okay«, sagte Aly und machte einen zögerlichen Schritt nach vorne. »Okay …«

Als ich mich ihr anschloss, hörte ich ein Telefon klingeln. Vor meinen Augen schien sich der Fluss in eine große weiße Fläche zu verwandeln. Ein weiteres Bild stieg aus der Tiefe, so gewaltig und allumfassend, dass es jeden anderen Eindruck verdrängte.

Unser altes kabelloses Telefon, an seinem üblichen Platz in der Küche. Der Klingelton ging mir durch Mark und Bein.

Ich esse einen Makkaroniauflauf und springe sofort auf. Ich hoffe, dass es Mom ist.

Doch Dad ist vor mir am Apparat. Auch er ist aufgeregt. Erstmal bin ich ziemlich sauer. *Ich* wollte mit ihr reden. Dann trete ich einen Schritt zurück und lausche. Als er »Hallo« sagt, werde ich erneut von Aufregung gepackt. Ich kann meine Beine einfach nicht ruhighalten. Zappele durch die Küche. Als müsste ich dringend aufs Klo.

Das ist es, woran ich mich am besten erinnere. Dieses Zappeln. Die Veränderung, die in Dads Gesicht vor sich ging. Die Dunkelheit. Die Worte.

Die Nachricht von einem Vorfall am anderen Ende der Welt.

»Was heißt Gletscherspalte?« Jetzt schreie ich.

WAS HEISST GLETSCHERSPALTE?

Ich will nur noch weg.

Jede Faser meines Körpers, jede Synapse meines Gehirns will das Bild wegschieben, auflösen, zum Verschwinden bringen.

»Bleib!« Professor Bhegad hält mich an den Schultern fest. »Denk dran, dass du dich dem Nostalgikos ganz überlassen musst, sonst ist der Prozess nicht abgeschlossen.«

Ich muss es aushalten. Doch die Erinnerung bringt mich um.

NEIN!

Ich brauchte eine Pause. Nur für einen Moment.

Ich würde es tun. Es noch mal versuchen und durchstehen. Ich musste jetzt alle Kraft in mir sammeln.

Irgendwie gelang es mir, den Kopf zu drehen, das Bild vom Telefon, der Küche und Dads Gesicht zu verdrängen.

Erstaunlicherweise hatte der Professor seine Brille wiedergefunden, doch rutschte sie ihm von der Nase. Sein Gesicht wurde von einer schmerzerfüllten Grimasse verzerrt. Neben ihm hatte Aly ihre Augen weit aufgerissen und sprach keuchend mit sich selbst. Cass war weit vor uns. Ich wusste nicht, ob er lachte oder weinte. Doch konnte ich ihn jetzt nicht näher betrachten, weil mein eigener Schmerz mir die Eingeweide zu zerreißen drohte.

Dann schrie Cass plötzlich so gequält auf, dass ich aus meinem eigenen Albtraum aufschreckte.

»Cass … Cass, mein Sohn, lass es einfach geschehen!« Bhegad ließ mich los und watete Cass entgegen.

Er taumelte hin und her, das schimmernde Band reichte ihm bis zur Brust, seine Arme waren über die Oberfläche gestreckt. »Lass los, Cass … lass los!«

»Es ist nur ein Bild!«, rief Aly. »Lass es frei! Kämpf nicht dagegen an, Cass!«

»Ich kann nicht!«, schrie er. »Schafft es weg!«

Seine Zähne waren entblößt, seine Augen riesengroß. Unter ihm breitete sich eine rote Fläche aus und nahm allmählich Gestalt an.

Ich packte einen Arm, Aly den anderen, doch seine Augen starrten wie gebannt in die Tiefe. »Nein …«, ächzte er, »nicht du …«

»Jack, schau!«, schrie Aly.

Zwei gelbe Augen durchbrachen die Oberfläche, gefolgt von einem Maul mit messerscharfen Zähnen und zwei lederartigen Flügeln, die die stehende Luft aufwirbelten.

Sein fauliger Atem hätte mich fast umgehauen.

Der Greif war zurück.

Kapitel 28

Der Verlust

Meine Ohrpfropfen konnten Cass' Schrei um kein Dezibel dämpfen. Ich roch den Greif, hörte seinen heiseren Schrei und spürte seine Hitze. Er flatterte auf und fuhr seine Krallen, die geschärften Dolchen glichen, direkt über unseren Köpfen aus. Giftige Speicheltropfen flogen aus seinem Maul.

Aly schrie irgendwas. Cass versuchte zurückzuweichen und ruderte mit den Armen. In diesem Moment wusste ich, dass wir verloren waren.

Wer dagegen ankämpft, den werden die schlechten Erinnerungen verschlingen. Ich habe dies schon oft gesehen …

Skilakis Worte echoten durch meinen Kopf. Der Fluss würde uns töten, wenn wir es zuließen. Ich holte tief Luft, schluckte einen Schwall stinkenden Atems, der nach verfaultem Fleisch roch. Ich blickte dem Greif ins Auge, obwohl jede Faser meines Körpers auf Flucht programmiert war. Ich öffnete den Mund und schrie das Erste, was mir in den Sinn kam.

»ICH HAB KEINE ANGST, AN DICH ZU DENKEN!«

Im nächsten Moment dachte ich, was für ein Vollidiot ich doch war. Die Krallen waren nur Zentimeter von meinen Augen entfernt.

Ich duckte mich. Spürte, wie meine Schulter aufgerissen wurde. Der Schmerz durchzuckte mich bis zu den Zehen. Dann wurde ich aus dem Fluss nach oben gerissen.

»Hat ... nicht geklappt«, fluchte ich durch die Zähne.

Cass umklammerte meinen Arm. »Verschwinde, verdammter Greif!«

»Der Greif ist in deinem Gedächtnis, Cass!«, rief Aly. »Nicht in Jacks. Du musst dich ihm stellen. Sag etwas!«

Cass zitterte. »Ich ... äh ... werde nicht vergessen ...«

»Glaub an deine Worte!«, krächzte Bhegad.

»Ich hab keine Angst, daran zu denken!«, schrie Cass.

Der Greif geriet ins Taumeln. Seine Krallen gaben mich frei. Ich fiel. Cass zitterte immer noch. Der Greif flog schwankend davon, als wäre er zuvor gegen eine Plexiglasscheibe geprallt. Zischend und geifernd warf er Cass einen letzten Blick zu, ehe er mit den Farben des Horizonts verschmolz.

Professor Bhegad starrte der Kreatur bebend nach. »Bitte nicht, bitte nicht, bitte nicht ...«, murmelte er.

Der Greif schien dadurch neue Stärke zu gewinnen. Er vollzog in der Luft eine 180-Grad-Wende und schoss direkt auf den Professor zu. Der alte Mann stieß einen Schrei aus, als sich die Krallen des Ungeheuers in seinem

Tweedjackett verfingen und ihn aus dem Fluss rissen. Seine Lippen zitterten, seine weit aufgerissenen Augen waren blutunterlaufen.

»Das ist auch seine größte Angst!«, rief Aly. »Der Greif hat ihn damals zuerst angegriffen, hätte ihn fast umgebracht. Er ist nicht stark genug, um das zu tun, was Cass getan hat.«

»Sprechen Sie's aus, Professor! Lassen Sie die Erinnerung zu!«

Der alte Mann ruderte verzweifelt mit den Armen. Die Bestie stieß einen triumphierenden Schrei aus und flog mit Bhegad dem anderen Ufer entgegen – wie ein Adler, der eine Ratte erbeutet hat.

Aly und ich liefen, so schnell wir konnten. Unsere Beine wirbelten den zähen, aber transparenten Fluss auf. Cass war direkt hinter uns. Der Greif hatte fast das andere Ufer erreicht. Doch seine Flügel wurden schlaffer, während er gleichzeitig an Höhe verlor. Der Professor neigte sich mit dem Kopf nach unten und fiel in den Fluss zurück.

Wir sahen, wie er mühsam auf die Beine kam, seine Schultern straffte und die Bestie direkt ansah. Aus der Ferne konnten wir seine Worte nicht verstehen, doch verfehlten sie nicht ihre Wirkung, weil der Greif sich zurückzog.

Er segelte uns erneut entgegen, war jedoch kaum noch in der Lage, sich in der Luft zu halten. Sein gesamter Körper verlor die Farbe und schrumpfte ein, bis er nur noch wie die Bleistiftzeichnung einer Bestie aussah. Ich breitete die Arme aus und spürte, wie unsere Körper – der des Greifen und meiner – sich durchdrangen. Er ging durch mich hindurch wie eine warme Sommerbrise. Ein Schimmern lief an mir hinab, durch meine Beine, hinunter in den Sand. Das Rauschen des Flusses klang wie Musik, verglichen mit dem widerwärtigen Geräusch des Greifen.

»Ich hab Sie, Professor!« Aly hob Bhegad von einem Felsen, der sich direkt unter der Oberfläche befand.

Wir waren jetzt nicht mehr weit vom anderen Ufer entfernt. »Aber ihre Brille ist weg«, sagte Cass.

»Das ist nicht wichtig«, entgegnete Professor Bhegad. »Dort, wo ich hingehe, wird sie mir nicht von Nutzen sein.«

Ich half Aly, den Professor aus dem Fluss zu ziehen und an Land zu hieven, was ziemlich anstrengend war, doch sobald ich mich selbst ans Ufer gerettet hatte, war die Erschöpfung wie weggeblasen. Mein Körper fühlte sich großartig an, und von der Verletzung, die der Greif mir zugefügt hatte, war nichts mehr zu sehen.

Professor Bhegad sah verwirrt aus. »Was … was war das gerade?«

»Ich kann mich nur noch daran erinnern, dass Jack irgendwas von einer Gletscherspalte geschrien hat«, sagte Cass.

»Was soll ich geschrien haben?«

»Du erinnerst dich nicht daran?«, fragte Aly.

»Die Sache mit deiner MOM …«, sagte Cass.

»Mom …«

Allmählich kehrte die Erinnerung zurück. Das klingelnde Telefon. Die schreckliche Nachricht. Dads Augen …

Aly sah mich mit zusammengekniffenen Augen an, ehe sie sich an Cass und den Professor wandte. »Kann sich hier irgendjemand an … einen Greif erinnern?«

»Dieses mythologische Wesen mit den Flügeln?«, fragte Cass.

»Wir vom Karai Institut sind der Meinung, dass es möglicherweise nicht nur in der Mythologie existiert«, erklärte Professor Bhegad.

Aly starrte sie ungläubig an. »Du hast ihn herbeigerufen, Cass«, sagte sie. »Der Greif ist aus dem Fluss gestiegen und ihr beide habt ihn besiegt.«

Cass machte große Augen. »Echt? Krieg ich jetzt eine Medaille?«

»Okay, okay«, sagte Aly und ließ ihren Blick über den Fluss schweifen. »Lasst uns der Sache auf den Grund gehen. Wir wissen, dass der Fluss dunkle Erinnerungen löscht, doch man muss sich ihnen zuerst stellen. Bei dir, Cass, war es der Greif. Wir alle haben gesehen, wie er aus der Tiefe gekommen ist. In Griechenland sind wir ihm schon einmal begegnet. Aber daran hast du überhaupt keine Erinnerung mehr. Und du, Jack, du kannst dich an dieses Telefongespräch nicht mehr erinnern. Du weißt nicht mehr, dass deine Mom …«

Sie schaute mich an und verstummte.

In diesem Moment war mir klar, dass sie mir keine Dinge erzählen wollte, die ich bereits vergessen hatte.

Sie wollte mir nicht sagen, dass meine Mom gestorben war.

Aber das wusste ich. Daran konnte ich mich erinnern.

Meine schlimmen Erinnerungen waren nicht gelöscht worden.

»Was ist mit dir, Aly?«, fragte Cass.

»Ich weiß nicht. Ich kann mich immer noch an alles erinnern.« Sie lächelte. »Wahrscheinlich weil ich vor nichts Angst habe. Aber wo ist eigentlich Skilaki? Die wollte uns doch hier treffen?«

Ich blickte am Flussufer entlang und rief den Namen der alten Frau. »Wahrscheinlich müssen wir erst mal die Böschung raufkrabbeln«, mutmaßte ich.

Doch Aly beugte sich an der Uferkante über den Fluss. Eine Brille dümpelte auf der schimmernden Oberfläche. »Hey, Professor, gleich werden Sie wieder gut sehen können«, sagte sie. »Kleinen Moment …«

Sie ließ sich wieder in den Fluss gleiten, nahm die Brille und warf sie zu uns nach oben. Cass und ich behinderten uns im Versuch, sie aufzufangen, wobei die Brille auf den Boden fiel.

»Gut, dass Marco das nicht gesehen hat«, murmelte Cass.

»Vielen Dank, meine Lie…« Professor Bhegad hob seine Brille auf, brach seinen Satz jedoch plötzlich ab. Aly stand regungslos im Fluss. Ihr Mund öffnete sich in einem Ausdruck unaussprechlicher Angst. »Jack …«, stammelte sie.

Ich beugte mich ihr entgegen, als der Fluss neben ihr plötzlich zu kochen begann und sich rot und weiß färbte.

Wie ein Basketball ploppte plötzlich ein grässliches Clownsgesicht durch die Oberfläche.

Ich sprang erschrocken zurück. Ein Clown?

Als er ihr lachend entgegensprang, stieß Aly einen Schrei aus, der mir durch Mark und Bein ging.

* * *

»Die Figur eines Clowns kann sowohl Horror als auch kindliche Freude zum Ausdruck bringen«, erklärte Professor Bhegad, während wir einen Waldweg entlanggingen und nach Skilaki Ausschau hielten.

»Mir machen Clowns auch Angst«, sagte Cass. »Diese angemalten Gesichter. Echt gruselig. Ich mach dir keinen Vorwurf, Aly. Ich hab den Zirkus auch gehasst.«

Aly starrte ihn an, als würde er Mongolisch sprechen. »Was redest du da?«

»Ach, nichts Besonderes.«

Wir waren jetzt seit etwa fünfzehn Minuten unterwegs. Beziehungsweise wären fünfzehn Minuten vergangen, wäre die Zeit nicht stehen geblieben. Aly hatte sich ihrer Erinnerung an den Clown gestellt und sie sofort wieder vergessen. Cass und der Professor hatten sich auf eine Begegnung mit dem Greif eingelassen und ihn damit endgültig vertrieben.

Doch ich wurde die Erinnerung an den Telefonanruf einfach nicht los.

Was hatte ich getan? Hatte ich total versagt? Musste ich vielleicht sogar wieder in den Fluss zurückkehren?

Das war das Letzte, was ich wollte. Die negative Erinnerung hatte mich nicht »verschlungen«, wie Skilaki prophezeit hatte. Vielleicht reichte es ja auch aus, wenn sich drei von vier Personen ihrer Vergangenheit stellten. Schließlich hatten wir alles wohlbehalten überstanden.

Ich schaute mich nach der Ex-Sybille um. Sie hatte uns gebeten zu warten, doch hätte ich es nicht ausgehalten, noch länger an diesem schrecklichen Fluss zu bleiben. Von dort aus gab es sowieso nur *einen* Pfad, früher oder später würden wir Skilaki also unweigerlich begegnen.

Cass ging voraus, doch kamen wir immer schwerer voran. Der Wald wurde dichter, der Pfad enger und unwegsamer. »Könnte es sein«, sagte der Professor und lehnte sich an einen Baum, »dass dies der falsche Weg ist?«

Wir blieben stehen. Aly warf einen Blick zurück. »Cass? Wo gehen wir hin?«

Cass blickte sich um. »Ich … ich weiß nicht genau. Ich hab die Karte nicht mehr im Kopf.«

»Lass den Quatsch, du brauchst keine Karte.«

»Das war früher so«, entgegnete er. »Aber … irgendwie geht das nicht mehr.«

»Was soll das heißen?«, fragte Aly. Wenn du dir nicht sicher bist, wie damals in Babylon, dann sollten wir jetzt nicht einfach weitergehen.«

Cass' Augen waren von Angst erfüllt. »Das ist ja das Merkwürdige, ich fühle mich nicht unsicher …«

Ich sah ihn aufmerksam an. »Cass, kannst du Nostalgikos rückwärts sagen?«

»Wieso? Gikosnostal?«

»Oh, mein Gott«, murmelte Professor Bhegad.

»Du hattest die Fähigkeit, jedes Wort rückwärts auszusprechen, Cass«, erklärte Aly. »Du hast diese Sprache selbst Rückwärtsisch genannt.«

Cass schluckte. »Schückrück…«

»Der Fluss«, sagte Professor Bhegad, »er hat dir diese Fähigkeit genommen.«

Skilaki hatte uns ja gewarnt«, entgegnete Aly. »Sie hat gesagt, dass der Fluss ein Opfer verlangen würde.«

»Ich dachte, man müsste einen Finger oder eine Zehe abgeben«, sagte Cass. »Aber ich hätte nie gedacht, dass ich das verlieren würde, was mich…« Er brach den Satz ab, doch ich wusste, was er sagen wollte: dass er das verloren hatte, was ihn und nur ihn auszeichnete.

»Lasst uns zurückgehen«, schlug Aly vor. »Wir hätten sowieso am Ufer auf sie warten sollen. Sie sagte doch, dass es ein bisschen dauern könnte. Vielleicht hat sie einen anderen Weg genommen.«

Ich nahm Bhegads Arm. »Ich helfe Ihnen, wenn Sie müde sind.«

»Ich bin nicht müde«, erwiderte er.

Nachdem wir umgekehrt waren, stießen wir schon bald auf eine Gabelung mit drei Wegen. »Kann mich gar nicht erinnern, dass wir vorhin hier vorbeigekommen sind«, sagte Aly.

»Die Wege zeigen ja auch alle in ähnliche Richtungen«, entgegnete Professor Bhegad. »Da kann man die beiden anderen leicht übersehen, wenn man von der anderen Seite kommt.«

»Wir sollten uns aufteilen«, schlug ich vor. »Cass nimmt den mittleren Weg, Aly geht nach links, ich nach rechts, und der Professor bleibt hier. Jeder zählt tausend Schritte und kehrt dann um, okay? Dann hoffen wir mal, dass jemand von uns den Fluss sieht.«

Wir machten uns auf den Weg und schon im nächsten Moment konnte ich die Schritte der anderen nicht mehr hören. Im schummrigen Licht des Waldes war es schwierig, die Wurzeln und dornigen Ranken zu erkennen, die mir immer wieder gegen die Beine schlugen. Sie hinterließen kleine blutige Punkte, doch selbst das Blut sah im trüben Licht grau aus.

Der Weg schlängelte sich in verschiedenste Richtungen, während es spürbar wärmer wurde. Über mir hörte ich leise Schreie. Als ich aufblickte, löste sich ein Fledermausschwarm aus einem Baum, setzte zum Sturzflug an.

Als ich mich auf den Boden warf und mir schützend die Hände über den Kopf hielt, hörte ich ein weiteres Geräusch, das aus der Tiefe des Waldes kam – es war eine Art Raunen, das sich fast menschlich anhörte. Ich stand auf. Durch die Zweige der Bäume hindurch nahm ich eine Bewegung wahr, eine Verschiebung der Schatten. Ein silbriges Licht breitete sich aus, als ginge eine graue Sonne auf. »Hallo?«, rief ich.

»Uhhh …«

Das Geräusch ließ mich zusammenzucken. Meine Stirn war schweißnass. Kleine schattenhafte Gestalten huschten durch den Wald, zerzauste Eichhörnchen, Maulwürfe, Mäuse – in alle Richtungen stoben sie davon, als würden sie vor dem ersten Licht des Tages flüchten.

Ich ging vorsichtig weiter, bis ich ein großes, vertrocknetes Feld erreichte. Auch hier wimmelte es von fliehenden Tieren, während in den umstehenden Bäumen größere Wesen mit menschlichen Formen zu erkennen waren.

Doch mein Blick richtete sich auf den Wald jenseits der Lichtung. Dort wütete ein Feuer, das sich durch die Bäume fraß, als wären es Streichhölzer. Die Flammen waren aschgrau und sorgten für dieses silbrige Licht, das beängstigend intensiv war.

Sie kamen direkt auf mich zu.

Ich drehte mich um und rannte los. Blieb erst stehen, als ich Professor Bhegad erreicht hatte. Er war wie vom Donner gerührt, während er das sich nähernde Feuer anstarrte. »Bei der Großen Qalani …«

»Hier geht alles in Flammen auf«, sagte ich. »Wir müssen schnellstens von hier verschwinden. Wo sind Aly und Cass?«

»Sie hat uns gewarnt«, sagte der Professor. »Ich hätte es wissen müssen …«

Der Photia beschützt den Palast. Denjenigen, die den Nostalgikos überwunden haben und reinen Herzens zu

Artemisia kommen, gewährt er eine sichere Reise. Wittert er jedoch einen Eindringling, dann wird er ihn zerstören. Skilakis Worte hallten durch meinen Kopf.

»Sie hat uns von dem Fluss erzählt«, sagte ich. »Nicht hiervon.«

»Sie hat aber auch gesagt, dass es kein Fluss aus Wasser ist«, erwiderte Bhegad. »Photia ist griechisch und bedeutet Feuer.«

Kapitel 29

Die Tür

Bevor ich losrennen konnte, um nach meinen Freunden zu suchen, lief Aly auf uns zu. »Dieser Weg führt zum Nostalgikos zurück«, vermeldete sie. »Aber wir schaffen es nicht dorthin. Das Feuer breitet sich zu schnell aus. Wo ist Cass?«

Ich bog auf seinen Weg ein, doch in diesem Moment sprintete er uns schon entgegen. »Ich glaub, ich weiß, wie wir hier rauskommen!«, rief er. »Kommt! Beeilt euch!«

Wir folgten Cass den mittleren Weg hinunter. Ich blieb die ganze Zeit dicht bei Professor Bhegad, falls er doch Hilfe brauchen sollte. Nach etwa hundert Metern kamen wir an ein eisernes Tor. Es hing an gebrochenen rostigen Scharnieren und stand offen. Dahinter führte ein steil ansteigender Hügel zu einem fensterlosen rechteckigen Gebäude. »Was ist das?«, rief ich.

Doch Cass war schon weitergelaufen, einer Lichtung entgegen. Als wir zu ihm aufschlossen, hatten wir den Rand der Lichtung erreicht. Vor mir sah ich eine öde, vertrocknete Fläche, die mit toten Pflanzen und kleinen Steinen übersät war. »Schaut genau hin«, sagte er mit angespannter Stimme. »Nichts, oder? Und jetzt passt auf!«

Er machte fünf rasche Schritte nach vorne. Wie aus dem Nichts zeigte sich eine Holztür. Der Messingknauf leuchtete golden, während das Holz dunkelbraun glänzte.

»Was ist …?«, sagte ich.

»Wartet ab, was sich auf der anderen Seite befindet«, sagte Cass.

»Eine Tür, die einfach so in der Landschaft steht … hm«, machte Aly, »ich glaube, ich bleibe mit dem Professor auf dieser Seite.«

»Ich will sehen, was da ist!«, erklärte ich mit gespieltem Selbstbewusstsein.

Cass nahm meinen Arm. Mit der anderen Hand drehte er den Türknauf. Wir gingen beide hindurch.

Die Luft schlug uns wie ein Schwall kaltes Wasser entgegen. Ich hustete und schnappte krampfhaft nach Luft, als würde sich meine Lunge zusammenkrampfen. Alles, was ich in diesem Moment sah, war ein rundes Metallgeländer direkt vor meinem Gesicht und ein Zementboden unter unseren Füßen. Sonst nichts. Kein Feuer, keine Bäume, keine Zeichen einer anderen Welt.

»Lass dir Zeit, Jack«, sagte Cass. »Du wirst nicht glauben, was jetzt kommt.«

Von unten hörte ich einen mechanischen Luftzug.

Ich hielt mich am Geländer fest und kniff die Augen zusammen. Das öde Grau von Bo'gloo war verschwunden.

Voll und ganz.

Stattdessen fand ich mich plötzlich inmitten der strahlenden Lichter einer Stadt bei Nacht wieder. Ich schaute über das Wirrwarr der Dächer hinweg – über Backsteingebäude, Wassertürme, Rundfunkmasten und Straßenlaternen. Ein Auto hupte und aus einem Fenster auf der anderen Straßenseite kam laute Musik. In der Ferne, zwischen den Gebäuden, sah ich eine riesige Uhr, deren Zeiger auf 11:17 standen – exakt vier Stunden bevor wir Bo'gloo betreten hatten.

Erneut war der mechanische Luftzug zu hören. Als ich nach unten blickte, sah ich, wie sich ein roter Doppeldeckerbus vom Bordstein löste und auf die Straße rollte.

»Wo sind wir hier?«, fragte ich.

»Woher soll ich das wissen«, antwortete Cass.

»Na … weil du Cass bist! Oh, entschuldige, ich hatte ganz vergessen …«

»Hey!«, rief eine Stimme von unten. »Was macht ihr beiden Hooligans da?«

Die Stimme sprach reinstes Englisch. Ich zwang mich, die Umgebung näher zu betrachten. Die große Uhr kam mir plötzlich sehr vertraut vor. »Cass, die Uhr da, das ist Big Ben. Also sind wir in London.«

»Das ist doch lächerlich!« Cass drehte sich einmal um die eigene Achse und machte große Augen. »Äh … kann schon sein.« Er erstarrte, als er das Gebäude hinter uns erblickte. »Jack … guck mal!«

Auch ich drehte mich um. Die Tür, durch die wir getreten waren, war Teil einer massiven Front mit mehreren hohen Säulen. »Sieht wie ein nachgebautes Mausoleum aus«, sagte ich.

Cass spähte durch die offene Tür. »Bo'gloo ist verschwunden«, sagte er mit ehrfürchtiger Stimme. »Da ist nur noch eine Treppe, die ins Innere einer Kirche führt.«

»Die beiden da oben!«, hörten wir unter uns eine Stimme rufen. »Die müssen irgendwie auf den Kirchturm von St. George geklettert sein!«

Die Sirene eines britischen Polizeiautos näherte sich. »Die denken, wir wollen Randale machen, oder so«, sagte Cass.

Er wollte mich zurück durch die Tür drängen, aber ich wehrte mich. »Wo wollen wir denn überhaupt hin? Wenn die Stufen zur Kirche hinunterführen, dann laufen wir ihnen direkt in die Arme!«

»Uns wird schon was einfallen, jetzt komm!«, sagte Cass. Er warf die Tür hinter uns zu. Ich tastete nach einem Geländer und achtete auf meine Schritte, um auf den Stufen nicht ins Stolpern zu geraten.

Doch der Zementboden hatte sich in harte Erde verwandelt und die Dunkelheit hellte sich allmählich auf.

Um uns her nahm die bedrückende Ödnis der Unterwelt Konturen an. Aly und Professor Bhegad standen genau dort, wo wir sie zurückgelassen hatten. Ungläubig taumelten sie ein wenig zurück. »Was ist mit euch passiert?«, fragte Aly. »Ihr wart plötzlich verschwunden.«

»Schnell«, sagte Cass und nahm den Arm des Professors. »Wir kennen einen Fluchtweg. Ein anderes Portal. Vielleicht werden wir festgenommen, aber immer noch besser als hierzubleiben.«

»Festgenommen?«, fragte Aly. »Seid ihr verrückt geworden?«

»Wenn wir hier bleiben, ist das unser Todesurteil«, stellte Cass fest und zeigte auf die Flammen, die direkt auf uns zukamen. Er stieß Professor Bhegad nach vorne, worauf erneut die Tür aus dem Dunkel auftauchte.

Cass riss sie auf und schob den Professor über die Schwelle. »Lasst uns ihn zuerst in Sicherheit bringen.«

Ich hatte den Professor noch nie so laut schreien gehört. Ein grelles Licht schoss ihm wie eine Sturmböe entgegen und katapultierte ihn sofort nach Bo'gloo zurück.

Er flog an Aly vorbei und wäre gegen einen Baumstamm geprallt, hätten ihn nicht zwei vertrocknete knochige Arme aufgefangen.

»Wir müssen damit aufhören, uns auf diese Weise zu begegnen, Professor«, sagte Skilaki.

Kapitel 30

Flammende Felder

Mit verdrehten Augen sank der Professor an Skilaki herab, worauf ein kleiner Schauer abgeblätterter Hautfetzen auf ihn niederging.

»Wir haben uns lange nicht gesehen«, sagte die alte Lady. »Ist das eure Art der Begrüßung?«

»Ja, äh … nein«, stotterte ich. »Es tut uns echt leid, dass wir ohne Sie aufgebrochen sind. Das war natürlich ein Fehler. Wir … wir dachten, wir würden es auch allein finden, aber stattdessen haben wir nur …«

»Ihr habt euch auf Cass' überlegenes Gedächtnis verlassen, nicht wahr? Aber der Nostalgikos liebt ein solches Gedächtnis eben auch«, kicherte sie.

»Sie haben uns gesagt, dass der Fluss nur die negativen Erinnerungen löscht!«, protestierte Aly.

»Der Nostalgikos ist ein Fluss«, entgegnete Skilaki schulterzuckend, »kein Chirurg. Er ist für seine Launenhaftigkeit bekannt. Ihr hingegen habt klare Anweisungen bekommen und sie missachtet, was höchst bedauerlich ist. Vielleicht ist euch nicht klar, welche Verantwortung ich Bo'gloo und der Königin gegenüber trage. Wen glaubt ihr, wird Artemisia für dieses Schlamassel verantwortlich machen?«

»Wir müssen das Tor benutzen!«, schrie Cass und zeigte auf das Feld hinter uns, das vom Feuer verzehrt wurde. »Um nach London zu kommen und uns vor dem Feuer zu retten!«

Skilaki seufzte auf. »*Ihr* könnt das natürlich tun.« Sie zeigte mit einem krummen Finger auf den Professor. »Aber da er das Zeichen nicht hat, darf er die Unterwelt nicht verlassen.«

Professor Bhegad krümmte sich vor Skilakis Füßen und versuchte sich aufzurappeln. »Jetzt«, sagte die Ex-Sybille, »habt ihr die Wahl. Es steht euch frei, zu fliehen und ihn hier bei mir zurückzulassen. Er ist schließlich so etwas wie unsere Trophäe. Artemisia ist jedoch nicht für ihr Mitgefühl bekannt. Sie würde dem Feuer vermutlich erlauben, uns zu verzehren. Aber das braucht euch nicht zu interessieren. Ihr werdet wieder nach Hause zurückkehren.«

»Oder?«, fragte Aly.

»Oder ihr folgt mir«, antwortete Skilaki.

Sie begann den Hügel hinaufzugehen, der sich hinter uns befand, und zog den Professor hinter sich her, als wäre er ein Hund an der Leine.

Ich schaute Aly und Cass an. Das Feuer fraß sich immer näher an uns heran, sein Rauch kroch uns bereits in die Nasenlöcher. Skilaki schien genau zu wissen, wohin sie wollte, und wir hatten wirklich keine Wahl.

Ein Plan war ein Plan.

Also trotteten wir hinter ihnen her den Hügel hinauf. Je höher wir kamen, desto klarer wurde die Luft. Mit gedämpften Stimmen erzählten wir Aly, was sich hinter dem Portal ereignet hatte.

Sie hörte uns mit skeptischer Miene zu. »Ihr seid durch den Nachbau des Mausoleums in die reale Welt gelangt? Das ist doch …?«

»Extrem unwahrscheinlich?«, ergänzte Cass. »Stimmt schon.«

Aly wandte sich ab. Ich kannte den wilden Ausdruck in ihren Augen. So guckte sie auch, wenn sie vor dem Computer saß und ein verzwicktes Problem lösen musste. »Mag ja sein, dass dieser Nachbau der Eingang zu Bo'gloo ist«, sagte sie, »aber ist es auch der einzige?«

»Jetzt komm ich nicht mit?«, sagte Cass.

»Denkt mal darüber nach«, sagte Aly. »In der realen Welt gibt es doch unzählige Nachbildungen der sieben Weltwunder. In Rhodos haben wir jede Menge Statuen gesehen, die den Koloss darstellen sollten, als Schlüsselanhänger oder Nachttischlampen … Und beim Mausoleum wird es nicht anders sein. Dieser Nachbau in England ist mit Sicherheit nicht der einzige in der Welt …«

»Das alte Gerichtsgebäude in St. Louis!«, rief Cass.

»Ist ja Wahnsinn, dass du dich daran erinnerst«, sagte Aly.

»Vielleicht kehrt dein Erinnerungsvermögen langsam zurück«, frohlockte ich.

Cass schüttelte den Kopf. »Das war nur ein beliebiges Detail. Aber ich könnte dir nicht beschreiben, wie man mit dem Auto dorthin kommt. Ich spüre immer noch eine Art Loch in meinem Gehirn.«

Aly legte ihm mitfühlend die Hand auf die Schulter.

»Es gibt also noch andere Nachbauten, na und?«, sagte ich. »Es ist aber nicht gesagt, dass sie alle an diesen Ort führen. Und selbst wenn das so ist, wie sollen wir sie dann finden? Und was machen wir mit dem Loculus und Professor Bhegad?«

Vor uns war Skilaki stehen geblieben. Auf der Kuppe des Hügels stand ein rußgeschwärztes fensterloses Haus. Es sah aus wie ein Bunker und hatte die Form eines Würfels. Eine zersplitterte und verfaulte Holztür lag auf dem Boden, der Eingang stand also sperrangelweit offen.

Skilaki trat ein und ließ Bhegad auf einem alten schiefen Holzstuhl Platz nehmen. Er sah benommen aus. Hinter ihm stand ein langer Tisch voller Glasbehälter, Blasebälge und riesigen uralten Computern.

Aly machte große Augen. »Ist das hier eure Kommandozentrale?«

»Auf dem höchsten Hügel, weit vom Feuer entfernt«, antwortete Skilaki.

Aly setzte sich an den Tisch, starrte auf den alten Monitor und wischte eine dicke Staubschicht von der Tastatur.

»Ha! Das erinnert mich irgendwie an den Apple II«, sagte sie. »Mein Vater hat mich mal ins Museum mitgenommen, um mir einen zu zeigen. Ein absoluter Basis-Rechner.«

»Eine ziemlich beeindruckende Maschine, nicht wahr?«, sagte Skalaki. »Leider ist die arme Seele, die sie bedient hat, inzwischen von uns gegangen. Doch jetzt kommt die gute Nachricht. Von hier aus könnte man den Verwüstungen des Photia Einhalt gebieten.«

»Mit dem Ding hier kann man den Photia kontrollieren?«, fragte Cass.

»Danke, Skilaki«!«, stieß ich erleichtert aus. »Wir werden die Verantwortung für das Feuer übernehmen. Wir werden Artemisia sagen, dass es unsere Schuld war.«

»Das will ich meinen«, erwiderte Skilaki.

Dann faltete sie die Hände und stand seelenruhig da – jedenfalls so ruhig, wie man nur sein konnte, während einem die Haut abblätterte und die Haare ausfielen.

»Ähm«, sagte ich nach einem Moment, »und wie… funktioniert dieses Maschine?«

Sie stieß die Luft aus, worauf sich ein fauliger Geruch ausbreitete. »Mein lieber Junge, glaubst du wirklich, ich könnte eine Maschine von so verwirrender Komplexität bedienen?«

Aly fuhr mit der Maus herum und tippte etwas auf der Tastatur ein. Auf dem schwarzen Bildschirm blinkte unablässig C:\>.

»Hm…«

»Ist vielleicht zu einfach für dein Superhirn«, vermutete Cass.

»Guck dir mal die Datei-Struktur an«, schlug ich vor. »Und die Liste der vorhandenen Programme …«

Aly drehte sich zu mir um. Sie war sehr blass geworden. »Ja, natürlich … aber ich hab vergessen, wie das geht.«

»Das ist nicht lustig, Aly!«, sagte Cass.

»Aber es stimmt.« Alys Lippen zitterten, als würde sie jeden Moment in Tränen ausbrechen. »Ich kann mich an nichts erinnern.«

Cass stöhnte. »Oh, nein, nein, nein … das darf doch wohl nicht wahr sein!«

Professor Bhegad machte ein langes Gesicht. »Cass' Orientierungsvermögen, Alys Computerkenntnisse …«, murmelte er. »Der Kern ihrer G7W-Talente … einfach verschwunden.«

»Aber ihre größten Ängste sind auch verschwunden, nicht wahr?«, sagte Skilaki. »Man muss etwas abgeben, wenn man etwas bekommen will.«

»Was will Photia dann von uns?«, fragte Aly. »Wir haben alles richtig gemacht! Wir haben unsere wichtigsten Erinnerungen geopfert.« Eine Träne lief ihre Wange hinab.

Ich schluckte. Nur ich war meine Ängste nicht losgeworden.

Ehe ich etwas sagen konnte, fuhr Cass blitzartig herum. »Wie bekommen wir unsere Erinnerungen zurück, Skilaki?«, fragte er. »Ich will alles wiederhaben, wovor ich Angst hatte. Ich will mein komplettes Gehirn. Dann finden wir auch einen Weg hier heraus. Zeigen Sie mir einfach, wovor ich Angst hatte, Skilaki.«

»Es ist ein Greif«, sagte ich zu Skilaki. »An den hat er keine Erinnerung mehr.«

»So etwas kenne ich auch nicht«, erwiderte sie.

»Ein großes rotes Monster«, erklärte Aly. »Halb Adler, halb Löwe, mit stinkendem Atem.«

»Ihr meint einen Gryphos«, sagte Skilaki, »ihr sprecht es nur seltsam aus.«

»Es gibt hier so ein Tier?«, fragte ich.

»Aber ja, die Königin hält sich einen«, antwortete sie gelassen und drehte uns den Rücken zu, »um ihren Besitz zu sichern.«

Aly warf mir einen vielsagenden Blick zu. Die Loculi wurden von Greifen bewacht. Das war der einzige Grund für ihre Existenz. Skilaki schien vom wahren Zweck der Loculi keine Ahnung zu haben.

Wenn wir den Greif irgendwie finden und zudem vermeiden konnten, von ihm gefressen zu werden, würden wir bekommen, was wir wollten. Und vielleicht würde dann auch Cass' Erinnerung zurückkehren.

»Wir wollen ihn sehen«, sagte Aly. »Vielleicht kann die Königin ihn uns zeigen.«

»Wie ihr wünscht.« Skilaki trat aus dem Bunker, legte ihren Kopf in den Nacken und stieß einen so schrillen Schrei aus, dass es mir die Nackenhaare aufstellte.

»Moment, nicht sofort!«, rief Aly.

»Kinder …«, sagte Bhegad mit sorgenvoller Miene. »Ich spüre das Feuer kommen.«

Jetzt spürte ich es auch. Die Temperatur im Raum stieg an. Von den Fußbodenleisten stiegen schwarze Rauchschwaden auf.

»Raus hier!«, rief ich. »Das Haus wird gleich in Flammen aufgehen!«

Cass drängte den Professor zur offenen Tür des Bunkers. Ich packte Aly am Ausschnitt ihres T-Shirts und zog sie von ihrem Stuhl hoch. Wir rannten nach draußen, wo wir mit Skilaki zusammenstießen, die immer noch in den Himmel blickte. Der beißende Geruch nach verbranntem Holz stieg in meine Nase. Ich hielt mir eine Hand vor den Mund und versuchte, den Hügel ein Stück weit hinunterzukommen. Aly hielt sich an meinem Arm fest. Der Professor hustete unaufhörlich.

Über uns erblickte ich etwas Rotes. Der unverkennbare Schrei des Greifen gellte durch das Prasseln des Feuers und die Nachtluft. Die Bestie, deren Flügel brannten, flog mit ruckartigen Bewegungen. Ihr Maul war weit geöffnet.

Ich streckte meine Hand nach dem Professor aus, um ihm zu helfen, doch ich erreichte ihn nicht mehr.

Mit einem ohrenbetäubenden Krachen explodierte der Bunker und holte uns von den Beinen.

Kapitel 31

Vasilissa

»Was ist das für ein Monster?«, schrie Cass.

Meine Augen öffneten sich flatternd. Ich war hart auf dem Boden aufgeschlagen und Cass ein paar Meter neben mir gelandet. Der Greif hatte sich in einem der Dornenbüsche verfangen und schlug verzweifelt mit den Flügeln. Seine gequälten Schreie gingen uns durch Mark und Bein. Das Gebäude über unseren Köpfen war nur noch ein Haufen rauchender Steine. Der ganze Hügel war jetzt vom Feuer eingeschlossen, das uns entgegenraste. Die einzige Rückzugsmöglichkeit führte direkt an der Bestie vorbei.

»Das ist ein Greif, Cass!«, schrie ich zurück. »Einer von dieser Sorte hat dich vom KI nach Rhodos entführt und dich fast umgebracht!«

Das Entsetzen stand Cass ins Gesicht geschrieben.

»Bei der großen Qalani«, stöhnte Bhegad. »Lasst mich jetzt das Opfer sein. Ich halte das nicht mehr aus.«

Skilaki sah frustriert aus, während sich ihre dünnen

Haare in der Hitze des nahenden Feuers hoben. »Ihr wolltet doch den Gryphos sehen«, sagte sie, »und jetzt bekomme ich nicht den kleinsten Dank zu hören.«

Die Bestie drehte den Kopf zu uns um. Die gelben Augen und der rote Körper waren die einzigen Farben im grauen Wald. Es war ihr gelungen, das Feuer auf ihren brennenden Flügeln zu ersticken. Jetzt waren sie an den Rändern schwarz und verkohlt. Als Cass den Greif direkt ansah, fauchte der ihn wütend an.

»Ich habe dich auf dem Grund des Flusses zurückgelassen«, sagte Cass zu dem rotgefiederten Löwen.

»Die Erinnerung kehrt zurück …«, sagte ich.

»Ja, ich erinnere mich«, sagte Cass. »Jetzt weiß ich es wieder. Der Greif hätte mich fast getötet. Zwei Mal schon. Das zweite Mal … im Fluss. Einen Teil von mir hat er mitgenommen. Mein Gedächtnis. Meine Fähigkeiten … das war nicht fair.«

Prustend setzte sich der Greif auf seine gefiederten Beine. Er neigte den Kopf und zeigte Cass seine Zähne.

Cass starrte ihn eine Weile an. Dann fletschte zu meinem Erstaunen auch er die Zähne.

Der Greif warf den Kopf zur Seite und schien irritiert zu sein.

»Was tut er da?«, flüsterte Aly.

»Ich weiß nicht«, flüsterte ich zurück, »sieht ziemlich gefährlich aus.« Aly und ich liefen zu Cass, packten ihn von hinten unter den Achseln und zogen ihn weg.

»Ich kann mich wieder erinnern!«, rief er, als wir

gemeinsam über den Weg stolperten. »Und ich fürchte mich nicht mehr!«

»Erinnere mich dran, dir eine Medaille zu verleihen«, sagte Aly, »falls wir hier lebend rauskommen.«

Wir wären fast mit Skilaki zusammengestoßen, die Cass überrascht ansah. »Wie seltsam«, sagte sie. »Das Gedächtnis dieses Jungen scheint nicht wie bei anderen Menschen zu funktionieren. Dann wandte sie sich an den Greif und sagte: »Gryphos, metaphero aeroporikos eis vasilissa!«

»Was soll das bedeuten?«, platzte es aus Cass heraus.

»Woher soll ich das wissen«, antwortete ich.

Professor Bhegad sagte etwas, doch ich konnte ihn nicht verstehen. Der Greif stieß einen Schrei aus. Mit den Flügeln schlagend, richtete er sich auf und entblößte seine gefiederten Beine, die so muskulös wie die eines Löwen waren. Er kam auf uns zu.

Rasch legte ich dem Professor einen Arm um die Schultern und schob den anderen unter seine Oberschenkel. Er fühlte sich spröde und zerbrechlich an und schien kaum mehr zu wiegen als ein Kind. »Rennt!«, rief ich den anderen zu.

»Nein …«, sagte Professor Bhegad. »Wir können nicht …«

»Doch, wir können!«, widersprach Aly. »Oder dieses Vieh wird uns auffressen!«

Mit einem mächtigen Flügelschlag, der uns einen Schwall heiße Luft ins Gesicht schaufelte, hob der Greif ab.

Wir rannten den Hügel hinab, weg vom Feuer. Der Schrei des Greifen zerriss die Luft. Erneut spürte ich, wie mir seine Krallen die Schulter aufschlitzten. Ich drückte Professor Bhegad noch enger an mich – zum einen, um ihn nicht zu verlieren, zum anderen, um den Schmerz zu verdrängen. »Hilfe…!«, schrie ich durch zusammengebissene Zähne.

Der Greif riss mich so heftig nach oben, dass ich dachte, er würde mir die Schulter auskugeln. Als sich meine Füße vom Boden lösten, schlossen sich meine Finger so eng wie möglich um die Beine des Professors.

Aly und Cass rannten auf uns zu, umschlangen meine Beine, versuchten mich auf die Erde zu ziehen. »Nicht… sonst lasse ich Bhegad fallen!«, schrie ich. »Versucht… Tweety runterzuziehen!«

Ich spürte, wie die beiden sich an die Fußgelenke des Vogels klammerten. Der Schmerz, den mir seine Krallen zugefügt hatten, pulste durch meinen Körper, trieb jede Zelle an ihre Grenze und darüber hinaus, betäubte allmählich alle Gedanken und Gefühle. Ich hörte Aly und Cass rufen. Ich spürte die Hitze von unten, die sich in Wellen ausbreitete. Doch zugleich war ich völlig gefühllos, wie in einem Traum, ohne Zugang zur Realität.

Der Professor drohte mir zu entgleiten. Ich konzentrierte mich voll und ganz auf meine Finger, darauf, sie um ihn zu schließen wie Magnete.

»Vasilissa!«, rief Skilaki, als wäre sie in ihrem eigenen Reich. Sie segelte aus eigener Kraft neben uns her.

»Ruft sie dem Greif zu, dass er uns töten soll?«, fragte Cass.

»Vasilissa«, erklärte Bhegad, »bedeutet Königin. Sie befielt ihm, uns zu Artemisia zu bringen.«

Wir waren jetzt im Sinkflug. Der Professor in meinen Armen fühlte sich leichter an. Von unten wehte uns trockene, kühle Luft entgegen. Blinzelnd zwang ich mich, die Augen zu öffnen.

Wir schwebten direkt auf den Innenhof einer großen Burg zu. Die mit Zinnen bekrönten Türme waren brüchig, die Wehrgänge verlassen, die Mauern von Efeu überwachsen. Außerhalb der Mauern türmten sich Knochen und Gerippe zu einer Art Ring, der dem Photia zugleich als Ufer diente. Der sogenannte Fluss, das wurde mir jetzt klar, war nichts anderes als ein breiter Feuergürtel, der die Burg umschloss.

Im nächsten Moment sah ich nichts anderes mehr als die ramponierten Mauern des Innenhofs, an denen zahlreiche brennende Fackeln angebracht waren. Meine Füße setzten unsanft auf der harten Erde auf. Der Greif gab mich frei. Ich taumelte und hatte das Gefühl, als hätte mir jemand ein Messer zwischen die Schultern gebohrt. Offenbar muss ich auch geschrien haben, weil Aly beide Arme um mich schlang. »Ganz ruhig, Jack«, sagte sie. »Alles ist okay. Wir sind da.«

Zwinkernd hob ich den Kopf und sah Skilakis Gesicht. Sie rief dem Greif Befehle zu, der krächzend zurückwich, bis er mit der Flanke gegen die Burgmauer stieß.

Professor Bhegad lag mit dem Gesicht nach unten auf der nackten Erde. Ich drehte ihn auf den Rücken. Seine Augen war geschlossen, der Mund geöffnet, sein Brust regungslos. Die Fackeln an der Wand ließen unheimliche Schatten über sein Gesicht tanzen.

Ich versuchte mich an einen Erste-Hilfe-Kurs zu erinnern, den ich mal mit meinem Dad besucht hatte. Damals hatte ich neben einem alten Mann gekniet und ihm meine Handballen rhythmisch gegen die Brust gestoßen. Eins-zwei-drei-Pause … eins-zwei-drei … Cass und Aly knieten neben mir.

Eins-zwei-drei …

»Pkhachh!« Bhegad stieß einen krampfhaften Huster aus, während seine Lider aufklappten. »Du tust mir weh, mein Junge!«

Ich half ihm, sich aufzusetzen. Aly umarmte den alten Mann, während Cass mir einen Arm um die Schulter legte. »Gut gemacht, Jack«, sagte er.

Unsere Erleichterung währte ein paar Sekunden, ehe hinter uns ein lautes Krachen über den Burghof hallte.

Wir fuhren herum. Eine halb verrottete Tür war aufgeflogen. Als sie gegen die Wand schlug, splitterte weiteres Holz ab.

Hinter der Türöffnung klaffte ein schwarzes Loch. Dann zeichneten sich zwei Augenpaare ab, so weiß wie Golfbälle, als wären die Pupillen verschwunden. Sie bewegten sich unablässig auf und ab, während langsam zwei hagere Gesichter Gestalt annahmen.

Ich hörte, wie Cass nach Luft schnappte, und spürte einen Brechreiz aufsteigen. Zwei Männer trotteten aus dem Dunkel. Sie trugen zerlumpte Kleider und waren wie Ochsen vor ein Joch gespannt. Ihre schuppige Haut hing in Fetzen herunter und auch ihre Kopfhaut hatte schon begonnen, sich vom Schädel zu lösen. Einzelne Haare sprossen wie lose Drähte aus verschiedensten Stellen ihres Gesichts. Ihren Mündern fehlten die Lippen. Sie grunzten und sabberten, während sie an den Ketten zogen, an denen ein riesiger quietschender Streitwagen auf gebrochenen Rädern befestigt war.

»Mir gefällt das überhaupt nicht«, murmelte Aly.

»Zombies«, stellte Cass fest. »Ich hasse Zombies.«

Der Streitwagen selbst war nichts anderes als ein mit Schnitzereien versehener Holzkasten, vor dem wie ein Vorhang ein schmuddeliges graues Tuch hing. Aus dem Inneren des Kastens ertönte eine scharfe Stimme, die ein unverständliches Kommando zu geben schien.

»Unngh«, antwortete eine der Kreaturen.

Eine Hand schoss hinter dem Vorhang hervor und ließ eine Lederpeitsche auf den Rücken des Zombies niedersausen.

Ich zuckte zusammen, doch der Zombie schien den Schlag gar nicht bemerkt zu haben.

Aus dem Kasten trat eine mächtige Gestalt. Der gesamte Wagen schien von einer gewaltigen Last befreit, als sie von diesem hinunterstieg. Wie ein Zombie sah sie nicht aus, was jedoch nicht hieß, dass sie einem normalen Menschen geähnelt hätte. Ihre Haare waren seltsam starr, als bestünden sie aus einer Art Plastik. Unterhalb des Mundes faltete sich ein mächtiges Doppelkinn, und in den Wülsten unterhalb der Augen hätte man kleine Kätzchen verstecken können. Gestützt auf einen Bronzestab, dessen Kopf eine Alabasterreplik des Mausoleums war, stapfte sie uns entgegen. Ihr speckiger Mund verzerrte sich zu einem eigentümlichen Grinsen, während ihre Augen uns kalt und tot anblickten.

»Sie sprechen englisch, Mappas«, sagte Skilaki.

Der Mann namens Mappas sagte kein Wort, sondern machte mit offener Hand eine Geste in Richtung Wagen.

Aus dem Vorhang kam eine zierliche Hand, die in der riesigen Pranke des Mannes verschwand. Eine Frau erschien. Ihr dichtes weißes Haar wallte über ihren goldenen Umhang. Der Saum war aufgeplatzt, doch der Stoff selbst war mit Stickereien verziert und mit Edelsteinen besetzt. Die Frau hatte dünne Fußgelenke und ein Gesicht, dessen runzlige Haut an eine Walnuss erinnerte. Auch sie schien uralt und verdorrt zu sein, doch verglichen mit den Zombies um sie herum strotzte sie nur so vor Gesundheit.
»Verbeugt euch vor Königin Artemisia!«, bellte Mappus.

Ich sah Aly und Cass an. Da wir sowieso schon knieten, beugten wir ein wenig die Hüften.

Als sich ihre faltigen Mundwinkel nach oben bewegten, sog sie hörbar die Luft ein und klatschte in die Hände. »Wer von euch«, fragte sie, »gehört mir?«

Kapitel 32

Der Handel

Ich dachte immer, Zombies hätten keine Gefühle, doch ihrem frenetischen Geifern nach zu urteilen, schienen die beiden Wagenzieher ziemlich aufgeregt zu sein. »Meiiiin!«, schrie einer von ihnen.

Vielleicht rief er aber auch »maaah« oder »muuuuh«. Bei Zombies ist das schwer zu sagen.

Ich betrachtete Artemisia, was kein sehr angenehmes Unterfangen war. Sie war zwar sehr viel besser erhalten als Skilaki, doch ihre Haut war so hart und runzlig wie Baumrinde, die knirschte, wenn sie sprach. Die aufgemalten Wimpern an ihren lidlosen Augen verliehen ihr einen Ausdruck ständiger Überraschung. »Nun«, krächzte sie mit der Stimme einer sterbenden Seemöwe, »sprecht oder ich nehme euch alle!«

Ich versuchte, etwas zu entgegnen, unsere Mission zu erklären, doch meine Lippen waren trocken.

»Ich … gehöre Euch, Königin«, sagte Bhegad mit sanfter Stimme und kam mühsam auf die Beine. »Als Gegenleistung für einen Gefallen biete ich Euch meine Seele an.«

»Diese drei haben das Symbol der Qalani an ihren Hinterköpfen«, unterbrach ihn Skilaki. »Weshalb sie wieder in ihre Heimat zurückkehren werden. Doch erbitten sie ... im Austausch für diese Seele ... eine bestimmte Steinkugel.«

»Dieser Stein wurde von einem unserer Vorfahren hier deponiert ...«, erklärte ich.

»Niemand hat dich zum Reden aufgefordert, vorlautes Kind!« Die Königin trat vor. Ihre streichholzdünnen Beine zitterten, doch sie hielt sich aufrecht. »Verstehe ich euch recht, dass ihr so unverschämt seid, der Königin Artemisia ein Tauschgeschäft vorzuschlagen?«

»MUHAHAHA!« Mappus' gesamter Körper bebte unter seinem dröhnenden Lachen. Der Atem, der dabei aus seinem Mund schoss, blies eine Fackel an der Wand aus.

»Schweig, nutzloser Wesir!«, rief Artemisia, worauf der Mann sofort Haltung annahm. Während sie näher an Bhegad herantrat, weiteten sich ihre Augen. »Glaubst du etwa, hier bestünde ein Mangel an verfügbaren Seelen? Glaubst du, dein schmächtiger Körper könnte mich so verlocken, dass ich bereit wäre, auf solch einen Handel einzugehen? Oder bist du womöglich klüger, als es den Anschein hat, und willst der Herrscherin von Bo'gloo noch ein anderes Angebot machen?«

Einer der Zombies beugte sich grunzend vor. Der andere schien für einen Augenblick verwirrt zu sein, dann bohrte er in der Nase.

»Lehrlinge«, seufzte Artemisia und schüttelte resigniert den Kopf.

»Alle drei hier – Jack, Aly und Cass –«, erklärte Professor Bhegad, »sind Nachfahren des großen Massarym.«

Es irritierte mich, dass Bhegad so ehrfurchtsvoll von Massarym sprach, doch ich begriff seine Taktik. Und die schien ihre Wirkung auf Artemisia nicht zu verfehlen. Obwohl es schwierig war, dem lederartigen Gesicht irgendeine Regung zu entnehmen, schien sie doch beeindruckt zu sein.

»Wirklich?«, fragte sie und streckte einen knochigen Finger nach meinem Kinn aus.

Es kostete mich meine ganze Willensstärke, nicht zurückzuzucken. Sie fasste unter mein Kinn und drehte meinen Kopf sanft zur Seite. Dann begutachtete sie meinen Hinterkopf. »Ich sehe das Zeichen. Und ja, die Kinnpartie ist auch charakteristisch. Was die anderen betrifft …«

»Zeigt es ihr«, flüsterte der Professor.

Aly und Cass drehten sich um und schoben das Deckhaar ihrer Hinterköpfe zur Seite. »Meine Haare sind gefärbt«, erklärte Aly. »Doch wenn Ihr die Haarwurzeln betrachtet, könnt Ihr das eingewachsene Zeichen erkennen.«

Artemisia ließ ihre Finger sinken. Sie sah Aly und Cass für einen Moment an und trat dann zurück, ohne sich von uns abzuwenden. Mappas flüsterte ihr etwas ins Ohr.

Er schien zu kichern, aber das war schwer zu entscheiden, weil seine Mundwinkel sowieso nach oben gebogen waren.

Sie nickte und bedeutete ihm, sich zu entfernen. Dann wandte sie sich erneut an den Professor. »Nun«, sagte sie, »wie euch mein Schoßhündchen Skilaki zweifellos erzählt hat, halte ich nichts von einseitigen Vereinbarungen. Und da ihr Nachfahren von Massarym seid, akzeptiere ich einen Tauschhandel, der beide Seiten zufriedenstellt.«

Artemisia trat näher. Trotz ihrer faltigen Gestalt überragte sie den Professor. Sie zog ihre dünnen Lippen zurück und offenbarte ihre scharfen grauen Zähne. Ich behielt das offene Burgtor im Auge. Wo mochte der Loculus sein? Und würde sie ihn uns einfach aushändigen?

Ihre Worte blieben in der Luft hängen, seltsam und irreal wie eine Luftspiegelung in der Wüste.

»Was … äh … haben Sie gerade Ja gesagt?«, fragte Cass.

»Der Junge versteht mich nicht«, bemerkte Artemisia spitz, »obwohl ich doch Englisch zu ihm gesprochen habe.«

»Er bringt seine freudvolle Ungläubigkeit zum Ausdruck, meine Königin«, entgegnete Skilaki.

Artemisia schnippte mit den Fingern. »Mappas! Bring ihnen, wonach sie verlangen!«

Der Wesir machte auf dem Absatz kehrt und stampfte, auf seinen bronzenen Stock gestützt, ins Innere der Burg.

»Habt herzlichen Dank, barmherzige Artemisia«, sagte Bhegad mit sanfter Stimme.

Während sie den Professor ansah, färbten sich ihre Wangen, zuerst blassgelb, dann ziegelrot. »Eure Rede ist vornehm, und es bereitet mir eine tiefe Freude, eine wertvolle Seele zu gewinnen. Ihr seid ein Mann von Bildung?«

»Archäologe«, antwortete Bhegad. »Ich habe an der Universität gelehrt. Habe bei der praktischen Arbeit viele Entdeckungen gemacht.«

Artemisia schien vor Freude zu beben und mir drehte es den Magen um.

Der Gedanke an den Tod des Professors bereitete ihr offenbar Vergnügen. »Was haben Sie mit ihm vor?«, wollte ich wissen.

»Seine Seele wird so lange hier bleiben, wie es mir gefällt«, erklärte Artemisia. »Ich werde von ihr lernen, mich ihres Lebens bemächtigen. Schließlich werde ich sie in die Höhle der Seelen entlassen, bis sie eines Tages in einem anderen Körper eine neue Heimat findet. Im Gegenzug werde ich dem Professor – das heißt seinem Körper – ewiges Leben schenken. Vielleicht kann er sich eines Tages glücklich schätzen, eine Anstellung im Palast zu erhalten. Ich bin Neun und Einundvierzig langsam überdrüssig.«

Einer der beiden Zombies begann zu wiehern und zu schnauben, als er die Zahlen hörte. Der andere pulte ihm gerade einen Schmalzklumpen aus dem Ohr und hatte die Bemerkung offenbar nicht gehört.

»Sie verwandeln ihn in einen Zombie?«, rief Cass empört.

»Diese Bezeichnung kenne ich nicht«, gab Artemisia scharf zurück. »Meine Schatten haben keine Namen.«

»Sie nennen sie Schatten?«, fragte ich. »Sie sehen aber ziemlich … handfest aus.«

»Hier vielleicht, doch in den unteren Regionen nehmen sie eine eher diffuse Gestalt an.« Artemisia schnippte ungeduldig mit dem Finger. »Aber ich bin nicht gekommen, um euch in die Geheimnisse von Bo'gloo einzuweihen. Mich dürstet nach einer Seele.«

»Einen Moment, verehrte Königin«, meldete sich Bhegad zu Wort. Er wandte sich uns zu und senkte die Stimme. »Du brauchst nicht zu protestieren, Aly. Vertrau einfach Jacks Plan. Nehmt den Loculus und kehrt nach Hause zurück, auch wenn das ohne mich sein sollte. Ich bin nicht mehr lange auf dieser Welt. Jack, überzeuge deinen Vater vom Anliegen des KI. Nehmt Kontakt zu den Rebellen auf der Insel auf. Drei von sieben Loculi zu besitzen, ist ein enormer Fortschritt …«

»Aber wir können Sie doch nicht einfach hierlassen«, widersprach ich.

»Ihr habt keine andere Wahl.«

»Genug!«, rief Artemisia. »Stellt meine Geduld nicht länger auf die Probe!«

Bhegad drehte sich um. »Verzeihung, Königin.«

Auf seinen Stock gestützt, tauchte Mappas hinter Artemisia auf. Er trug einen Sack aus Segeltuch, der in seinen riesigen Händen fast verschwand. »Hier, meine Königin«, schniefte er. »Wie Ihr wünscht, äh, gewünscht habt.«

Der Loculus …

Ich lief auf ihn zu, doch Artemisia hob eine Hand, worauf ich von einer unsichtbaren Kraft zurückgerissen wurde und hart auf meinem Hintern landete.

Der Greif, der immer noch an der Wand kauerte, spitzte die Ohren.

»Eins nach dem anderen«, sagte Artemisia. »Der Professor möge vortreten, allein!«

Professor Bhegad drückte uns die Hände. »Ich vertraue euch allen«, flüsterte er. »Das wird sich nie ändern.«

Aly war die Letzte, von der er sich löste. Sie weinte.

Mit erhobenem Kopf, doch wackligen Beinen trat Bhegad vor die Königin.

Sie hob eine Hand und berührte seine Schulter. Eine Weile passierte nichts, und ich hatte die leise Hoffnung, dass Bhegad ihr irgendwie widerstehen konnte. Doch als plötzlich ein heller Lichtblitz aus seiner Brust zuckte, schrien wir auf.

Der Blitz schoss nach oben. Bhegad sank mit einem gequälten Laut zu Boden und krümmte sich dort zusammen.

Ich rannte zu ihm und drehte sein Gesicht nach oben. Er starrte mit leerem Blick in den grauen Himmel, seine Brille lag zerbrochen neben ihm. Seine Brust bewegte sich nicht. Aly begann sofort mit der Herzmassage.

»Nicht, Aly«, sagte ich und zog sie weg.

Aly stand die Verzweiflung ins Gesicht geschrieben. »Er ist tot, Jack!«

Tot.

Ich wusste es, aber ich konnte es nicht glauben. Ich sah sein lebloses Gesicht. Unfähig, einen Gedanken zu fassen.

»D… denkt an den Plan«, flüsterte Cass und blickte zu Mappas hinüber, der immer noch den Sack in der Hand hielt. »Los, wir schnappen uns den Loculus.«

Plötzlich hörte ich einen Schrei wie den eines Falken. Artemisia hatte den Kopf in den Nacken gelegt, ihre silbrigweißen Haare schimmerten in einem goldenen Rot. Ihre faltige Haut glättete sich und bekam einen jugendlichen Teint. Aly, Cass und ich wichen unwillkürlich zurück, als bliese uns ein heißer Sturm ins Gesicht. Artemisia stieg, sich langsam drehend, in den Himmel. Für einen Moment schien sie wie ein Engel zu schweben, eine überirdische Freude erfüllte ihr majestätisches Gesicht. Sie war wieder jung, ihre Haut makellos, ihre Gliedmaßen anmutig, ihr Umhang mit glänzenden Edelsteinen besetzt.

»Sie nährt sich von seiner Seele …«, murmelte Aly.

Unter ihr holte Mappas mit dem Sack aus, als wäre er beim Kugelstoßen. Mit schweinischem Grinsen schleuderte er ihn über unsere Köpfe hinweg. Er prallte gegen die Mauer und fiel auf den Boden.

Cass und Aly standen wie gelähmt da, doch ich rannte zu dem Sack und holte ihn mir. Als ich ihn den beiden entgegenstreckte, hatten sie Tränen in den Augen.

»Kommt schon«, sagte ich und griff in den Sack. »Wir müssen ihn wiederbeleben!«

Der Loculus war schwerer, als ich erwartet hatte.

Der leere Sack fiel herunter, mir wackelten die Knie. Ich hielt eine polierte, marmorgleiche Kugel in den Händen. Ich starrte sie an und hörte keinen Laut.

Kein Lied des Heptakiklos.

Das konnte unmöglich ein Loculus sein.

Kapitel 33

Schönheit hat ihre Vorteile

Marco war verschwunden, doch musste ein Teil seiner Kraft auf mich übergegangen sein, weil ich den Stein wie einen Baseball durch die Luft schleuderte. Er traf Artemisia am Arm. Mappas stürzte sich sofort auf mich, schrie mir was ins Ohr und zerrte mich über den Hof.

»Sie hat uns reingelegt«, brüllte ich in sein plattes Gesicht.

Artemisias Arm schwankte nur leicht durch die Luft, als wäre sie unter Wasser mit einem Fisch zusammengestoßen. Selig lächelnd begann sie wieder zu sinken. Falls sie den Treffer bemerkt haben sollte, ließ sie es sich nicht anmerken.

Cass hob den runden Stein auf, sein Gesicht war tränenüberströmt. Als ich, Aly und Cass dorthin eilen wollten, wo Artemisia landen würde, blockierte uns Mappas den Weg und befahl Neun und Einundvierzig, sich auf beiden Seiten neben ihn zu stellen.

»Habt Dank, meine treuen und Furcht einflößenden

Beschützer, aber ich werde den Kindern persönlich meine Dankbarkeit bezeugen.«

Mappas grunzte bloß, schob die beiden Schatten beiseite und stapfte davon.

Artemisia lächelte uns in nie gekannter Art an. Seidenweiche Haut ließ ihre Wangenknochen hervortreten, ihre dunklen Augen sahen uns forschend an. Ihr vorher so sprödes silbriges Haar wallte ihr leuchtend über die Schultern. Während sie uns entgegentrat, hielt sich Mappas dicht hinter ihr und bürstete hingebungsvoll ihre Haarpracht. »Da seht ihr mal, meine Freunde, welch außerordentlichen Dienst ihr mir erwiesen habt«, erklärte sie mit strahlendem Lächeln. »Mein Aussehen schreckt euch nicht mehr ab, oder? Schönheit hat ihre Vorteile. Natürlich wird sie nicht ewig währen, aber ich danke euch für das flüchtige Vergnügen.«

»Sie sind eine Mörderin!«, schrie Aly. »Keine Königin!« Sie wollte sich auf Artemisia stürzen, doch mit einer Bewegung ihres Zeigefingers ließ Artemisia Aly zurückprallen.

Cass und ich halfen ihr vom Boden auf. »Sie haben uns angelogen, Artemisia«, sagte ich. »Sie haben Ihren Teil der Verabredung nicht eingehalten.«

Für einen Moment blitzten die Augen der Königin amüsiert. »Ihr hattet nach einer Steinkugel gefragt und ich habe sie euch gegeben. Sogar eine der schönsten, die ich besitze.«

Cass und Aly starrten mich sprachlos an.

»Das muss ein Missverständnis sein, Artemisia«, sagte ich rasch. »Unser Vorfahre Massarym hat etwas hiergelassen, das noch viel wertvoller ist. Wir nennen es Loculus. Den wollten wir haben, nicht diesen Stein hier.«

Artemisias Lachen perlte wie der Triller einer Flöte. »Nimm diesen hier, liebes, verblendetes Kind. Denn ich kann dir nicht geben, was ich nicht besitze.«

»Wie meinen Sie das?«, fragte Cass. »Dieser Ort wurde geschaffen, um den Loculus zu beschützen. Er muss hier sein!«

»Aber er ist es nicht!«, erwiderte Artemisia schulterzuckend. »Der Loculus wurde schon vor Jahren gestohlen.«

»Sie lügen!«, rief Aly.

Artemisia starrte sie böse an. »Ich habe diesen großartigen Ort geschaffen«, zischte sie. »Alles, was ich wollte, war ein schönes Nachleben für Mausolos und mich. Ich hatte nicht vor, Mutter dieser riesigen Einöde zu werden. Von diesen blutleeren, stupiden Kindern. Ich wollte nicht über dieses Feuer, all die schrecklichen Erinnerungen und rachsüchtigen Seelen herrschen. Das hat mir alles euer Onkel Massarym eingebrockt. Glaubt ihr etwa, ich passe auch noch freiwillig auf sein dämliches Spielzeug auf. Ich bin heilfroh, es los zu sein!«

Ruhig atmen. Ich konnte kaum geradeaus blicken. Professor Bhegad lag tot auf der Erde. Nein. Mappas zerrte den leblosen Körper gerade durch die dunkle Türöffnung.

Mein Plan war gescheitert. Bhegad war für immer verloren. Ich war schuldig an seinem Tod.

Soldat, Matrose, Tüftlerin, Schneider. So hatte Professor Bhegad uns genannt. Marco, der Athlet. Cass, der Navigator. Aly, das Rechengenie. Und ich? Ich war angeblich derjenige, der alles zusammenfügte.

Doch er hatte sich geirrt. Denn ich hatte dafür gesorgt, dass alles auseinanderfiel. Ich war kein Schneider, sondern ein Killer.

»Wir werden diesen Loculus finden«, sagte ich. »Und ich werde nicht ruhen, ehe Sie dafür bezahlt haben, was Sie Professor Bhegad angetan haben, Artemisia.«

»Ich habe mich exakt an unsere Abmachung gehalten«, entgegnete Artemisia. »Und du hast völlig recht, du wirst nicht ruhen. Denn als Soldat meiner Schattenarmee wirst du mir ewig dienen.«

Sie stieß einen unheimlichen Laut aus und wandte sich ihrer Burg zu. Neun und Einundvierzig sprangen sogleich schnaubend und sabbernd auf und ab. Die Königin nickte ihrem Wesir zu, worauf Mappas in Richtung des dunklen Eingangs pfiff.

Weitere Augenpaare tauchten in der Finsternis auf.

Aly, Cass und ich fassten uns an den Armen, während Artemisias Armee der Toten auf den Hof drängte. Sie liefen einander über den Haufen und trampelten über die anderen hinweg, weil sie nicht in der Lage waren, ihre Bewegungen zu koordinieren. Es war ein einziges Spucken, Beißen, Heulen und Kratzen. Mit offenen zahnlosen Mündern und silbrigweißen Augen taumelten sie auf uns zu.

Artemisia klatschte lachend in die Hände, als wäre das Ganze eine Comedy-Vorführung. Wir wichen schweigend zurück, gebannt von diesem schauerlichen Schauspiel.

Der Greif stieß einen angstvollen Schrei aus, wie ich ihn nie zuvor gehört hatte. Er breitete die Flügel aus, offenbar bereit, sich jeden Moment davonzumachen.

Cass wirbelte herum. Mit einer Autorität, die ich nie zuvor in seiner Stimme wahrgenommen hatte, rief er: »Bleib!«

Der Greif ließ die Flügel sinken und beugte den Kopf in Cass' Richtung.

»Kommt schon!«, sagte Cass und lief auf die Bestie zu. »Haltet euch an den Beinen fest!«

Wir folgten dicht hinter ihm. »Wie machst du das, Cass?«, fragte Aly.

»Der ist mir was schuldig«, antwortete Cass. »Für das, was mir sein Cousin in Griechenland angetan hat.«

Cass und ich hechteten auf das Tier zu. Cass packte seinen Schwanz und zog sich am Gefieder den Rücken hinauf. Ich schlang meine Arme um sein linkes Bein, direkt über den Krallen.

Der Greif zuckte ängstlich. Cass setzte sich auf seinen Rücken. Aly streckte ihre Arme nach dem rechten Bein aus, doch der Greif stieß sie weg. Sie taumelte dem Mob der Schatten entgegen.

»Ruhig!«, sagte Cass eindringlich zu dem Vogel und tätschelte seine Flanke, bis er sich ein wenig beruhigt hatte. Dann streckte Cass seine Hand nach unten. Doch als Aly sie ergreifen wollte, wurde sie von einem der Schatten zurückgerissen.

Ich klammerte mich an das Bein des Greifen und packte Alys Hand. Unsere Finger falteten sich umeinander. »Halt dich fest!«, rief ich.

Aly entglitt mir. »Ich kann nicht!«

Der Schatten zerrte und rüttelte an ihr und fauchte mit unwirklicher Stimme: »Orrrmmm!«

Über mir hörte ich, wie Cass mit dem Greif sprach. »Ganz ruhig«, sagte er. »Diese Zombies haben mehr Angst vor dir als du vor ihnen.«

Der Greif schnaubte. Meine Finger waren schweißnass. Ich konnte Aly nicht mehr halten.

»Zieh sie hoch, Jack!«, rief Cass. »Ich weiß nicht, wie lange der Greif noch die Ruhe bewahren kann.«

Aly schrie. Ein weiterer Schatten griff nach ihrem Bein und stieß konfus mit dem ersten Schatten zusammen.

Der Greif schrie, streckte die Beine und versuchte uns abzuschütteln. »Gut festhalten, Aly!«, rief ich.

»Ich versuch's ja!«

Ihre Finger lösten sich von meinen. Ein verzweifelter Schrei ging durch mich hindurch.

Aly verschwand inmitten einer Horde johlender, geifernder Untoter. Das Letzte, was ich sah, war ihre ausgestreckte Hand.

Kapitel 34

Brennende Schatten

»Hol sie!«, rief Cass. »Ich kümmere mich um den Greif!«

Ich ließ das schuppige Bein los und rannte mitten in die Schatten hinein, dorthin, wo ich immer noch Alys Schreie hörte. Als die Schatten zum Angriff übergingen, fletschte ich die Zähne. Sie waren stark, aber nicht schnell. Einer packte mich bei den Schultern, worauf ich meinen Kopf heftig gegen seine Nase stieß.

Sein eigener Kopf löste sich vom Hals und hing ihm schief auf der Brust. Stöhnend wankte er zurück und riss zwei weitere Schatten mit sich zu Boden. Sie fielen wie Dominosteine und waren nur noch ein einziger Fleisch- und Knochenhaufen.

Aly wurde immer noch von mehreren geifernden, ächzenden Untoten umringt. Sie machte eine halbe Drehung und trat einem der Angreifer mit dem Fuß in die Seite. Seine Hüfte teilte sich in zwei Hälften. Als sie zur Seite sprang und über den Boden rollte, stießen zwei Schatten beim Versuch, sie zu packen, über ihr zusammen.

Ich sprang über sie hinweg und packte sie am Arm. »Hey, was ist denn mit dir los?«

Sie sah genauso überrascht aus, wie ich mich fühlte. »Ich weiß nicht. G7W? Marcos Superkräfte sind wohl auf mich übergegangen.«

Immer mehr Schatten drängten aus dem dunklen Eingang. Im nächsten Moment wurde Aly fortgerissen und verschwand in der Menge.

Über mir schrie Cass irgendwas, das ich nicht verstand. Ich blickte auf. Er klammerte sich am Greif fest und zeigte verzweifelt auf die Mauer mit den lodernden Fackeln. Ich riss eine von ihnen aus der Halterung. »Aly!«, schrie ich und schwenkte die Fackel hin und her, um mir Platz zu verschaffen. Einundvierzig löste sich aus der Menge und sprang mir entgegen. Ich fuchtelte mit der Fackel in seine Richtung, doch die Hand des Zombies griff mitten in die Flammen hinein. Verkohlte Hautfetzen fielen zischend zu Boden, was Einundvierzig keineswegs zu überraschen schien. Er stieß nur ein neugieriges Grunzen aus, hob ein verbranntes Fleischstück auf und steckte es sich in den Mund.

Ekelhaft.

Ich wirbelte herum und suchte fieberhaft die Horde der Untoten ab, bis ich Aly entdeckte. Sie lag schreiend auf dem Boden und schlug wild um sich. Es brauchte fünf Schatten, um sie zum Eingang zu zerren. Mit einem Schrei stürzte ich mich auf Einundvierzig und schlug mit der Fackel nach seinem Kopf. Ganze Haarbüschel gingen in Flammen auf, verteilten sich über sein Gesicht und landeten auf seinen zerfetzten Kleidern. Der Zombie begann unkontrolliert zu zittern, während er von den Flammen verzehrt wurde. Andere Zombies bemerkten dies, drehten sich nach ihm um und scharten sich um seine leuchtende, zuckende Gestalt. Manche streckten ihm ihre Hände entgegen, als wollten sie sich an einem Lagerfeuer wärmen. Es dauerte nicht lang, bis ein zweiter sowie ein dritter Zombie in Flammen standen. Wie gebannt schienen sich alle zu dem Tumult und der Helligkeit hingezogen zu fühlen.

»Haltet ihn auf, ihr Idioten!«, schnitt Artemisias Stimme durch den Lärm.

Wo war Aly? Ich konnte sie nirgends mehr entdecken. Ich wich zurück, ließ meinen Blick in die Runde schweifen. Streckte die Fackel, die mir als Licht und Waffe diente, nach vorn.

Während ich mich langsam von den Schatten entfernte, spürte ich plötzlich etwas in meinem Nacken. Ich schnappte unwillkürlich nach Luft, als hätte mir jemand die Lunge zusammengequetscht. Als ich mich nach links drehte, sah ich Mappas, dessen riesige Hände, die so groß wie Truthähne waren, sich um meinen Hals geschlossen hatten.

»Die Schatten kannst du vielleicht austricksen, aber nicht Mappas!«

»Ghhhh…hhhh…« Ich versuchte zu atmen, doch tanzten mir bereits rote Punkte vor den Augen und meine

Knie knickten ein. Ich sank gegen Mappas' massive Gestalt.

Eine Gestalt, die in einen Umhang gehüllt war.

Ich mobilisierte meine letzten Kräfte und drückte die Fackel gegen ihn. Als ich den Stoff seines Umhangs an meinen Fingerknöcheln spürte, stieß mir Mappus seinen Daumen tiefer ins Genick hinein.

Ich schloss die Augen und sah nichts mehr.

Kapitel 35

Wolkenbruch

»Kaaaaah!«

Der Schrei des Greifen schallte über den Hof. Krampfhaft hustend setzte ich mich auf. Ich hörte das Grunzen der Zombies und das Knacken spröder Knochen, doch alles, was ich sah, waren schwarze und rote Punkte.

Ich zwang mich zu atmen, während ich eine Bewegung über mir wahrnahm.

Ich zwinkerte heftig. Links von mir lag Mappas reglos auf dem Boden. Von seinem Bronzestab war das Miniatur-Mausoleum aus Alabaster abgebrochen. Sein Umhang war verkohlt. Von seinem Körper stiegen beißende Rauchschwaden auf. Skilaki beugte sich über ihn und fühlte ihm den Puls.

Hatte ich das getan?

Entsetzt krabbelte ich ein Stück zur Seite. Meine Füße rutschten auf dem Boden aus. Er war nass. Ein paar Tropfen trafen meinen Kopf.

Ich rappelte mich auf und taumelte zur nächsten

Mauer. Warf einen Blick nach oben. Direkt über dem Hof hatten sich ein paar dunkle Wolken zu einem kreisförmigen Gebilde zusammengeballt. Artemisia schwebte über dem Boden, die Augen geschlossen, die Arme gen Himmel gehoben.

Sie sang. Versammelte die Wolken.

Ich hob die Fackel vom Boden auf. Glücklicherweise regnete es nicht stark genug, um die Fackel zu löschen. Mit meiner anderen Hand griff ich nach Mappas' Stab. Der elegante Knauf bestand nur noch aus scharfkantigen Alabaster-Bruchstücken.

Schatten trieben aus allen Richtungen auf mich zu.

Während ich zurückwich, schwang ich den Stab hin und her, um die Schatten abzuwehren. Aus dem Augenwinkel heraus sah ich, wie der Greif abzuheben versuchte, doch rutschte er immer wieder auf den nassen, schmierigen Steinen aus. Cass saß immer noch auf dem Rücken der Bestie, tätschelte ihr das Gefieder und flüsterte ihr eindringlich etwas ins Ohr. Zwei Schatten hängten sich an ein Bein des Greifen und versuchten ihn am Boden zu halten.

»Jaaaaack!«

Alys Stimme drang aus dem Inneren des Torwegs. Mit fuchtelndem Stab bahnte ich mir meinen Weg dorthin. Auf der Schwelle schlug mir der Gestank nach Tod und Verwesung wie eine Faust entgegen. Im flackernden Licht meiner Fackel sah ich Knochenhaufen an den Wänden, huschende Bewegungen am Boden, vielleicht von Schlangen oder Ratten, kleine Knopfaugen, die in der Ferne durch das Dunkel wanderten.

Als ich in einen kleinen dunklen Raum kam, stieß mein Fuß gegen einen festen Gegenstand.

»Au!«, schrie Aly. »Das war mein Bein.«

Sie saß auf dem Boden, ihre Arme an die Wand gekettet. »Sorry. Alles okay mit dir?«

»Jack, pass auf!«, rief sie.

Ich wirbelte herum, ließ die Fackel sinken und brachte mich vor einem anstürmenden Schatten in Sicherheit. Ehe ich über Aly stolpern konnte, schwang ich Mappas' Stab und drängte die Kreatur zurück.

Als sie an der Wand in sich zusammenfiel, bekam ich wieder einen klaren Kopf. Es würde nicht lange dauern, bis auch alle anderen Schatten erfuhren, was los war. Dann würden Aly und ich nie mehr hier rauskommen. Ich musste schnell nachdenken.

»Nimm deine Hände, so weit es geht, von der Wand«, sagte ich.

»Wa…was?«, fragte Aly.

»Tu's einfach.«

Aly spannte die Kette zwischen sich und der Wand. Ich hob den Bronzestab weit über meinen Kopf und ließ ihn auf die Kette niedersausen.

Nichts geschah. Der zweite Schlag lockerte die Befestigung der Kette an der Wand um ein paar Zentimeter.

Ich brauchte mehr Kraft und mehr Geschwindigkeit.

Höchste Zeit, den Marco in mir zu wecken.

»Yeaaahhhh!« Ich legte all meine Energie in den dritten Schlag. Die Befestigung brach aus der Wand und fiel klirrend zu Boden. Mit offenem Mund starrte Aly auf die Kettenteile, die an ihren Handgelenken baumelten. »Bleib ganz ruhig und streck die Arme weit aus«, sagte ich und bereitete mich darauf vor, ihr die Ketten von den Handgelenken zu schlagen.

»Was, du spinnst wohl«, sagte Aly und zog ihre Arme zurück. »Du solltest dein Glück nicht überstrapazieren. Ich werd die Schlösser schon aufbekommen. Jetzt lass uns die Party hier beenden.«

Sie hob die Fackel auf und eilte mit klirrenden Ketten zur Toröffnung.

Wir liefen auf den Hof, dessen Boden matschig und glitschig geworden war. Überall lagen Schatten herum, stöhnend und sich windend, unfähig aufzustehen. Wir hasteten auf den Greif zu. »Überleg mal, was alles in diesem Dreck ist«, sagte Aly. »Blut und Eingeweide von unzähligen Menschen und Tieren, die hier geschlachtet wurden. Und wenn es regnet, kommt das alles wieder hoch.«

»Pfui Teufel, du verdirbst mir echt den Appetit«, sagte ich.

Cass' Stimme schallte durch den Lärm, als wir näher kamen. »Schnell! Beeilt euch!«

Der Greif war jetzt nahezu hysterisch vor Aufregung und sprang ungeduldig auf und ab. Ein letzter Schatten klammerte sich noch an seinem Bein fest und hatte sich in seine Flanke verbissen. Mit einem heftigen Tritt ließ er den Zombie quer über den Hof fliegen. Vier Zähne, die wie Maiskörner aussahen, blieben in seiner lederartigen Haut stecken.

»Ich kann … ihn nicht länger halten!«, rief Cass.

Ich ließ Mappas' Stab fallen. Meine Finger schlossen sich um die Spitze eines Flügels, der in Bewegung geriet.

Der rote Löwen-Vogel stieß ein schrilles Krächzen aus, als er die Balance verlor und zur Seite kippte. Mit einem Dröhnen, das den Hof erzittern ließ, krachte er auf den Boden.

Ich zog mich am nassen Gefieder nach oben. Als ich das Fell des Greifen zu fassen bekam, protestierte er schreiend und hätte mich fast wieder abgeworfen, doch schließlich gelang es mir, mich auf seinen Rücken zu schwingen und mich hinter Cass zu setzen. Kurz darauf nahm Aly den dritten Platz in unserer Reihe ein. »Alle an Bord!«, rief ich.

Aly schlang ihre Arme um meinen Bauch. Aus dem Augenwinkel heraus sah ich, wie Skilaki Artemisia etwas zurief. Die Königin, die immer noch durch die Luft schwebte, segelte in Kreisen nach unten. Ihre Augen öffneten sich, ihre Trance schien zu schwinden. Sofort hörte es auf zu regnen und die Wolken lösten sich am hellgrauen Himmel auf.

Als der Greif mit einem ohrenbetäubenden Schrei vom Boden abhob, schrie Artemisia: »Haltet sie auf!«

Eine Hand schloss sich um mein linkes Fußgelenk. Ich versuchte den Angreifer abzuschütteln, aber er hielt sich fest. Der Greif taumelte und stieß gegen die Burgmauer, womit er eine Lawine aus Steinen und Staub auslöste. »Schüttel ihn ab!«, rief Cass. »Wir brauchen mehr Höhe!«

»Ich versuch's ja!«

Doch der Griff des Zombies war wie ein Schraubstock um mein Fußgelenk. Er hing unter mir, seine Füße berührten fast den Boden. Ich starrte auf den Bronzestab daneben, den ich jetzt gut hätte gebrauchen können. Und zwar sofort.

Doch ehe ich etwas unternehmen konnte, streckte der Zombie seine freie Hand aus und schnappte sich Mappas' Waffe. Ohne zu zögern, schlug er damit nach meinem Bein. Ich zog es rasch zur Seite, worauf der scharfkantige Alabasterknauf sich in die Flanke des Greifen bohrte. Der Löwen-Vogel stieß einen schmerzerfüllten Schrei aus, schlug panisch mit den Flügeln und flatterte ruckartig auf. Dem Schatten glitt die Waffe aus der Hand.

Wir stiegen in die Höhe. Cass und Aly johlten triumphierend. Doch der Zombieangreifer klammerte sich immer noch um mein Fußgelenk, und es gab nichts, was ich dagegen tun konnte. Ich musste all meine Energie darauf verwenden, nicht vom glitschigen Rücken des Greifen abzurutschen.

»Astrapobronto!«, echote Artemisias Stimme.

»Was bedeutet das?«, rief Aly.

Ein Lichtblitz zuckte am Himmel, gefolgt vom aufgeladenen Dröhnen des Donners.

»Genau das!«, antwortete Cass.

Der Greif stieß einen scharfen Schrei aus, der für mich nach Furcht klang. Der Blitz war uns sehr nah gewesen. Ich spürte, wie Aly dem Tier ihre Fersen in die Flanken stieß. »Komm schon, du schaffst das, Greif! Flieg!«

Unter uns erglühte der ganze Hof, als der Blitz in den nassen Boden einschlug. Ich hörte das erstaunte Grunzen der Schatten. Ich roch den Gestank, als ihre lederartige Haut verschmorte.

»Ihr könnt nicht entkommen!« Skilakis Stimme hallte durch den Lärm.

»Sie wird den ganzen Palast zerstören!«, sagte Aly.

Der Zerstörer soll herrschen, hatte es in Newtons Brief geheißen. Newton hatte Artemisia gemeint, nicht Mausolos. Sie war skrupellos.

Doch Newton war nie einem Auserwählten begegnet.

Ich spürte, wie sich die Schattenfinger enger um mein Fußgelenk schlossen. Ich klammerte mich an Cass. Das Ding schien eine Tonne zu wiegen, aber ich würde nicht runterfallen. Ich starrte nach unten, und erblickte eine graue Ansammlung verkrüppelter Bäume. Wir hatten die Burganlage hinter uns gelassen.

»Wir haben's geschafft!«, rief Cass. »Wir werden hier rauskommen!«

»Wohin fliegen wir jetzt?«, fragte Aly.

»Zum nordöstlichen Quadranten!« Cass drehte sich

um. »So sind wir reingekommen. Das sah man auf Skilakis Karte. Jetzt erinnere ich mich daran!«

Er stieß dem Greif seine rechte Ferse in die Seite. Der Löwen-Vogel flog sofort nach links. Wir steuerten einen dichten Wald an, der aus riesigen toten Bäumen bestand, die wie graue Speere in den Himmel wuchsen.

Doch der Greif verlor an Höhe. Ich rutschte ein wenig nach links, wo der Schatten an meinem Bein hing. Aly umklammerte mich noch fester. »Kannst du ihn nicht abschütteln, Jack?«, rief sie.

»Sieht es so aus, als ob ich's könnte?«, rief ich zurück.

Ich hörte, wie Cass mit sanfter Stimme auf die rote Bestie einredete. »Du bist es nicht gewohnt, so viele Leute zu tragen, stimmt's? Wir sind dir zu schwer, oder? Flieg ganz dicht über die Spitzen dieser Bäume da, dann wird sich das Problem von allein lösen. Okay?«

Cass zeigte nach unten, der Greif flog tiefer. Die Last, die an meinem Fußgelenk hing, nahm direkten Kurs auf die Spitze des höchsten Baumes, der weit über allen anderen thronte.

Ich blickte nach unten. Zum ersten Mal erhaschte ich einen Blick auf das Gesicht des Monsters. Es starrte mich mit animalisch-wildem Blick an, seine Fratze wurde von einem grau melierten Bart eingerahmt.

Vor Schreck hätte ich fast den Halt verloren. Ich kannte dieses Gesicht allzu gut.

»Nicht, Cass!«, schrie ich. *»Es ist Professor Bhegad!«*

Kapitel 36

Nadine

»Flieg höher!«, rief Cass dem Greif zu.

Das verwirrte Tier taumelte für einen Moment.

»Nein …«, hauchte Aly, die den Professor ungläubig anstarrte.

»Flieg höher, Greif!«, wiederholte Cass. »Sofort!«

Der Greif schoss so plötzlich in die Höhe, dass ich fast mein Gleichgewicht verloren hätte. Für den Bruchteil einer Sekunde konnte ich Blickkontakt zu Professor Bhegad aufnehmen. Die Iris seiner Augen war grau. Sein Gesicht war ohne Furcht. Ohne Zeichen eines Wiedererkennens. Er öffnete den Mund, um zu sprechen, doch hörte man nur ein unverständliches Grunzen.

Ich spürte einen Ruck. Sah die Umrisse eines kahlen Asts. Hörte ein dumpfes Geräusch.

Ich schloss die Augen und klammerte mich fest.

Das Gewicht an meinem Bein war verschwunden. Doch ich weinte.

* * *

Mit einem erschöpften Krächzen landete der Greif auf einer staubigen, trockenen Ebene. Ich hatte Mühe, meine tauben Arme von Cass zu lösen, und ließ mich auf die Erde sinken. Dann rollte ich mich auf den Rücken und blickte in den unbewegten Himmel. Aly und Cass ließen sich neben mich fallen. Aly zupfte sich sofort eine Spange aus den Haaren und versuchte mit ihr, dass Schloss ihrer Kette zu knacken.

Es klickte zwei Mal, dann war sie frei. Mit einem erleichterten Stöhnen ließ sie sich nach hinten sinken und massierte sich die schmerzenden Handgelenke.

Der Greif setzte sich wie ein Löwe auf seine Beine. Er drehte den Schnabel und begann sich eine tiefe Fleischwunde in seiner Flanke zu lecken. »Gut gemacht, großer Vogel«, sagte Cass. »Du bist wirklich viel netter als dein Cousin auf Rhodos.«

»Pass auf, er sieht ziemlich hungrig aus«, warnte Aly.

»Es ist kein Er, sondern eine Sie«, erklärte Cass. »Ich nenne sie Nadine.«

»Woher willst du wissen, dass es ein Weibchen ist?«, fragte Aly.

Cass zuckte die Schultern. Als er die Kreatur unter dem Kinn kraulte, schloss sie die Augen und schnurrte leise. »Wir haben einen guten Draht zueinander.«

Auch ich schloss die Augen, sah aber sogleich das Gesicht des Professors vor mir. Seine farblosen Augen.

Aly drehte sich auf die Seite und stützte ihren Kopf in eine Hand. »Danke, Jack«, sagte sie.

»Wofür?«, murmelte ich.

»Dass du mich in der Burg gerettet hast«, antwortete sie. »Meine Ketten gesprengt hast.«

Ich wandte mich ab. »Professor Bhegad habe ich nicht gerettet.«

»Du hättest nichts anderes tun können, als du getan hast«, sagte Aly.

»Aber er hat uns sein Leben gewidmet«, entgegnete ich. »Wir hätten ihn irgendwie retten müssen. Wir hatten einen Plan. Und ich … ich habe ihn einfach fallen lassen.«

Cass setzte sich neben mich. »Das war nicht Professor Bhegad, der an deinem Bein hing, Jack. Das war nur eine Nummer, so wie Neun und Einundvierzig. Es war nur Bhegads Hülle. Du hast ihn nicht getötet. Artemisia hat es getan, als sie seine Seele genommen hat.«

»Wir wussten, dass unser Plan ein Risiko war«, fuhr Aly fort. »Auch wenn der Loculus dort gewesen wäre, ist nicht sicher, dass wir ihn zurückgebracht hätten.«

Ich nickte. Ich wusste das alles. Ich wusste, dass Professor Bhegad auch gestorben wäre, wenn wir Bo'gloo nicht erreicht hätten.

Aber das änderte nichts an der Tatsache, dass der Professor nicht mehr am Leben war. Und wir den Loculus der Heilung nicht gefunden hatten. Was unsere Überlebenschance rapide verschlechterte.

Und bis zum Tag meines Todes würde ich diese Augen nie mehr vergessen.

Cass tätschelte den Greif ein letztes Mal am Hals, dann sprang er auf die Füße. »Lasst uns von hier verschwinden.«

Als er sich umdrehte und in Bewegung setzte, blieb ich stehen. Mein Fußgelenk war dort, wo sich Bhegad festgehalten hatte, ganz wund. Aly nahm meinen Arm. Gemeinsam folgten wir Cass in die unendliche Leere, die vor uns lag.

Ich richtete meinen Blick auf den Waldrand, wo der wabernde Nebel sich wand wie ein Fluss. Wo war das Portal?

Aly blieb stehen. »Hörst du das?«

»Nein …« Bevor das Wort meine Lippen verließ, sah ich einen Stein über unsere Köpfe hinwegfliegen.

Ich drehte mich blitzartig um. Jetzt hörte ich ein leises Grummeln. Als ich die Augen zusammenkniff, nahm ich eine Bewegung in den Bäumen war. Hinter uns stieß der Greif ein lautes Krächzen aus.

»Schatten …«, sagte ich.

»Wie haben sie uns gefunden?«, rief Aly.

Skilakis Stimme hallte durch meinen Kopf. *Ihr könnt nicht entkommen!*

Sie waren überall, wie Insekten, und torkelten von allen Seiten auf uns zu. Kamen hinter Büschen und Bäumen hervor. Es waren ganze Horden, die ihre Steinschleudern schwangen und mit abgebrochenen Ästen warfen. Sie schnaubten und brüllten wie Tiere. »Wie weit ist es noch, Cass?«, rief ich.

Er rannte mitten in sie hinein. »Hier lang!«, schrie er. »Schnell! Wir müssen vor ihnen da sein!«

Zwei Geschosse flogen direkt auf meinen Kopf zu. Ich hechtete auf den Boden und rollte mich zur Seite.

Aly schrie auf. Sie lag auf dem Boden, aus einer Wunde an ihrem Kopf sickerte Blut.

KIIIIAAAAHHHHH! Der Schrei des Greifen übertönte alle anderen Geräusche. Er fegte über uns hinweg und platzte wie eine Kanonenkugel in die Schar der Schatten hinein.

Ich half Aly auf die Beine. »Kannst du laufen?«

Sie zwinkerte heftig. »Ja … glaub schon.«

»Hier!«, rief Cass. Er war etwa dreißig Meter vor uns, sein Arm in der dünnen Luft schon halb verschwunden.

Das Portal.

Cass streckte uns einen Arm entgegen. Ich stieß Aly vor mir her. »Du musst ihr helfen, sie ist verletzt!«

Ich sah, wie Cass ihre Hand ergriff. Im Bruchteil einer Sekunde waren beide verschwunden. Ich machte mich zum Sprung bereit.

Doch meine Füße lösten sich nicht vom Boden. Ich spürte, wie sich klamme Finger um meinen Arm schlossen und mich zurückrissen.

»*Grmpfff.*« Ein kalter, moderiger Atem blies mir ins Gesicht. Ich würgte.

Als ich herumfuhr, sah ich einen mächtigen Schatten vor mir. Ich legte den Kopf in den Nacken und stieß meine Stirn mit voller Wucht gegen den Schädel. Das gab ein Geräusch, als würde man mit einem Baseballschläger auf eine Melone schlagen. Ich versuchte, mich ihm zu entziehen, doch dieser Schatten hielt mich eisern fest. Meine Füße hoben vom Boden ab. Ich blickte verzweifelt umher, auf der Suche nach dem Portal, doch es war unsichtbar. Weitere Schatten näherten sich mir. Ein Stück entfernt sah ich, wie eine Gruppe von Schatten mit Stöcken und Steinen über den Greif herfielen, das schreiende Tier überwältigen.

Ich bewegte mich schnell. Der Schatten hatte mich an den Armen gepackt und schwang mich im Kreis herum. Die anderen Schatten klatschten grunzend in die Hände. Für sie war das ein Spiel. Schatten-Völkerball oder so ähnlich. Meine Füße befanden sich parallel zum Boden und sausten immer schneller umher.

Ich schloss die Augen und bereitete mich darauf vor, jeden Moment durch die Luft geschleudert zu werden. Ich dachte an Cass und Aly. Ich dachte an meinen Dad. Sie würden jetzt ohne mich auskommen müssen.

Meine Fußgelenke wurden von fremden Händen in Empfang genommen. Der Schatten ließ meine Arme los. Mein Oberkörper fiel nach unten.

Meine Handflächen und mein Gesicht schlugen gleichzeitig auf dem Boden auf. Kleine Steine schnitten mir in die Wangen, als ich über den ausgedörrten Boden geschleift wurde.

Es schrillte in meinen Ohren. Ein greller Lichtblitz blendete mich. Ich schrie.

Kapitel 37

An ihren Augen

Artemisia sieht viel jünger aus. Ich erkenne ihr Gesicht kaum wieder. Ihre Haut ist glatt, ihre Figur anmutig, ihr Umhang mit funkelnden Edelsteinen besetzt.

Doch ich erkenne sie an ihren Augen. Ihrem scharfen Blick. Sie sieht alles. Sie steht direkt vor mir und sagt, dass sie keine Verantwortung mehr tragen will. Der Bau des Tempels war schon schwierig genug. Sie zeigt hinter sich. Dort sitzen zwei Männer an einem schweren Eichentisch, essend und trinkend. Einer ist um eine Generation jünger als der andere. Doch beide schlagen ihre Zähne in Gänsekeulen, stopfen sich Weintrauben in den Mund, trinken begierig aus Krügen, die von Sklaven gefüllt werden.

Mappas. Und Mausolos.

Er wird nicht zustimmen, erklärt Artemisia. Nichts in seinem Reich soll irgendjemand sonst gehören.

Aber das geht nicht, erwidere ich. Er kann nicht ihm gehören. Dennoch müsse er sorgsam darauf aufpassen. Die Sicherheit der Welt stehe auf dem Spiel.

Artemisia zuckt mit den Schultern. Das sei nicht ihre Sorge. Dann wünscht sie mir Lebewohl.

Ich schnippe mit den Fingern. Der Himmel verdunkelt sich. Hoch über unseren Köpfen setzt der Greif zum Sturzflug an. Artemisia blickt auf und stößt einen Schrei aus. Die Sklaven rennen in die Burg. Der Satrap und sein Vasall stolpern ihnen hinterher. Keiner von ihnen scheint sich um Artemisia zu kümmern.

Die Kreatur ist hungrig. Aus dem schäumenden Maul fliegen Speichelfetzen.

Ich kann den Greif aufhalten, sage ich. Wenn mir mein Wunsch erfüllt wird.

Die Augen der anmutigen Frau sind groß und verzweifelt. Sie nickt und streckt ihre Hand aus. Ich gebe ihr meinen Beutel.

Kapitel 38

Wir haben es versucht

Der Speichel des Greifen lief mir wie ein warmer Regen über das Gesicht. Mit einem Schrei fuhr ich auf.

»Er erwacht«, hörte ich über mir eine Stimme. »Oh, welch unsagbare Freude.«

Das allumfassende Grau war dunkler geworden. Ich sog die Luft an und hätte mich fast daran verschluckt.

Sie war feucht.

Und schmeckte nach Salz.

Canavar blickte mich neugierig an, als wäre ich ein interessantes Relikt aus der Vorzeit.

Mein Vater hingegen ließ seiner Freude freien Lauf. Als er mich hochhob und seine Arme um mich schlang, schloss ich die Augen. Ich konnte nicht glauben, dass ich hier war. Bei ihm. Bei all den anderen. Cass und Aly knieten neben mir. Hinter ihnen stand Dr. Bradley. Torquin stand immer noch am Eingang und keuchte.

»Mannomann«, sagte Cass. »Ich dachte schon, du würdest mir die Hand abreißen.«

»Cass hat dich eisern festgehalten«, berichtete Aly. »Und ich auch. Zusammen waren wir so stark wie Marco.«

»Okay, wie ein Teil von Marco«, fügte Cass hinzu. »Aber stark genug, um dich rüberzuziehen.«

So langsam kapierte ich, was passiert war. Die Hände, die ich an meinen Fußgelenken gespürt hatte, waren nicht die von Zombies gewesen. Cass und Aly hatten versucht, mich in Sicherheit zu bringen.

Dad lächelte mit feuchten Wangen. »Du warst plötzlich verschwunden. Und dann haben dich Cass und Aly mit Gewalt wieder herausgezogen. Was ist passiert?«

Ich schaute auf meine Uhr. Der Sekundenzeiger bewegte sich wieder, aber der Minutenzeiger stand immer noch auf 3:17 Uhr. Für Dad und die anderen war keine Zeit vergangen.

»Kein Loculus!«, rief Torquin vom Eingang des Mausoleums. »Kein Professor! Geht zurück!«

Cass und Aly starrten mich an.

»Wir haben's versucht, Torquin«, sagte ich kleinlaut.

»Versucht?« Torquins Stimme dröhnte. »Was heißt versucht?«

»Er hat es nicht geschafft«, erklärte Aly mit leiser Stimme.

Torquin sackte ein wenig zusammen. Auch im schummrigen Licht konnte ich erkennen, dass seine Augen von Panik erfüllt waren und seine ohnehin rötliche Haut dunkelrot wurde. Er trat ruckartig einen Schritt zurück, als wäre er gestoßen worden, und seine Schultern begannen zu zittern. Dr. Bradley lief zu ihm, doch Canavar kam ihr zuvor. In der tröstlichsten Geste, die er zustande brachte, schlang er die Arme um Torquins Knie.

Ein tiefes Brummen stieg aus der Tiefe empor, wie die vibrierenden Saiten eines kaputten Cellos. Dr. Bradley und Canavar zuckten erschrocken zusammen. Sofort packten sie Torquin an den Armen und führten ihn die Stufen hinunter.

Der ganze Boden vibrierte jetzt. Die Steine der Mauer schienen regelrecht zu glühen und in Bewegung zu geraten. Wir taumelten rückwärts über die Schuttebene.

Für einen Moment wurde das Mausoleum von Licht durchflutet. Dann löste es sich ebenso schnell, wie es entstanden war, in Luft auf. Zuerst verschwand der Streitwagen, dann das gesamte Dach und schließlich die Wände, bis nichts mehr da war außer der dunklen Unendlichkeit.

Doch ein kleiner, mondbeschienener Steinhaufen war übrig geblieben. Ganz oben lagen die Platten, die sich zu einer perfekten Sieben zusammensetzten.

Dad kniete sich neben mich, sein Gesicht sah blass und mitgenommen aus. »Deine Schulter, Jack«, sagte er. »Ich hatte gar nicht bemerkt …«

Ich blickte nach unten. Mein Hemd war zerrissen. Dort, wo der Greif mich verletzt hatte, quoll Blut hervor. »Ist nur eine Fleischwunde«, versicherte ich.

»Ich muss mir das sofort ansehen!«, rief Dr. Bradley. »Ich will euch alle untersuchen.«

Während die Ärztin die Wunde an meiner Schulter abtupfte, legte Dad seine warme beruhigende Hand auf meine. »Erzähl mir alles von Anfang an, Jack. Bitte.«

Ich holte tief Luft und erzählte ihm alles, woran ich mich erinnerte. Vom Wasser des Nostalgikos bis zu dem Fluss aus Feuer, von Bhegads Tod bis zur Rückkehr auf dem Rücken des Greifen. Aly und Cass ergänzten weitere Details.

Dad hörte schweigend zu, nickte hin und wieder und zuckte bei den schmerzhaften Einzelheiten zusammen. All sein Unglaube, seine Sturheit und Skepsis schienen nach und nach von ihm abzufallen.

Jetzt glaubt er mir. Kein Zweifel. Er glaubte mir jedes Detail.

Als ich meinen Bericht beendet hatte, gab Dad einen tiefen Stoßseufzer von sich. »Bhegad hat konsequent seinen Weg verfolgt. Hat sein Leben für euch geopfert. Und ich hatte keine Gelegenheit mehr, ihm zu vergeben. Ihm zu sagen, dass ich ihn für das, was mit Mom geschehen ist, nicht mehr verantwortlich mache.«

Dr. Bradley wischte sich eine Träne aus dem Auge. »Ich glaube, er weiß, was Sie empfunden haben.«

»Ja«, brummte Torquin mit erstickter Stimme. »Professor wusste das.«

Er saß auf der Erde und hatte uns den Rücken zugekehrt. Starrte regungslos ins Dunkel.

Dorthin, wo er Professor Bhegad zum letzten Mal gesehen hatte.

Kapitel 39

Der grosse Carbunculus Wizendum

Ich erwachte aus traumlosem Schlaf in einem Hotel ohne Sauerstoff. Es war drückend heiß und ich hatte das Laken total durchgeschwitzt. Aus einem Radiowecker schepperte blecherne Musik. Auf jeder freien Fläche lag einer von uns – Cass auf einem weiteren Bett, Aly und Dr. Bradley teilten sich ein Klappsofa, Dad nahm mit einem Feldbett vorlieb. Die Tür des Wandschranks war geöffnet, davor hatte sich Canavar auf dem Boden zusammengerollt. Draußen sah ich Torquins Silhouette im frühen Sonnenlicht hin und her tigern. Wir hatten alle noch dasselbe an wie gestern.

»Raus aus den Federn«, stöhnte ich. Ich trippelte ins Bad und schob das Fenster hoch. Die Luft roch nach Benzin, weil wir uns neben der Autobahn befanden.

»Boah, hier stinkt's«, beschwerte sich Cass.

»Tut mir echt leid«, entgegnete Dad, »aber um vier Uhr morgens konnten wir kein besseres Hotel finden.«

Einer nach dem anderen machten wir uns fertig. Dad war der Letzte. Kaum einer sprach ein Wort. Cass nahm den Notizblock und den Stift, die auf dem kleinen Tisch des Hotelzimmers lagen. Ich beobachtete, wie er IN DIE ZUKUNFT? schrieb.

Er dachte kurz nach und strich dann das Fragezeichen durch.

Ich setzte mich auf das Sofa. Mein Kopf schmerzte, meine Schulter fühlte sich wund und geschwollen an. Wir wollten darüber diskutieren, wie es jetzt, in einer Welt ohne Professor Bhegad, weitergehen sollte.

Unsere Zukunft sah plötzlich sehr begrenzt aus.

Als Dad begann, im Zimmer auf und ab zu gehen, kroch Canavars gebückte Gestalt aus dem Wandschrank. Er setzte sich in eine Ecke, pulte sich irgendwas aus den Haaren und steckte es sich lautlos in den Mund.

»Das hab ich nicht gesehen«, murmelte Cass.

»Artemisia«, sagte Dad. »Sie hat euch gesagt, dass der Loculus gestohlen wurde. Hat sie dafür irgendeinen Beweis vorgelegt?«

»Nein«, antwortete Cass.

»Könnte ja sein, dass sie gelogen hat«, fuhr Dad fort.

Ich schüttelte den Kopf. »Wir waren doch überall – im Wald, im Kontrollzentrum, im Palast –, aber ich habe nirgends die Musik des Heptakiklos gehört, nicht das leiseste Geräusch.«

»Wie groß ist Bo'gloo?«, wollte Dr. Bradley wissen.

»Wir haben Bo'gloo bestimmt halb durchquert«, mutmaßte Cass. »Zu Fuß oder auf dem Rücken des Greifen.« Er schluckte. »Warum? Meinen Sie etwa, dass wir noch mal dorthin zurückkehren sollten?«

»Ich bin mir sicher, dass Artemisia nicht gelogen hat«, erklärte Aly. »Sie hatte doch keinen Grund, den Loculus vor uns zu verstecken. Er war ihr sowieso ein Dorn im Auge.«

Cass nickte. »Und wenn der Loculus in Bo'gloo wäre, dann hätte Nadine ihn nicht aus dem Auge gelassen. Greifen sind doch dazu erzogen, die Loculi zu beschützen.«

»Okay, wer weiß überhaupt, dass der Loculus existiert, und wer hätte ein Motiv, ihn zu stehlen?«, sprach Dad weiter. »Ich sehe da nur zwei Möglichkeiten.«

»Das Karai Institut scheidet aus«, entgegnete Dr. Bradley. »Sonst hätte Professor Bhegad darüber Bescheid gewusst.«

»Bleiben also nur die Massa«, stellte ich fest. »Aber wir waren doch in ihrem Hauptquartier. Und wisst ihr noch, wie sehr sie damit angegeben haben, was sie schon alles erreicht hätten und was sie für uns tun könnten. Nur über den Loculus haben sie kein Wort verloren. Außerdem waren wir doch selbst in dem Safe, in dem sie die beiden anderen Loculi aufbewahrt haben.«

»Und da waren genau zwei von der Sorte«, fuhr Cass fort. »Die beiden, die sie uns gestohlen hatten. Sonst keiner.«

Wir waren also genauso schlau wie am Anfang. Im Raum wurde es still. Draußen hupte ein Auto, weil

Torquin wohl ein bisschen zu nah an der Fahrbahn entlangmarschierte und vor sich hin grummelte.

»Wenn ich mich auch einmal zu Wort melden dürfte …«, quakte Canavar und hob schüchtern die Hand.

Er zuckte zusammen, als sich alle Köpfe in seine Richtung drehten.

»Nun, äh, wie ich direkt nach eurer Ankunft schon erwähnt habe«, fuhr er fort, »sind viele Kostbarkeiten des Mausoleums schon vor langer Zeit entwendet worden. Vielleicht schließt das auch diesen Loculus, den ihr jetzt sucht, mit ein.«

»Unmöglich«, erwiderte ich. »Niemand gelangt in das Mausoleum, der kein Lambda am Hinterkopf trägt.«

»Ja, in der Tat.« Canavar nickte. »Viele Grabräuber sind dafür bekannt, dass sie die Hilfe junger Menschen in Anspruch genommen haben, um auch in kleinste Räumlichkeiten zu gelangen. Ist es denn unvorstellbar, dass einer dieser jungen Menschen über ein Lambda verfügte? Es gab doch auch schon in früheren Generationen genetische Wunderkinder.«

Die Worte blieben in der abgestandenen Luft des Hotelzimmers hängen.

Cass, Aly und ich tauschten Blicke. Natürlich hatte es auch vor uns schon Auserwählte gegeben. Dad und Mom hatten sich mit ihnen beschäftigt. Doch wie wahrscheinlich war es, dass einer von ihnen in der Türkei gelebt hat und in das Mausoleum gelangt war?

»Ich denke, das ist eine Möglichkeit«, sagte Aly.

»Natürlich ist es das!«, rief Canavar. »Ich mag zwar klein von Statur sein, doch was die Fähigkeit zu sorgsamer Analyse anbelangt, brauche ich mich vor niemandem …«

»Komm zur Sache!« Torquin stand plötzlich im Türrahmen. Er sah elend aus, seine Augen waren geschwollen.

»Ich will damit nur sagen … dass natürlich alle aufs große Geld aus sind«, erklärte Canavar.

»Gibt es im Museum irgendwelche Unterlagen, aus denen hervorgeht, was alles gestohlen wurde?«, fragte ich. »Und hat man je versucht, das Diebesgut zurückzuerobern?«

»Nein«, antwortete der klein gewachsene Mann. »Nicht im Museum. Doch in anderen historischen Räumlichkeiten versammelt sich regelmäßig eine erlesene Schar von Experten – die Homunculi –, die sich exakt dieser Aufgabe verschrieben haben.«

»Die Homunculi?«, fragte Aly. »Es gibt also eine ganze Gruppe von so verunstalteten kleinen Gestalten?«

Canavar sah sie ernst an und hob leicht seine Stimme. »Sehr wohl! Eine Gruppe, die mich für die nächsten zwölf Jahre zu ihrem großen Carbunculus Wizendum ernannt hat, wenn ich dies in aller Bescheidenheit erwähnen darf.«

»Zum großen was?«, fragte Cass.

»Nun, das ist so etwas Ähnliches wie ein Schatzmeister«, erklärte Canavar. Er ließ sich vom Sofa gleiten und stolzierte zur Tür. »Wir pflegen heilige Rituale und bedienen uns geheimnisvoller Methoden. Ihr seid die ersten nicht Eingeweihten, denen die Ehre zuteilwird, das Innere des Heiligtums zu betreten.« Er lächelte. »Eigentlich sehr passend für Personen, die sich als Auserwählte bezeichnen.«

Kapitel 40

Hehler

Auf einem mit Unkraut übersäten Parkplatz blieb unser Transporter tuckernd stehen. Torquin parkte unmittelbar neben dem Eingang einer Lagerhalle mit geriffelten Metallwänden. Ein Papierschild hing schief über der Eingangstür. Darauf standen drei Zeilen, die jemand mit dickem schwarzem Filzstift in Griechisch, Türkisch und Englisch geschrieben hatte. Die unterste Zeile lautete: GEHEIMER ORDEN DER HOMUNCULI MAUSOLIENSIS.

»Seht her!«, verkündete Canavar, der vor Stolz zu platzen schien.

»Ich bin tief beeindruckt«, sagte Cass mit gedehnter Stimme.

»Sehr geheim«, flüsterte ich Aly zu. Sie unterdrückte ein Lachen.

Nachdem wir aus dem Wagen gestiegen waren, eilte Canavar zum Eingang und fummelte an einem rostigen Zahlenschloss herum. Nach mehreren erfolglosen Versuchen trat er gegen die Tür, die sofort aufschwang.

Er streckte den Arm durch die Öffnung und betätigte einen Lichtschalter. Eine Reihe von nackten Glühbirnen tauchte den riesigen muffigen Raum in ein trübes Licht. An den Wänden zogen sich Bücherregale aus Metall, Aktenschränke und Papierstapel entlang. Auf Tischen lagen mehrere unfertige Puzzles sowie ein umgekippter Getränkekarton. An den Fußbodenleisten schlängelten sich schwarze Streifen entlang, die wie kleine Lebewesen auf der Flucht aussahen.

»Ich liebe diesen Geruch«, sagte Cass. »Mehltau, Schimmel oder Mäuse?«

Canavar lief sofort zu einem Computer, dessen Bildschirm etwa so groß war wie eine kleine Hundehütte. Er drückte auf einen Knopf des Rechners, worauf der Monitor von einem Logo erhellt wurde: WINDOWS 98.

»Sogar der Computer ist antik«, bemerkte Aly.

Canavar stieß ein seltsames Schnauben aus, das vermutlich ein Lachen war. »Ja, die Jugend, die kann sich eine Welt ohne dieses Internetz nicht mehr vorstellen. Ich werde jetzt die Maus auf ihrer Unterlage betätigen, um den Dokumentenordner zu öffnen …«

Aly war sofort neben ihm. »Ich mach das schon.«

Dann starrte sie für einen Moment regungslos auf den Bildschirm. Ich schluckte, weil ich in diesem Moment an unsere Begegnung mit dem Nostalgikos denken musste. »Aly«, sagte ich. »Ist schon okay, wenn du nicht klarkommst. Du wirst deine Fähigkeiten bestimmt zurückkriegen …«

Aly drehte sich zu mir um und zog eine Braue nach oben. »Dieser Greif hat uns alle zu Tode erschreckt. Und was auch immer ich verloren hatte, es ist wieder da – und wie!« Sie wandte sich wieder der Tastatur zu und begann selbstbewusst, darauf herumzutippen. »Jede Menge Zeug hier. Ultraschallbilder … Schriftwechsel … Listen von Auktionshäusern … Zeitschriftenarchive …«

»Das ist es!«, rief Canavar. »Die Archive. Die meisten Zeitungsartikel sind natürlich in türkischer Sprache, doch habe ich mich bemüht, dem Archiv auch zahlreiche Publikationen der internationalen Presse hinzuzufügen. Wenn ich eure Aufmerksamkeit auf einen Artikel vom März 1962 lenken dürfte …«

»Hier ist er«, sagte Aly und öffnete eine pdf-Datei, deren Inhalt den gesamten Bildschirm ausfüllte:

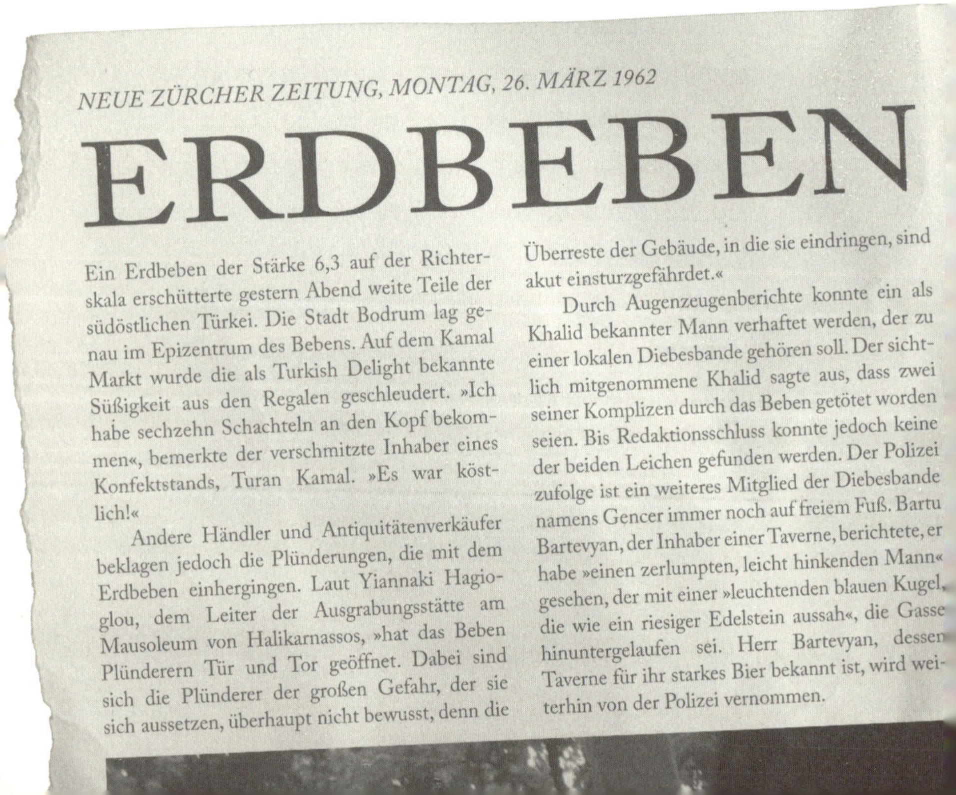

NEUE ZÜRCHER ZEITUNG, MONTAG, 26. MÄRZ 1962

ERDBEBEN

Ein Erdbeben der Stärke 6,3 auf der Richterskala erschütterte gestern Abend weite Teile der südöstlichen Türkei. Die Stadt Bodrum lag genau im Epizentrum des Bebens. Auf dem Kamal Markt wurde die als Turkish Delight bekannte Süßigkeit aus den Regalen geschleudert. »Ich habe sechzehn Schachteln an den Kopf bekommen«, bemerkte der verschmitzte Inhaber eines Konfektstands, Turan Kamal. »Es war köstlich!«

Andere Händler und Antiquitätenverkäufer beklagen jedoch die Plünderungen, die mit dem Erdbeben einhergingen. Laut Yiannaki Hagioglou, dem Leiter der Ausgrabungsstätte am Mausoleum von Halikarnassos, »hat das Beben Plünderern Tür und Tor geöffnet. Dabei sind sich die Plünderer der großen Gefahr, der sie sich aussetzen, überhaupt nicht bewusst, denn die Überreste der Gebäude, in die sie eindringen, sind akut einsturzgefährdet.«

Durch Augenzeugenberichte konnte ein als Khalid bekannter Mann verhaftet werden, der zu einer lokalen Diebesbande gehören soll. Der sichtlich mitgenommene Khalid sagte aus, dass zwei seiner Komplizen durch das Beben getötet worden seien. Bis Redaktionsschluss konnte jedoch keine der beiden Leichen gefunden werden. Der Polizei zufolge ist ein weiteres Mitglied der Diebesbande namens Gencer immer noch auf freiem Fuß. Bartu Bartevyan, der Inhaber einer Taverne, berichtete, er habe »einen zerlumpten, leicht hinkenden Mann« gesehen, der mit einer »leuchtenden blauen Kugel, die wie ein riesiger Edelstein aussah«, die Gasse hinuntergelaufen sei. Herr Bartevyan, dessen Taverne für ihr starkes Bier bekannt ist, wird weiterhin von der Polizei vernommen.

»Eine leuchtende blaue Kugel«, sagte Cass. »Das könnte der Loculus gewesen sein.«

»Könnte aber auch am starken Bier gelegen haben«, bemerkte Aly. »Gibt es zu diesem Gencer weitere Unterlagen?«

»Natürlich«, antwortete Canavar und zeigte Aly einen anderen Ordner mit dem Namen PLÜNDERUNGEN, PERSONEN.

Aly klickte den Ordner an und öffnete eine weitere pdf-Datei. Ein unscharfes, mit der Schreibmaschine verfasstes Dokument erschien. »1961 verhaftet wegen Erregung öffentlichen Ärgernisses«, las sie. »1962 verhaftet wegen Ausstellens betrügerischer Schecks auf den Namen Ringo Starr … 1963 verhaftet wegen eines Überfalls auf den deutschen Kunst- und Antiquitätenhändler Dieter Herbst.« Das war's.

»Was hat denn ein Kunsthändler mit einem kleinen Ganoven wie Gencer zu tun?«, fragte ich.

»Hehler«, brummte Torquin.

Cass kratzte sich am Kopf. »Was bitte?«

»Ein Hehler ist jemand, der gestohlene Waren weiterverkauft«, erklärte Dad. »Jemand, der mit einem Dieb zusammenarbeitet. Da der Hehler selbst nichts stiehlt, kann er stets behaupten, nicht gewusst zu haben, dass es sich um gestohlene Ware handelt. Das können heruntergekommene Typen sein, doch manchmal sehen sie auch aus wie respektable Geschäftsleute.«

»Sieht so aus, als wären die beiden in Streit geraten«,

sagte Dr. Bradley. »Vielleicht hat einer ihrer Deals nicht so geklappt, wie sie sich das vorgestellt hatten. Herr Canavar, gibt es irgendwelche Informationen über Dieter Herbst?«

»Nein, aber ich glaube, er hat so eine… wie nennt ihr das? Eine Internetz-Homepage?«, antwortete Canavar. »Man kann eine Verbindung mit dem Internetz herstellen und sich dort diese Seite ansehen.«

Aly verdrehte die Augen. »Danke für den Tipp!«

Im nächsten Moment hatte sie eine dürftig gestaltete Website geöffnet, die offenbar schon seit Jahren nicht mehr aktualisiert worden war. »Hier steht nicht viel«, sagte sie. »Scheint nach der Erfindung von HTML auch nicht mehr erneuert worden zu sein. Dieter Herbst hat sein Geschäft 1961 eröffnet, doch man sieht nicht, ob es nach wie vor besteht. Vielleicht könnten wir ihn anrufen oder ihm eine Mail schreiben. Falls er überhaupt noch am Leben ist, muss er ziemlich alt sein.« Sie öffnete den Browser und gab »Dieter Herbst Nachruf« als Suchbegriff ein. Sie machte ein langes Gesicht. »Gestorben 2004, während er ein Geschäft mit einem deutschen Auktionshaus namens Außer… außerge… ziemlich komplizierter Name…«

»Außergewöhnliche Reliquien«, ergänzte Torquin. »Bekannter Laden.«

Cass fiel die Kinnlade runter: »Du kannst sogar fließend Deutsch, Torquin?«

»Professor Bhegad…«, setzte Torquin zu einer Erklärung an, stieß ein ersticktes Schluchzen aus und rieb sich die Augen. »Ent …«, *schluchz*, »… schuldigung. Manchmal Bhegad hat Torquin zu Auktionen geschickt. Sammler verkaufen Reliquien. Torquin kauft. Meistens zwei Häuser: Smithfield und AR.«

Aly hatte bereits die Homepage von AR geöffnet. »Sieht doch schon viel schicker aus …«

Ich beugte mich über ihre Schulter. »Nicht sehr wahrscheinlich, dass wir hier noch etwas zu Verkäufen aus den sechziger Jahren finden.«

»Seh ich auch so«, sagte Aly, »es sei denn, die Daten werden in irgendeinem Archiv auf der FTP-Seite gespeichert.«

Ein Fenster poppte auf, worauf sich lange Zahlenkolonnen in Bewegung setzten. Es dauerte etwa zwanzig Sekunden, bis Aly die Firewall außer Kraft gesetzt und sich Zugang zu den internen Daten eines Unternehmens verschafft hatte.

Canavar schnappte nach Luft. »Welch bewundernswerte Geschwindigkeit und welch engelsgleiche Gestalt! Welch wundersames Werk die Alchemie doch an diesem unschuldigen Kind vollbracht hat. Was für ein geheimnisvoller Zauber mag ihre Seele erfasst haben, dass sie in unbekannte Welten …«

»Schnauze halten!«, bellte Torquin.

»Bingo!« Aly wäre fast von ihrem Stuhl aufgesprungen. »Schaut euch das an!«

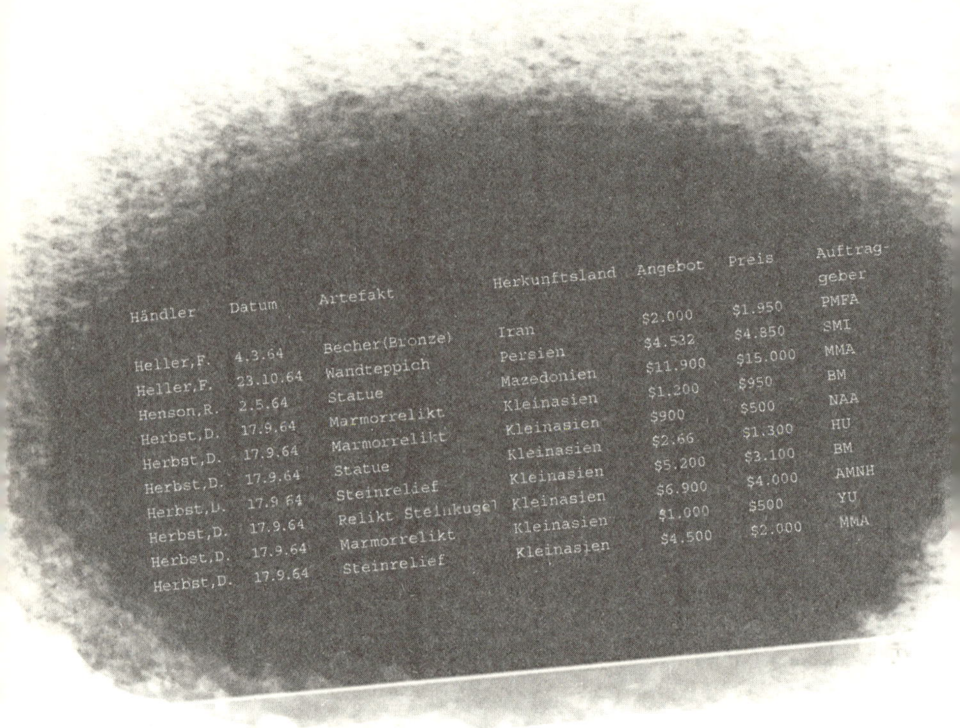

Händler	Datum	Artefakt	Herkunftsland	Angebot	Preis	Auftrag-geber
Heller,F.	4.3.64	Becher(Bronze)	Iran	$2.000	$1.950	PMFA
Heller,F.	23.10.64	Wandteppich	Persien	$4.532	$4.850	SMI
Henson,R.	2.5.64	Statue	Mazedonien	$11.900	$15.000	MMA
Herbst,D.	17.9.64	Marmorrelikt	Kleinasien	$1.200	$950	BM
Herbst,D.	17.9.64	Marmorrelikt	Kleinasien	$900	$500	NAA
Herbst,D.	17.9.64	Statue	Kleinasien	$2.66	$1.300	HU
Herbst,D.	17.9.64	Steinrelief	Kleinasien	$5.200	$3.100	BM
Herbst,D.	17.9.64	Relikt Steinkugel	Kleinasien	$6.900	$4.000	AMNH
Herbst,D.	17.9.64	Marmorrelikt	Kleinasien	$1.000	$500	YU
Herbst,D.	17.9.64	Steinrelief	Kleinasien	$4.500	$2.000	MMA

»Höchst interessant«, murmelte Dad.

»Da war der alte Herbst ja ziemlich fleißig«, stellte Cass fest. »Und Kleinasien … so wurde früher die Türkei genannt.«

»Der Typ hat im September ein dickes Geschäft gemacht«, sagte Aly. »Der hat alles an einem einzigen Tag verkauft.«

»Scheint aber trotzdem nicht so gut gelaufen zu sein«, fügte ich hinzu. »Schaut euch mal die anderen Verkäufer an – Heller und Henson. Die haben fast immer das bekommen, was sie gefordert haben. Manchmal sogar noch mehr. Doch Herbst musste jedes Mal weit runtergehen, um die Sachen loszuwerden. Als wäre er total inkompetent.«

»Oder als hätte er es sehr eilig gehabt«, mutmaßte Aly. »Vielleicht wusste er ja, dass es sich um Diebesgut handelte, und wollte es möglichst schnell abstoßen.«

»Relikt Steinkugel«, sagte ich. »Das könnte ein Loculus sein. Verkauft für 4000 Dollar an AMNH, das ist…« Ich scrollte nach unten zu der Liste der Abkürzungen. »Das American Museum of Natural History in New York City.«

»Yes!«, rief Cass. »Mit Brunhilda zum Big Apple!«

Als wir in Richtung Tür eilten, rief Torquin: »Moment!«

Wir drehten uns um. Er hatte Canavar an der Rückseite seines Hemdkragens gepackt und hielt ihn uns entgegen wie ein kleines Kätzchen. »Müsst Danke zu Canavar sagen. Hat geholfen, Arbeit von Professor Bhegad zu machen.«

»Ach nicht doch«, wehrte Canavar ab, der von seinem Hemdkragen fast erwürgt wurde. »Würdest du mich bitte wieder runterlassen?«

Als Torquin das kleine Männlein auf dem Boden abstellte, schüttelten wir ihm alle die knotige Hand. »Schönen Dank auch, Canavar«, sagte Cass. »Wie können wir uns je erkenntlich zeigen?«

Canavar lächelte uns hintergründig an. »Wenn ihr erfolgreich euren vierzehnten Geburtstag begangen habt, dann kehrt nach Bodrum zurück, um mir die freudige Botschaft zu überbringen.«

»Das werden wir tun«, entgegnete Cass.

»Versprochen!«, fügte ich hinzu.

Dad eilte zum Ausgang der Lagerhalle. »Dann lasst uns mal ein paar türkische Leckereien mitnehmen«, sagte er. »In New York sind Lebensmittel nämlich ganz schön teuer.«

Kapitel 41

Alarmstufe Rot

Error.

Alys Monitor piepte zum x-ten Mal auf dem Flug nach New York.

Sie hämmerte dagegen und lehnte sich zurück. »Ich muss ein bisschen schlafen.«

»Hey, an der Fifty-Seventh Street nahe der Seventh Avenue steht ein neuer Wolkenkratzer«, sagte Cass, der sein Gesicht gegen die Scheibe drückte. »Am West Side Highway gibt's auch ein neues Gebäude und da hinten am Horizont ist Williamsburg!«

»Hör schon auf!«, stöhnte Aly und rieb sich die Stirn. »Sind doch alles nur Gebäude.«

Cass drehte sich um. »Sorry, Aly. Aber was für welche!«

»Entschuldigung angenommen. Weck mich auf, wenn wir da sind.« Alys Kopf rollte zur Seite. Als er gegen die Scheibe schlug, war sie bereits eingeschlafen.

Ich schaute zu Dr. Bradley hinüber. Sie hatte eine aufgeschlagene Zeitung auf ihrem Schoß und beugte sich über ein Kreuzworträtsel. Doch nun warf sie Aly einen besorgten Blick zu.

Als Brunhilda mit dem Landeanflug begann, riss Torquin mehrmals das Steuer von einer auf die andere Seite, um ein bisschen Spaß zu haben. Dad nahm Funkkontakt zum Tower auf und wartete auf Landeinstruktionen. Cass grinste aus dem Fenster wie ein kleiner Junge.

Aly stieß ein lautes Schnarchen aus. Ihr Kopf sank auf die Brust. Als sie langsam von ihrem Sitz rutschte, wurde mir klar, dass sie nicht angeschnallt war.

»Aly!«, rief ich.

Sie stürzte in den Gang, ihre Beine zuckten.

Dr. Bradley war sofort bei ihr. Sie trug Aly zum Heck des Flugzeugs und legte sie dorthin, wo einst Professor Bhegad gelegen hatte. »Schnell, mein Handy!«, rief sie. »Es ist in meiner Handtasche.«

Alys Atem ging stoßweise. Dann kam ein zischender Laut aus ihrem Mund, ehe ihre Augen nach hinten rollten. Ich kniete neben Dr. Bradley und fischte das Handy aus ihrer Tasche.

Cass war leichenblass geworden. »Sie … sie ist doch noch gar nicht wieder so weit …«

»Ich hab das Handy!«, rief ich.

»Tu genau, was ich sage!«, kommandierte Dr. Bradley. »Schick eine SMS an die Nummer 1-4-2-8-5-7. Nur zwei Wörter: Alarmstufe rot!«

Dr. Bradley hielt Alys Arme nach unten, damit sie nicht versehentlich um sich schlug und sich verletzte.

Mit zitternden Fingern befolgte ich die Anweisung und vertippte mich ein paarmal, bis die Nachricht komplett war.

ALARMSTUFE ROT.

Ich hämmerte meinen Daumen auf *senden*.

»Jetzt kein Telefon!«, bellte Torquin. »Behandlung!«

»Geht leider nicht!«, rief Dr. Bradley zurück. »Ich habe mein Equipment nicht dabei. Ich kann ihr ein leichtes Beruhigungsmittel geben, das ist alles!«

Alys Gesicht nahm eine bläuliche Färbung an. Dr. Bradley steckte ihr die Hand in den Mund, damit sie ihre Zunge nicht verschluckte.

Das Handy vibrierte. Fast hätte ich es fallen gelassen.

Das Display leuchtete auf. Darauf eine Reihe von Zahlen und Buchstaben:

1W72PH4

»Was bedeutet das?«, fragte ich.

Cass war aufgesprungen und schaute mir über die Schulter. »Das ist eine Adresse«, sagte er. »Nummer eins, West Seventy-Second Street, direkt am Central Park. Beim Rest bin ich mir nicht sicher – PH4…«

»Penthouse Nummer vier!«, sagte Dad. »Das ist bestimmt die Wohnung ganz oben auf dem Dach. Sollen wir dorthin?«

»Wer ist dort?«, fragte ich.

»Macht euch darüber keine Gedanken«, sagte Dr. Bradley. »Und kommt ja nicht auf die Idee, die 911 zu wählen. Dazu ist keine Zeit. Wir müssen jetzt landen.«

»Vor uns sind noch zwei andere Flugzeuge, die bereits Landeerlaubnis haben«, sagte Dad.

Torquin startete durch. »Jetzt nicht mehr!«

* * *

Mit quietschenden Reifen kam das Taxi vor dem Gebäude 1 West 72nd Street zum Stehen. Dad hatte irgendwelche Beziehungen spielen lassen, und so hatte man uns bei der Zollkontrolle einfach durchgewunken. Dem Taxifahrer hatte er das doppelte Fahrgeld versprochen, wenn er uns in zwanzig Minuten zur angegebenen Adresse bringen würde. Er schaffte es in achtzehn Minuten und dreiundfünfzig Sekunden.

Torquin, Dr. Bradley und Aly saßen in einem anderen Taxi. Es hielt direkt vor uns am Bordstein.

Das riesige Backsteingebäude türmte sich wie eine großstädtische Burg vor uns auf. Es wurde von einem schwarzen Zaun umgeben, der aus Gusseisen bestand und mit zornigen Gesichtern verziert war, die eine Art Girlande bildeten. Vor dem dunklen bogenförmigen Eingang standen zwei Wächter mit gefalteten Händen. Cass warf ihnen einen furchtsamen Blick zu. »Genau an dieser Stelle wurde John Lennon erschossen«, flüsterte er.

»Hör schon auf«, sagte ich.

Nachdem Dad bezahlt hatte, flitzte ein Mann aus dem Eingang zum ersten Taxi. Er trug eine Wollmütze, eine dunkle Sonnenbrille, Jeans und eine dunkle Lederjacke. In seiner Hand glänzte ein metallischer Gegenstand.

»Was zum Teufel …«, murmelte Dad.

Der Mann beugte sich durch das offene Rückfenster von Alys Taxi. Ich konnte nicht hören, was er sagte, doch als er seine Hände wieder herauszog, waren sie leer.

Ehe wir irgendwas tun konnten, riss er die hintere Tür unseres Taxis auf. »Zum Fluss!«, rief er dem Taxifahrer zu, ehe er sich neben Cass und mich auf die Rückbank quetschte. »Und geben Sie Gas!«

Vor uns hob Torquin Aly aus dem Wagen. Ich sah etwas Silbernes aufblitzen, als ihr Arm schlaff nach unten fiel.

»Sir«, sagte der Fahrer kleinlaut. »Ich muss die anderen Passagiere erst absetzen.«

»Fahren Sie!«, wiederholte der Mann.

Als sich das Taxi vom Bordstein entfernte, wirbelte Dad herum. »Ich muss doch sehr bitten!«, sagte er. »Wir haben in diesem Gebäude etwas Dringendes zu erledigen.«

Der Mann steckte eine Hand in seine Jackentasche. »Tun Sie, was ich sage. Das ist in Ihrem eigenen Interesse.«

Kapitel 42

Gehackt?

Wenn ihr euch schon mal gefragt habt, wie es ist, auf dem Rücksitz eines Taxis durch die Straßen von New York zu brettern, während der Fahrer ständig wimmert: »Wir werden alle sterben, wie werden alle sterben«, dann lasst euch hiermit gesagt sein: Das ist echt nicht lustig.

Der Wagen schlingerte hin und her, streifte eine parkende Großraumlimousine und schoss quer über zwei Fahrbahnen hinweg, wobei wir fast frontal mit einem Lieferwagen für Babyklamotten zusammengestoßen wären.

Vor einer Ampel auf der Columbus Avenue machten wir eine quietschende Vollbremsung. »Ich sagte, zum Fluss. Ich hab nichts davon gesagt, irgendwelche Passanten umzubringen«, sagte der Mann in der Lederjacke. Aus der Innentasche zog er ein Lederportemonnaie. »Wenn Sie Wert auf ein Trinkgeld legen, dann fahren Sie jetzt anständig und setzen uns lebend am Riverside Drive ab.«

Der Fahrer blickte besorgt über die Schulter. »Das ist doch kein Überfall?«

»Was? Natürlich nicht.« Der Mann lehnte sich seufzend zurück, nahm zuerst die Mütze und dann seine Sonnenbrille ab. Seine dicken silbergrauen Haare waren zurückgestrichen und erinnerten an eine Marmorstatue. Seine eisblauen Augen ruhten in einem wettergegerbten, zerfurchten Gesicht, das aus einem Fels herausgeschlagen zu sein schien.

»Wer sind Sie?«, fragte ich.

»Dein Traum wird wahr!«, entgegnete er. »Dr. Bradley hat richtig gehandelt und gemäß dem KI-Notfallplan Alarmstufe rot ausgerufen.«

»Sie gehören zum KI?«, fragte Cass. »Aber das KI ist zerstört worden.«

»Korrektur – die Insel wurde besetzt«, erwiderte der Mann, »aber das Karai Institut existiert immer noch. Aus Sicherheitsgründen hält sich der Leiter des Instituts niemals auf der Insel auf. Wenn Alarmstufe rot ausgerufen wird, geht die Nachricht direkt an das Zentralbüro. Wir haben Verbindungsleute an vielen Orten, unter anderem hier.«

Nummer eins.

Der Omphalos.

Professor Bhegad hatte einmal erwähnt, dass es einen Leiter des Karai Instituts gebe. Jemand, von dem er seine Anweisungen empfange. Doch einen Namen hatte er nicht genannt. »Kümmert sich der Chef von Professor Bhegad um Aly?«, fragte ich.

»Eure Freundin ist in guten Händen.« Der Mann

beugte sich zum Fahrer vor. »Setzen Sie uns an der nächsten Kreuzung ab.« Am Riverside Drive, am Rand eines Stadtparks, stiegen wir aus. Direkt hinter dem Joggingpfad zog sich ein breiter silbrig-blauer Fluss dahin. »Der Hudson«, sagte Cass. »Auf der anderen Seite liegt New Jersey.«

»Schnell«, sagte der Mann und führte uns an einem niedrigen Eingangstor vorbei. Er war kleiner und älter als mein Dad. Unter seiner Lederjacke trug er einen Rollkragenpullover, der sich über seinen runden Bauch spannte. »Jemand ist euch nach New York gefolgt.«

»Unmöglich«, entgegnete Dad. »Wir kommen direkt aus der Türkei. Und davor waren wir …«

»In der Mongolei, das wissen wir.« Er steckte die Hand in die Innentasche seiner Jacke und zog zwei schmale silberne Armreife heraus. »Legt euch die an. Sie sind aus Iridium. Aly hat auch eine.«

Ich schob einen über meine Hand. Iridium. Diese Armbänder sahen aus wie diejenigen, die wir im Hauptquartier der Massa in Ägypten bekommen hatten.

»Das ist das einzige Material, das die Peilsender wirkungslos macht«, sagte ich. »Auf der Insel hat man es in unsere Körper implantiert.«

»Warum müssen wir sie jetzt tragen?«, fragte Cass.

Der Mann sah ihn ernst an. »Die Massa sind in höchster Alarmbereitschaft. Sie haben eure Signale aufgefangen, was bedeutet, dass wir sie jetzt hierher gelockt haben, weg von eurer Freundin Aly. Sobald ihr die Armreife tragt, können sie eure Signale nicht mehr empfangen.«

Ich dachte an die Explosion, die Aly in Block D ausgelöst hatte, und schüttelte den Kopf. »Nein, Aly hat die Peilsender im KI außer Kraft gesetzt, indem sie die Kurzschlusssicherung abgeschaltet hat.«

Im unbewegten Gesicht des Mannes war ein gewisses Erstaunen zu erkennen.

»Ihr … scheint ja sehr überzeugt von ihren Fähigkeiten zu sein«, sagte er.

»Wenn Sie Aly kennen würden, wären Sie das auch«, entgegnete ich.

Der Mann nickte. »Fragt sich nur, wie sie euch dann finden konnten.«

Cass und ich sahen uns an und zuckten die Schultern.

Der Mann nahm uns am Arm und zog uns der 72sten Straße entgegen, dorthin, woher wir gekommen waren. »Sagt mir, wen genau ihr in der Türkei getroffen habt.«

* * *

»Was soll das heißen, sie haben dich *gehackt*, Canavar?«, rief ich in die Freisprechanlage. Wir waren im KI-Konferenzraum des mächtigen Backsteingebäudes, der Bestandteil eines weitläufigen Appartements war. Dad starrte den Mann mit den silbrigen Haaren an, immer noch empört darüber, wie er das Taxi gekapert hatte.

Canavars quäkende Antwort kam leise aus dem kleinen Lautsprecher. »Nun, vielleicht habe ich nicht das richtige Wort gewählt. Aber es begab sich heute Morgen, dass euer gefürchteter Erzfeind, die Massa, mehrere Telefonanrufe durchgeführt haben. Sie setzten sich mit allen Orten in Verbindung, an denen sich eines der sieben Weltwunder befindet, also auch mit dem Museum in Bodrum, meinem Brotgeber. Ein, zwei diskreten Freunden gegenüber, äh, mag ich zuvor … ein Wort über unsere Heldentaten verloren haben …«

Mein Hinterkopf prallte gegen die Rückenlehne des Ledersessels. »Du bist nicht *gehackt* worden, Canavar, sondern hast eine große Klappe gehabt«, sagte ich. »Warum hast du die Sache nicht für dich behalten?«

»Aber … eine so bedeutsame Erfahrung«, entgegnete Canavar. »Eine Unternehmung von so einzigartiger Bedeutung in der archäologischen Welt.«

»Hast du ihnen etwa erzählt, wo wir hinwollten?«, fragte Cass.

Für einen Moment war es still in der Leitung. Dann hörte man ein kleinlautes »Mea culpa«.

Der Mann drückte auf einen Knopf und beendete die Verbindung. »Das ist Latein und bedeutet ›meine Schuld‹«, erklärte er. »Jetzt haben wir unsere Antwort.«

Er lehnte sich im Ledersessel zurück, schloss die Augen und massierte sich die Schläfen. Im Raum herrschte eine gespannte Stille. Cass gab mir unter dem Tisch einen Fußtritt. Die Hände im Schoß, zeigte er unauffällig auf unseren Begleiter.

Omphalos, formten lautlos seine Lippen.

Ich wusste nicht, ob das eine Frage oder eine Feststellung war. Ein kalter Schauer lief mir über den Rücken.

War das wirklich möglich?

Der Mann war sehr geradlinig. Entschlossen. Clever. Geschickt. Hatte nicht geantwortet, als wir nach seinem Namen gefragt haben. Er behielt stets die Übersicht, wählte seine Worte mit Bedacht und verstand sogar Latein. Er zog keine Aufmerksamkeit auf sich, war jedoch in der Lage, sich mit einem Blick oder einer Geste Respekt zu verschaffen. Perfekte Voraussetzungen für eine Führungspersönlichkeit.

Bei dieser Erkenntnis rutschte mir das Herz in die Hose. Denn nun war er nicht mehr das bestgehütete Geheimnis des KI. Jetzt saß er hier mit uns zusammen. Hatte sich in der Öffentlichkeit gezeigt. Verstand nicht, wie man uns gefunden hatte. Ging unnötige Risiken ein. Zeigte seine Schwäche. Für mich konnte das nur eines bedeuten: Dass das KI, diese jahrhundertealte Organisation, kurz vor ihrem Ende stand.

Die Massa waren irgendwo ganz in der Nähe. Stärker als je zuvor. Drauf und dran, den Zweikampf zu gewinnen.

Ich spähte aus dem Fenster. Horden von Touristen, die grüne Schaumstoffkronen trugen, die der Freiheitsstatue nachempfunden waren, strömten in Richtung Central Park. Manche von ihnen warfen Blumen auf ein Mosaik, das aus kleinen grauen und weißen Steinen bestand und in dessen Mitte ein einziges Wort stand:

IMAGINE.

Ich drehte mich um.

Ich konnte nicht anders.

Kapitel 43

Durchgedreht

Mit einem schnappenden Geräusch zog Dr. Bradley ihre Latexhandschuhe aus. Sie sah erschöpft und gezeichnet aus. »Fürs Erste hat sie's überstanden. Wir können uns bei meinen New Yorker Kollegen bedanken. Sie haben Aly das Leben gerettet.«

Cass und ich standen in der Tür zum provisorischen Operationsraum und beobachteten, wie zwei Operationshelfer die Elektroden von Aly entfernten. Ihr Mund bewegte sich ein wenig. Ich hörte ein leises Stöhnen. Zum Abschied schüttelten wir den KI-Ärzten und dem silberhaarigen Mann – Nummer eins alias der Omphalos – die Hände. Torquin saß ruhig auf seinem viel zu kleinen Stuhl. »Keine Ukulele …«, murmelte er vor sich hin.

»Dann ist ja alles in Ordnung«, sagte ich zu Dr. Bradley, nachdem man uns mitgeteilt hatte, dass wir mit Aly umgehend wieder verschwinden sollten.

Sie schüttelte den Kopf. »Ich hab Nummer eins gesagt, dass sie ein wenig Zeit braucht, um sich zu erholen.«

Cass warf mir einen zweifelnden Blick zu.

»Wann haben Sie mit ihm gesprochen?«, fragte ich verdutzt.

»Das habe ich nicht … nicht direkt.« Sie zeigte auf einen Flachbildschirm an der Wand. »Er hat uns eine Textnachricht geschickt.«

»Wie raffiniert«, sagte Cass. »Dabei hab ich gar nicht gesehen, dass er sein Handy benutzt hat, oder Jack?«

»Sein Handy? Wovon redet ihr?«, fragte Dr. Bradley. »Seid ihr Nummer eins schon mal begegnet?«

»Wir sind zusammen Taxi gefahren«, antwortete ich.

Dr. Bradley hätte fast die Infusionsflasche fallen gelassen. »Ihr seid *was*?«

Ehe wir antworten konnten, stürmte unser Taxigefährte in die Wohnung. »Die Massa sind hinter uns her. Wir haben gerade ihre SMS abgefangen.«

»Und wo sind sie?«, fragte Dr. Bradley.

»Wir sind uns nicht sicher, ob sie schon in New York gelandet sind«, antwortete er. »Wenn das Mädchen noch nicht bereit ist, müssen die beiden Jungs jetzt allein ins Museum.«

»Nicht zwei Jungs«, brummte Torquin. »Drei.«

Hinter uns piepte der Flachbildschirm an der Wand. Im nächsten Moment erschien darauf eine Nachricht.

NICHT SO SCHNELL.

Cass machte einen Satz nach hinten. »Wer ist das?«

Die Antwort erschien postwendend auf dem Monitor:

SEI GEGRÜSST, CASSIUS. DU MUSST ENTSCHUL-

DIGEN, DASS ICH NICHT SPRECHE. ANONYMITÄT IST DER SCHLÜSSEL ZU ALLEM. DU UND JACK, IHR SEHT GUT AUS FÜR JEMAND, DER DIE UNTERWELT ÜBERLEBT HAT. UND DIE INKOMPETENZ VON MR KRAUS.

Der silberhaarige Mann schnitt eine Grimasse. »Das mit den Iridiumarmbändern war wirklich ein Fehler.«

»Moment mal – Sie sind nicht der Omphalos?«, fragte Cass, dessen Blick vom silberhaarigen Mann zum Bildschirm wanderte. »Sondern *der* da?«

DIE SICHERHEITSVORKEHRUNGEN WURDEN AUF ALLEN EBENEN BEEINTRÄCHTIGT. DAS KARAI WIRD BIS AUF WEITERES GESCHLOSSEN UND NEU STRUKTURIERT. MR KRAUS WIRD DAMIT BEGINNEN, ALLE SPUREN UNSERER EXISTENZ ZU BESEITIGEN.

»Aber ich habe eine Patientin, die sich erholen muss«, sagte Dr. Bradley. »Außerdem werden weitere Überwachungsmaßnahmen und spätere Eingriffe erforderlich sein.«

»Mir … mir geht's gut«, sagte Aly mit einem Stöhnen und kam mühsam auf die Beine. »Ich könnte jetzt vielleicht keinen Marathon laufen, aber ansonsten ist alles okay.«

BRAVO. NEHMT, WAS IHR BRAUCHT, UM EURE MISSION FORTZUSETZEN. BEWEGLICHKEIT IST ABSOLUT NOTWENDIG. ICH WERDE EIN HANDVERLESENES TEAM UNSERER FÄHIGSTEN SPEZIA-

LISTEN ZUSAMMENSTELLEN. WIR MELDEN UNS, WENN WIR KÖNNEN.

»Was heißt das für uns?«, wollte Dr. Bradley wissen.

IN GENAU 20 MINUTEN WIRD TORQUIN AM TRUCK DOCK, 68STE STRASSE ZWISCHEN BROADWAY UND COLUMBUS AVENUE ABGEHOLT WERDEN. FASST MUT UND WARTET AUF WEITERE ANWEISUNGEN.

Torquin stand abrupt auf und warf seinen Stuhl um. »Die Auserwählten alleinlassen? Kann nicht. Will nicht!«

Der Bildschirm leuchtete erneut auf, während die nächsten Worte Gestalt annahmen.

ICH ZÄHLE DARAUF, DASS DU EIN GRUNDPFEILER UNSERER NEUSTRUKTURIERUNG BIST. UND SEI DIR BEWUSST, DASS UNGEHORMSAM HARTE KONSEQUENZEN NACH SICH ZIEHT.

Ich sah, wie Torquin die Fäuste ballte. Ich stieß ihn in die Rippen. Draußen auf dem Flur stand ein Mann, den ich noch nie gesehen hatte – er war fast so groß wie Torquin und hatte eine Pistole am Gürtel hängen.

Torquin entspannte seine Hände.

Mr Kraus wischte sich die Stirn ab und sah den großen Rotbart mitleidig an. »Glaub mir, Bruder, du hast keine Wahl.«

* * *

Sieben Minuten später hielten wir vor einem imposanten Gebäude mit einem breiten Treppenaufgang.

»Wer ist der Typ auf dem Pferd?«, fragte Cass mit Blick auf einen heldenhaft aussehenden Reiter, an dessen Seite ein Indianer stand.

»Theodore Roosevelt«, antwortete Dad, als er aus dem Taxi stieg und die Beutel mit den beiden Loculi eng an sich drückte. Er und sein Vater haben bei der Gründung dieses Museums eine große Rolle gespielt.«

Wir stiegen die Stufen hinauf und gingen an einer Gruppe von Schülern vorbei, die etwa in meinem Alter waren. Sie machten Selfies vor der Roosevelt-Statue, schnitten Grimassen und alberten herum. Eines der Mädchen schaute mich an und wandte sich dann kichernd ab. Für einen Moment stellte ich mir vor, wie es wäre, mit meinem Dad ein ganz normales Leben zu führen. Zwei ganz normale Besucher dieses Museums zu sein, so wie alle anderen auch. Ich blickte mich um und wusste nicht, wonach ich suchen sollte. Jeder der Leute hier konnte ein Massa sein.

»Haste mal 'n Dollar für 'n Kaffee?«

Ich zuckte zusammen, als mir ein Mann mit strähnigen Haaren und abgerissenen Klamotten, der auf einer der Stufen stand, einen Becher entgegenstreckte. »Ganz ruhig, Jack«, sagte Aly, fischte ein paar Münzen aus ihrer Tasche und ließ sie in den Becher fallen.

»Gott segne dich«, sagte der Mann und zwinkerte mir zu. »Und immer schön locker bleiben, Junge.«

Dad führte uns in den Eingangsbereich des Museums, wo ein riesiges Dinosaurierskelett auf seinen Hinterbeinen stand. »Kommt mir irgendwie vertraut vor«, murmelte Cass.

Ich nickte. Es glich einem kleineren Skelett, das im Wender-Haus auf der Insel stand. Als wir uns in die lange Schlange vor der Kasse einreihten, legte ich den Kopf in den Nacken, um das gesamte Skelett sehen zu können.

Fast hätte ich den Mann mit dem dunklen Umhang übersehen, der hinter dem Skelett im ersten der Ausstellungsräume verschwand.

Ich stieß meinen Dad in die Seite. »Guck mal!«

»Massa?«

»Wo?«, fragte Cass.

»Du bist viel zu überdreht!«, sagte Aly.

»Normale Leute tragen keine Umhänge!«, rief ich.

Ich rannte an der Schlange entlang, drängelte mich am Kartenabreißer vorbei und stürmte in die hohe Ausstellungshalle, die von einer Galerie umgeben war. In der Mitte befand sich ein kreisförmiges Podest, auf dem riesige Elefanten präsentiert wurden. Überall standen Familien und Schülergruppen. Ich lief nach rechts und sprang in die Luft, um über die Köpfe der Leute hinwegsehen zu können.

Dort.

Jetzt konnte ich ihn besser erkennen, sein Umhang schwang beim Gehen hin und her. Ich dachte, er wollte den Saal auf der gegenüberliegenden Seite wieder verlassen, doch plötzlich schien er es sich anders überlegt zu haben. Er beschleunigte seine Schritte, drehte sich einmal im Kreis und eilte dann hinaus durch den Haupteingang.

Hatte er mich gesehen?

»Entschuldigung … sorry!« Ich bahnte mir einen Weg durch die Menge, hätte fast ein kleines Kind über den Haufen gerannt und taumelte in den Vorraum, in dem sich mehrere Aufzüge befanden. Bei einem dieser Aufzüge, der voller Menschen war, schloss sich gerade die Tür. Im letzten Moment sah ich ein bärtiges Gesicht und den Stoff des Umhangs. Dann setzte sich der Lift in Bewegung. Ein nach unten gerichteter Pfeil leuchtete auf. In meinem Rücken war eine breite Marmortreppe. Als ich sie hinuntersprang, wäre ich beinahe gestürzt. Ich erreichte das nächste Stockwerk in dem Moment, als sich auch dort die Fahrstuhltür schloss. Viele Leute waren ausgestiegen, doch der Massa war nicht darunter.

Ich rannte weiter ins Untergeschoss. Von einem Grillstand breitete sich der Geruch nach Hamburgern aus. Ein Pfeil zeigte zum Eingang der U-Bahn. Erneut hörte ich das *Pling* des Aufzugs, doch diesmal war es eine andere Tür. Ich hatte den Mann aus den Augen verloren.

»Entschuldigen Sie, junger Mann«, sagte eine alte Dame, auf deren Hut American Museum of Natural History stand. »Haben Sie sich verlaufen?«

»Ich suche einen Mann mit einem Umhang«, sagte ich.

Sie nickte fröhlich. »Ja, ich habe ihn gerade gesehen.«

»Wissen Sie, in welche Richtung er gegangen ist?«, fragte ich.

»Aber natürlich.« Sie zeigte auf zwei Holztüren, die sich unmittelbar am Grillstand befanden. Der Mann war gerade dahinter verschwunden. »Hey!« Ich lief ihm nach. »Stopp!«

Eine Million Wörter kämpften um die Vorherrschaft in meinem Kopf. Ich keuchte so heftig, dass ich kaum sprechen konnte. »Ich weiß nicht ... wie Sie ... hierhergekommen sind, aber ... Sie werden nie ...«

Der Mann drehte sich um. Er trug eine dicke Brille, den Kragen eines Geistlichen und einen langen schwarzen Bart. »Wie ich hierhergekommen bin? Mit dem Zug. Vom Bahnsteig aus sind es nur ein paar Schritte bis hierher, äußerst praktisch. Hast du deine Eltern verloren?«

In diesem Moment sah ich das Namensschild unterhalb seines Kragens: REV. JONATHAN HARTOUNIAN, VEREINIGUNG ORTHODOXER ARMENIER. Auf einer Tafel im Raum hinter ihm stand geschrieben: EINFLÜSSE DER ARMENISCHEN APOSTOLISCHEN KIRCHE IN DER MODERNEN ARCHÄOLOGIE. Zahlreiche bärtige Männer in schwarzen Umhängen drehten sich auf ihren Stühlen um und lächelten mich freundlich an.

»Äh ... Entschuldigung, das tut mir sehr ...«, stotterte ich. Zwei Kinder griffen nach den Händen ihrer Mütter und starrten mich ängstlich an. Der alte Mann kam mit neugierigem Blick auf mich zu.

Ohne ein Wort machte ich auf dem Absatz kehrt und rannte zur Treppe. Ich war drauf und dran, den Verstand zu verlieren.

Kapitel 44

Das Lied des Heptakiklos

»Versprich mir, dass du bei uns bleibst«, flüsterte mir Cass über die Schulter hinweg zu, als wir die Stufen zum Erdgeschoss hinaufgingen.

»Versprochen, Cass.«

»Keine Verfolgungsjagden mehr mit irgendwelchen Priestern.«

»Okay, okay.«

»Und du brauchst dich auch nicht mehr von harmlosen Bettlern erschrecken zu lassen.«

»*Jetzt hör schon auf!!!*«

»Nicht so laut«, sagte Dad.

»Wir haben schließlich keinen Loculus der Schalldämpfung«, fügte Aly kichernd hinzu.

Als wir das Erdgeschoss des Museums erreichten, war Cass der Einzige, der noch Kontakt zum Loculus der Unsichtbarkeit hatte. Mit seiner Hilfe hatten wir uns verbergen können, während das Museum am Abend seine Pforten geschlossen hatte. Doch in dem engen Treppenhaus konnten wir uns ja nicht alle an den Händen halten, was bedeutete, dass Dad, Aly und ich sichtbar waren. Aber das war schon in Ordnung. Wir öffneten die Tür zu einem Vorratsraum und entdeckten für Dad eine Museumswärteruniform. Sollte uns irgendjemand sehen, dann würde Dad sagen, er sei ein Angestellter des Museums und wir seine Neffen und Nichten, mit denen er gerade einen kleinen Rundgang mache.

Von irgendwoher hörte man das Summen der Staubsauger. Sicherheitshalber fassten wir uns an den Händen und verschwanden von der Bildfläche. Gemeinsam schlichen wir durch die verlassene Ausstellungshalle der amerikanischen Ureinwohner, missmutig beäugt von den Totempfählen, die uns umstanden wie die Bäume eines finsteren Waldes.

Es war jetzt zwanzig Uhr und das Museum seit zwei Stunden geschlossen. An vielen Orten waren wir schon gewesen, doch vom Loculus der Heilung fehlte nach wie vor jede Spur.

»Äh, Jungs, wartet mal eben auf mich«, sagte Aly.

»Hast du eine Verabredung?«, fragte Cass.

Aly zeigte in Richtung der Damentoilette. Wir begleiteten sie dorthin, damit wir alle unsichtbar blieben. Spazierten an einem Langboot vorbei, in dem ein paar indianische Models und ein Bär saßen. Links von uns war ein abgeschlossener Eingang. Durch die Fenster sah man eine kreisförmige Zufahrt und auf der anderen Straßenseite eine Reihe alter Wohnblocks.

Alys Augenbrauen wanderten nach oben. »Danke, Jungs, aber jetzt braucht ihr mich nicht mehr zu begleiten.«

»Äh, ja, natürlich«, stotterte Cass. »Wir warten hier vor der Tür.«

Aber dann fühlte ich plötzlich ein Kribbeln in meinen Füßen. Es wanderte zu den Knien, dann fing mein Herz an zu rasen.

»Moment mal«, sagte ich. »Er ist hier, der Loculus.«

»Auf dem Klo?«, fragte Aly.

»Nein, weiter weg«, antwortete ich. »Aber irgendwo in diesem Gebäude. Ich kann ihn spüren.«

Aly strahlte. »Dann geh ihn sofort suchen, mit deinem Vater zusammen. Und gib mir das Handy, Jack. Cass und ich folgen euch gleich mit dem anderen Loculus.«

Ich zog mein Handy aus der Tasche und gab es ihr. Nachdem Aly auf der Toilette verschwunden war und Cass sich unsichtbar gemacht hatte, lief ich rasch in den Nebenraum. Und von dort aus in den nächsten. Dad war mir dicht auf den Fersen. Ein Ausstellungsstück nach dem anderen raste an uns vorbei, doch ich nahm kaum Notiz davon. Nagetiere, die an der Wand hingen. Ein abgesperrter Bereich, in dem ein Exponat präpariert wurde.

Im ersten Stock Sekretärvögel, afrikanische Gewänder, Antilopen.

Das Gefühl verstärkte sich, pochte tief in meinem Innern, ließ meine Haut kribbeln. Vor einem Treppenaufgang blieb ich stehen. »Hier rauf«, sagte ich leise.

Auf einem Metallständer am Fuße der Treppe war zu lesen: FORSCHUNGSBEREICH/ZUGANG FÜR UNBEFUGTE VERBOTEN. Dad stellte es zur Seite.

»Ich denke, da können wir eine Ausnahme machen.«

Wir sprangen die Stufen hinauf und blieben auf dem oberen Treppenabsatz stehen. Vor uns breitete sich ein spärlich beleuchteter Flur aus, dessen Türen zu beiden Seiten geschlossen waren. In einiger Entfernung mündete der Flur in einem T, setzte sich nach rechts und links fort.

Ich erstarrte. Vom linken Flur drangen gedämpfte Schritte zu uns herüber.

»Keine Sorge«, sagte Dad, glättete seine Uniform und begann vor sich hin zu pfeifen.

»Warum tust du das?«, flüsterte ich.

»Damit sie wissen, dass jemand hier ist, und nicht erschrecken, wenn sie uns plötzlich begegnen«, antwortete Dad. »Das macht uns weniger verdächtig. Jetzt komm. Tu einfach so, als würdest du hierher gehören.«

Ich versuchte, mir nicht wie ein Volltrottel vorzukommen, während wir den Flur entlanggingen. Das Lied des Heptakiklos war in meinem Inneren zu einem mächtigen Gesang angeschwollen, der mich magisch anzog. Mir den Weg wies.

»Nach rechts«, sagte ich, während Dad unverdrossen weiterpfiff.

Als wir um die Ecke bogen, wären wir fast mit einer Frau zusammengestoßen, die ebenfalls eine einfache Museumswärteruniform trug. Ihre Haare waren zu einem festen Pferdeschwanz gebunden. »Hallihallo!«, rief Dad viel zu laut.

»Yesterday«, erwiderte die Frau.

»Bitte?«

»Das Lied, das Sie pfeifen, ist *Yesterday* von den Beatles. Gefällt mir.« Sie warf einen Blick auf Dads Namensschild. »Wie spricht sich Ihr Name aus? Kosh … Koz …«

Jetzt bemerkte auch ich das kleine Schild an Dads Uniform: KOŚCIUSZKO.

»Koz!«, sagte ich hastig. »Alle nennen ihn Koz.«

»Das ist mein Neffe«, erklärte Dad. »Er bekommt von mir eine kleine Privatführung.«

»Schön, euch kennenzulernen«, sagte sie und zeigte auf ihr eigenes Namensschild, auf dem MARIA stand. »Mein Name ist einfach.«

»Tja, Maria, wir wollten gerade … welches Zimmer war es noch gleich, mein Junge?«

Woher soll ich das wissen?

Es hätte jede der Türen sein können. Es gab drei davon, eine auf jeder Seite und die dritte am Ende des Gangs. Die Musik war jetzt so ohrenbetäubend laut, dass es mir schleierhaft war, dass die anderen nicht darauf reagierten. Ich schwankte. Die Zimmernummern verschwammen vor meinen Augen: B 23 … B 24 … B 25.

Maria sah mich skeptisch an. »Ist alles in Ordnung mit dem Jungen?«, fragte sie.

»Alles bestens«, antwortete Dad.

Schnell, ehe sie Verdacht schöpft. »B 24!«, rief ich.

Ich eilte zur Tür und drehte am Knauf, doch sie ließ sich nicht öffnen.

Dad zwang sich zu einem leisen Lachen. »Die ist doch abgeschlossen … Josh. So machen wir das hier mit den Türen, hihi.« Er klopfte auf seine Taschen. »Oh, ich glaube, mein Schlüsselbund ist in der anderen Hose.«

»Ein sehr tatkräftiger junger Mann«, bemerkte Maria und griff nach dem Schlüsselbund, der an einem Band um ihren Hals hing, und streckte mir im nächsten Moment eine Plastikkarte entgegen. »Vielleicht wird eines Tages ja mal ein Paläontologe aus ihm.«

Und wenn es der falsche Raum ist?

Ich wusste, dass wir sie vielleicht alle ausprobieren mussten.

»Äh, darf ich das mal versuchen mit so einem Kartenschlüssel?«, fragte ich scheinheilig.

Hört sich total beknackt an.

»Sehr gute Idee«, flötete Dad. »Warum lassen Sie uns den Schlüssel nicht einfach da, Maria, und wir bringen ihn nachher zurück? Dann kann James das ein bisschen üben.«

Maria schaute ihn überrascht an. »Ich dachte, sein Name ist Josh.«

»Das passiert ihm ständig!«, brabbelte ich, nahm die Karte und steckte sie in den Schlitz.

Die Tür öffnete sich mit einem Klicken. Es war ein kleiner Konferenzraum mit einem ovalen Tisch, Bücherregalen und einem Whiteboard. Doch mich interessierten einzig und allein die beiden Aktenschränke an der gegenüberliegenden Wand. Ich lief dorthin und zog sie auf.

Nichts als Papiere und Aktenordner. »Hier ist er nicht«, sagte ich.

Jetzt schien Maria wirklich alarmiert zu sein. »Wovon redest du?«

»Ach, nichts Besonderes«, antwortete ich und wich rückwärts auf den Flur zurück.

Dad hatte sie in ein Gespräch verwickelt, gluckste, beanspruchte ihre Aufmerksamkeit, hielt sie hin.

Hier. B25.

Der Raum am Ende des Gangs hatte eine Doppeltür. Als ich näher herantrat, dröhnte das Lied in meinen Ohren.

»*Abbey Road* war immer mein Lieblingsalbum von den Beatles«, hörte ich Dads fröhliche Stimme ein Stück hinter mir.

Ich musste den Loculus finden, ehe er Maria zu Tode langweilte.

Mit zitternden Händen führte ich die Karte in den Schlitz ein. Die Tür öffnete sich. Ich drückte auf den Lichtschalter.

Der Raum war ein großes Rechteck. Auf einem Podest standen ein paar Schaukästen mit Modellfiguren und -landschaften. Der süßlich abgestandene Geruch nach verwesten Tieren und Chemikalien bereitete mir Übelkeit. Die lebensgroße Figur eines Neandertalers, die halb mit Haaren bedeckt war, stand mit dem Rücken zu mir. Auf einem Tisch lagen afrikanische Stammesmasken neben Flaschen mit Reinigungsflüssigkeit. Irgendeine Gottheit, deren Kopfschmuck sich bis zur Decke türmte, thronte auf dem Tisch. Umgeben von Rindern und Ziegen, lächelte sie auf mich herab. Auf einer Handfläche schien sie die Sonne, auf der anderen den Mond zu balancieren.

In der Mitte des Raumes stand ein klobiger Holztisch, der mir ungefähr bis zur Hüfte reichte. Darauf lagen haarige Tierhäute, Schmucksteine, halb ausgestopfte Vogelkörper, Werkzeuge, Schläuche, Glasbehälter und ein Stück Seil. Ein seltsames Tier, das einem Waschbären ähnelte, schien mich anzustarren. Allerdings hatte es keine Augen und die untere Körperhälfte hing lose über einem vorgefertigten Korpus wie ein zu großes Kleid. An den Wänden zogen sich Regale, offene Holzkisten und massive Schränke entlang. Ich öffnete einen nach dem anderen, schob winzige Köpfe, buschige Schwänze und geplättete Vögel zur Seite. In einer Schachtel befanden sich künstliche Tieraugen aus Glas sowie etwas, das wie das Horn eines Nashorns aussah.

Kein Loculus weit und breit.

»Argggh…« Frustriert ließ ich meinen Kopf auf die Tischplatte fallen. Die Gottheit wurde hochgeschleudert.

Dads und Marias Stimmen auf dem Flur verstummten.

Meine Augen waren auf die linke Hand der Gottheit fixiert. Auf die Nachbildung der Sonne, die auf ihr ruhte. Sie war mit Goldfarbe angemalt und schien zu groß für die Hand der Figur zu sein. Größer als ein Basketball.

Und sie bewegte sich.

Oder doch nicht?

Als ich näher heranging, wurde mir klar, dass das Objekt vollkommen ruhig war. Dennoch schien seine farbige Oberfläche in ständiger Bewegung zu sein und die künstliche Sonne zu umfließen. Aus dem Innern kam ein mattes Leuchten und verblasste wieder.

Ich schloss meine Hände darum und bewegte sie behutsam nach oben. Ich spürte einen stechenden Schmerz in meiner verletzten Schulter, genau an der Stelle, wo der Greif mich verletzt hatte.

Ich löste die Sonne aus der Hand der Gottheit. Hielt sie jetzt in meinen Händen. Ein warmer Strom flutete durch mich hindurch, erfasste meine Schulter und kribbelte sanft auf der Haut. Das Lied des Heptakiklos summte in meinem Körper und löste alles, was eben noch schmerzte, in Wohlgefallen auf. Ein Kratzer auf meinem Arm verschorfte und verschwand binnen Sekunden.

Hei… lung.

Ich musste an Professor Bhegad denken und hätte am liebsten laut aufgeschluchzt. Mit dieser Kugel hätten wir ihn retten können. Gencers Diebstahl in den Ruinen des Mausoleums hatte Bhegad das Leben gekostet. Dennoch hörte ich in diesem Moment seine Stimme: *Wenn mein Opfer noch einen weiteren Loculus ans Tageslicht befördert, hätte es vielleicht doch irgendeinen Sinn gehabt.*

Wir besaßen jetzt drei Loculi. Hatten fast die Hälfte unserer Mission erfüllt.

Ein nie gekanntes Wohlbefinden hatte meinen ganzen Körper erfasst. Das Einzige, was schmerzte, war mein Gesicht, weil ich so breit grinsen musste.

»Heureka!«

Marias Stimme riss mich aus meiner Trance. Ich wirbelte herum und hätte fast den Loculus der Heilung fallen gelassen.

Sie und mein Dad standen auf der Türschwelle. Die Augen meines Dad waren von Panik erfüllt. »Ich … ich hab ge… gefunden, wonach wir gesucht haben«, stotterte ich.

Mit einem gezielten Stoß ließ Maria meinen Dad gegen den nächsten Schrank fliegen. In der rechten Hand hielt sie eine Pistole mit Schalldämpfer.

»Ihr wart zuerst hier«, stellte sie fest, »aber der Preis gehört mir.«

Kapitel 45

All die Fehler

Ich hörte, wie eine Reihe von Fossilien um Dad herum auf dem Boden aufschlug. Aus dem Augenwinkel heraus sah ich, wie er sich schützend die Arme über den Kopf hielt. Doch konnte ich meinen Blick nicht von der Waffe abwenden. »Sie heißen gar nicht Maria, stimmt's?«, sagte ich. »Und Sie arbeiten auch nicht im Museum.«

Die Frau lächelte. »Maria ist gerade indisponiert. Aber vermutlich wird sie irgendwann ihre Uniform zurückhaben wollen. Und du wirst doch nicht so unhöflich sein, sie mit deinem Blut zu besudeln, nicht wahr? Jetzt zum Geschäftlichen.«

Sie streckte ihren freien Arm aus, mit der Handfläche nach oben.

In diesem Moment piepte Dads Handy. Ich zuckte zusammen. Cass und Aly.

»Mach jetzt keine Dummheiten«, sagte sie. »Und denk nicht mal daran, den Loculus für dich behalten zu wollen.«

»Gib ihn ihr«, sagte Dad.

All die Fehler, die ich begangen hatte, schossen mir durch den Kopf. Ich hätte mich besser schützen müssen. Hätte nicht ohne Cass und Aly hierher gehen sollen. Hätte mir nicht einbilden dürfen, die Massa hier zu besiegen.

Hätte mir keine Hoffnung machen sollen.

Das Handy verstummte. Mir blieb keine Wahl.

Mein Körper fühlte sich stark und erholt an, aber das half mir jetzt nicht. Ich streckte ihr die goldene Kugel entgegen. »Grüßen Sie Bruder Dimitrios von mir. Und sagen Sie ihm, dass wir nicht aufgeben.«

»Oh, wir sind noch nicht fertig, Josh oder James.« Mit einem spöttischen Lächeln nahm sie mir den Loculus aus der Hand. »Bruder Dimitrios erwartet sich drei dieser Kugeln, also kannst du mich jetzt zu den anderen beiden führen.«

»Ich habe sie!«, meldete sich mein Dad zu Wort.

Ich fuhr herum. Aus dem Dunkel flog ein scharfzackiges Fossil direkt auf das Gesicht der Frau zu.

Sie zuckte zusammen und warf sich zur Seite. Mit einem dumpfen Geräusch traf sie der Gegenstand an der Seite ihres Kopfes.

Sie stieß einen hellen Schrei aus und fiel auf die Knie. Ich nutzte die Gelegenheit und riss ihr den Loculus aus der Hand.

Dad kroch quer durch den Raum, auch er hatte eine blutende Kopfwunde. Er schlug ihr die Pistole aus der Hand und rang sie zu Boden.

Das Seil.

Ich schnappte es mir vom Tisch und warf es Dad zu. Er hielt der Frau die Arme auf den Rücken und schaffte es trotz ihrer Gegenwehr, sie dort zu fesseln.

»Ich hab sie mit einem versteinerten Dinosaurierkiefer unschädlich gemacht«, bemerkte er kurzatmig. »Was für ein praktischer Gruß aus der Vergangenheit.«

Die Frau strampelte mit den Beinen, schaffte es aber nur, sich auf den Rücken zu drehen. »Ihr habt keine Chance«, keuchte sie. »Das wisst ihr genau.«

»Das hat mein Ringer-Trainer auf der Highschool vor zweiunddreißig Jahren auch zu mir gesagt«, entgegnete Dad. »Auch der hat sich geirrt.«

»Bist du okay?«, fragte ich ihn. »Dein Kopf…«

»Um meinen Lieblingssohn zu zitieren«, antwortete Dad mit ironischem Lächeln, »›ist nur eine Fleischwunde‹. Dann lass uns jetzt zu unseren Freunden gehen. Aber Vorsicht. Wahrscheinlich sind noch mehr Massa dort, wo diese reizende Lady herkam.«

Von den Flüchen der Frau begleitet, verließen wir den Raum. Ich hielt den Loculus der Heilung gut fest. »Nimm meinen Arm«, sagte ich, »dann wird's dir gleich besser gehen.«

Kapitel 46

Ein anderer Ausgang

»Wo zum Teufel steckt ihr die ganze Zeit«, blaffte mich Aly am Handy an.

»Wir sind gleich am Haupteingang«, antwortete ich, während Dad und ich die Stufen hinunterliefen. »Ich hab den Loculus in meinem Rucksack.«

»Ihr habt den Loculus gefunden?«, schrie sie.

»Hör zu, Aly«, sagte ich. »Die Massa sind hier. Einem von ihnen, einer Frau, sind wir schon begegnet. Sie liegt jetzt gefesselt im zweiten Stock. Aber es dürften noch mehr von ihnen hier sein. Also beeilt euch!«

»Schon unterwegs«, entgegnete Aly. »Cass sagt *Nnisnhaw*, ich auch!«

Ich beendete das Gespräch und gab Dad das Handy zurück. Wir liefen an der Elefanten-Ausstellung vorbei, doch vor der großen Eingangshalle blieb er plötzlich abrupt stehen. Er zog mich hinter eine Säule und formte lautlos mit den Lippen: POLIZEI!

Ich riskierte einen Blick. Neben dem riesigen Skelett

standen zwei Polizisten und bombardierten einen Nachtwächter mit Fragen. Hinter den Glastüren des Eingangs sah ich das rot-blaue Blinklicht ihres Einsatzfahrzeugs.

»Was machen die hier?«, flüsterte ich.

»Wir haben uns Uniformen zugelegt, die Massa auch«, sagte Dad. »Die richtige Maria wurde überfallen. Jeder hätte sie rufen können. Lass uns einen anderen Ausgang nehmen. Ich sag Cass und Aly Bescheid.«

Als er das Handy aus der Tasche zog, dröhnte Cass' Stimme hinter uns: »Wir sind wieder groß im Tfähcseg!«

Ich schrak zusammen und drehte mich um. Cass und Aly eilten uns entgegen. Dad machte verzweifelte Handzeichen und ich hielt mir den Zeigefinger vor den Mund, um sie zur Ruhe zu bringen. Die Polizisten in der Vorhalle waren verstummt. »Hallo?«, rief einer von ihnen.

»Geht zurück!«, raunte Dad Aly, Cass und mir zu.

»Wir können uns unsichtbar machen«, flüsterte ich. Cass nahm sich den Rucksack ab, in dem der Loculus der Unsichtbarkeit verstaut war.

»Keine Zeit!«, gab uns Dad zu verstehen. »Geht zum Hinterausgang an der 77sten Straße, wo die Toiletten sind. Ich halte die Polizisten auf.«

»Aber …«, wollte ich protestieren.

»Los jetzt!«, drängte er. »Wir sehen uns später. Und passt gut auf die Loculi auf!«

Ich hörte, wie sich Schritte näherten. Dad gab mir einen sanften Stoß und Aly nahm meinen Arm. Sie gab mir rasch mein Handy zurück, und ich schob es mir in die Tasche, während wir gemeinsam durch die Ausstellungshalle mit den Elefanten huschten. Cass führte uns durch das Museum, begleitet von den aufmerksamen Blicken Tausender toter Tiere.

Wir stürmten in die Ausstellungshalle mit dem Langboot. Dann sahen wir plötzlich einen Museumswächter, der mit dem Rücken zu uns stand. Als wir abrupt stehen blieben, drehte er sich um.

Er machte große Augen und zog sofort sein Funkgerät aus der Tasche.

»Rennt!«, rief ich.

Wir liefen um das Langboot herum. Der Wächter rief jetzt aufgeregt in sein Funkgerät und meldete die Eindringlinge. Die Polizei würde jeden Moment hier sein.

Ich hastete zum Ausgang. Draußen stand ein Mann mit schwarzer Lederjacke und Strickmütze. Er hatte uns den Rücken zugekehrt und blickte auf die Straße. Ein Wächter? Ein Polizist?

In seinem Rücken war genug Platz. Wir konnten es schaffen.

Ich schlüpfte durch den Ausgang. Cass und Aly waren direkt hinter mir. Der Mann drehte sich um. Das Licht der Straßenlaterne fiel auf sein Gesicht.

Er lächelte. »He, lange nicht gesehen!«

Meine Beine versagten mir den Dienst. Ich blinzelte einmal, zweimal.

Es gab nur eine mögliche Erwiderung.

»Marco?«

Kapitel 47

Verlorener Sonnenschein

Er sah älter aus. Größer. Aber das war unmöglich.

Alles an diesem Moment war vollkommen unrealistisch. Er konnte nicht hier sein. Konnte uns nicht anlächeln, als wäre nichts geschehen.

»Hey, Bruder Jack! Aly, Cass, meine Freunde!« Er hielt uns seine erhobene Handfläche entgegen.

Wir wichen zurück. Cass sah ängstlich aus. Aly konnte ihre Empörung kaum zurückhalten. »Wie … wie bist du hierhergekommen, Marco?«, fragte ich.

»Ich hab drei Mal die Hacken aneinandergeschlagen und gesagt: ›Es gibt keinen Ort wie den Big Apple!‹ Außerdem hat Bruder D ein Privatflugzeug.« Marco senkte seine Hand. »Was? Kein High five für euren verlorenen Sonnenschein?«

»Ein Spiel …«, stieß Aly mit zitternder Stimme aus. »Für dich ist das alles nur ein Spiel. Dann hab ich jetzt eine wahnsinnig lustige Neuigkeit für dich, Marco – Professor Bhegad ist tot.«

Marco schaute sie misstrauisch an. »Was? Echt jetzt?«

»Deine Leute haben ihn umgebracht«, sagte Cass. »Sie haben ihn auf der Insel verletzt. Wir haben ihn gerettet, doch er hat sich für uns geopfert, damit wir einen Loculus kriegen konnten.« Er starrte Marco mit solcher Intensität an, als könnte Marco dadurch Vernunft annehmen. »Wir sind fast selbst draufgegangen, Marco. Aly hat gerade eine Behandlung hinter sich. Die Abstände zwischen den Anfällen werden immer kürzer. Uns läuft die Zeit davon.«

Marcos Blick wanderte in Richtung Straße. Drei Gestalten liefen auf uns zu. Ich wollte wegrennen, doch er hielt mich am Arm fest. »Hört mir zu, Kumpel! Nur ein paar Wochen, maximal ein Monat, und ihr werdet die Insel nicht mehr wiedererkennen. Die Pläne der Massa sind gigantisch. Das wird so cool wie Disneyland und …«

»Und du bist König Marco und vom Himmel wird Sternenstaub fallen«, fiel ihm Aly ins Wort. »Das haben wir alles schon gehört, Marco Ramsay. Du bist ein Idiot … und ein Monster.«

»Hey … das ist aber …« Marco sah verletzt und ein bisschen verwirrt aus. »Ich dachte, ihr hättet eure Meinung inzwischen vielleicht geändert …«

Genug.

Ich riss mich von Marco los und zog Aly mit mir fort. Cass stolperte hinter uns her. Wir rannten über die Zufahrt, der Straße entgegen. Marco rief uns etwas nach, blieb aber, wo er war.

Zwei Männer liefen auf der Straße in unsere Richtung.

Ich sah ein Taxi in Richtung Park fahren. Ich winkte wie wild, um es aufzuhalten. Einer der Männer machte einen Hechtsprung und schleuderte mich gegen ein schwarzes Eisentor. Der andere richtete eine Pistole auf Cass und Aly.

»Danke, Bruder Stavros«, sagte mein Widersacher.

Jetzt kam Marco zu uns gelaufen. »Hey, Bluto, was machst du da mit meinen Kumpeln?«

»Kumpeln?«, fragte Yiorgos. »Was ist das?«

Keuchend musterte ich Bruder Yiorgos. Seit unserer letzten Begegnung schien er einen Zahn verloren zu haben. Seine strohigen grau melierten Haare wehten in der nächtlichen Brise. Wenn er lächelte, sahen seine Zähne aus wie Klaviertasten. »Lass uns abhauen, Stavros«, sagte er. »Die Bullen sind da.«

Die Bullen.

Ich schaute zurück. Wo war Dad geblieben? Vor dem Eingang zur 77sten Straße war niemand zu sehen.

Der Blick von Bruder Yiorgos wanderte zu Stavros, seinem jüngeren, klügeren und etwas dünneren Klon, und dann wieder in Richtung Park. Dort fuchtelte ein weiterer schwarz gekleideter Mann mit dem Arm, als würde er Fliegen verscheuchen.

»Was ist denn mit Niko los?«, fragte Marco.

Stavros zuckte die Schultern, doch sein Blick war wachsam. In diesem Moment schenkte mir keiner der Massa besondere Aufmerksamkeit.

Ich ließ meine Hand in die Tasche gleiten und zog

mein Handy heraus. So schnell ich konnte, schickte ich Dad eine Nachricht: *Wo bist du?*

Ich blickte auf. Marco hatte mich beobachtet, doch dann rasch den Kopf abgewandt. Die beiden Massa-Schwachköpfe hatten nichts bemerkt.

»Hrrrmph« Das war Aly. Sie starrte mich mit großen Augen an, ehe sie ihren Blick demonstrativ auf die Columbus Avenue richtete. Als wollte sie mir eine unausgesprochene Botschaft zukommen lassen: *Lass uns fliehen!*

In diesem Moment erblickte ich ein Stück die Straße hinauf zwei weitere finstere Typen. *Wir sind umzingelt.*

Cass, der hinter Aly stand, erstarrte plötzlich. Wie auch Yiorgos und Stavros schien er nur noch ein Gebäude auf der anderen Straßenseite im Blick zu haben.

Die Tür dieses Gebäudes schien sich zu bewegen.

Und die umliegenden Fenster ebenfalls.

Ich zwinkerte. Beim zweiten Hinsehen erkannte ich, dass es nicht das Gebäude war, das sich bewegte. Es war vielmehr ein seltsamer Lichtreflex. Als zöge etwas, das man kaum erkennen konnte, an dem Gebäude vorüber. Etwas, das in der Luft war. Ein durchsichtiger schwarzer Vorhang oder eine Rauchwolke.

Bruder Niko kam zu uns gerannt und haspelte irgendwas auf Griechisch. Seine Augen leuchteten wie Straßenlaternen. »*Skia! Skia!*«

Stavros beachtete ihn nicht und wandte sich mit einem ungeduldigen Schulterzucken an Yiorgos. »Los jetzt, schnell!«

»Wohin?«, wollte ich wissen.

Zur Antwort erhielt ich einen kräftigen Stoß. Trotz Nikos Protest wurden Cass, Aly und ich Richtung Central Park getrieben. »Wir treffen jemand«, sagte Yiorgos.

Doch der seltsame schwarze Rauch wurde immer dichter und schien sich in unsere Richtung auszubreiten. »Dudopoulos!«, rief Marco. »Sieht wie eine Gewitterfront aus. Oder wie Kakerlaken, die Quidditch spielen.«

In der Ferne hörte ich ein Trampeln wie von einer Büffelherde. Der Boden unter meinen Füßen vibrierte. »Was ist das für ein Geräusch?«, fragte ich.

»Die U-Bahn?«, mutmaßte Aly.

»Die fährt aber nicht unter der 77sten Straße«, sagte Cass.

Stavros taumelte zurück, als hätte ihn etwas im Gesicht getroffen. Yiorgos schrie auf.

Zwei blutunterlaufene Augen leuchteten auf und verschwanden wieder wie ein Phantom. »Lauft!«, rief ich.

Cass, Aly und ich rannten in die entgegengesetzte Richtung. Hinter uns hörte ich das Quietschen von Bremsen, gefolgt von einem üblen Krachen.

Die beiden Kapuzen-Männer vor uns wurden durch den Tumult abgelenkt. Wir sprangen vom Bürgersteig auf die Straße, um ihnen auszuweichen, doch ich blieb an der Bordsteinkante hängen und stürzte der Länge nach zu Boden. Mein Handy flog auf die Straße. Das Display leuchtete. Eine Antwort von Dad. *Wurde festgenommen. Auf dem Weg zum 22. Bezirk.*

Ich bekämpfte die Panik, die in mir aufstieg, schob das Handy wieder in meine Tasche und rappelte mich auf. Eine Hand schloss sich um meinen Arm. Mit einem Ächzen riss ich mich los.

Die Kapuze des Massa fiel nach hinten. Eine Kaskade hellbrauner Haare quoll hervor.

Ich blieb wie angewurzelt stehen. Für einen Moment verschlug es mir den Atem. Die Gesichtszüge der Frau waren sehnig und scharf. Es war das Gesicht einer Athletin, einer Frau, die unnachgiebig ihre Ziele verfolgt und kein Nein akzeptiert. Ihre leuchtenden blaugrünen Augen schnitten durch das Dunkel, schienen in ihrem Gesicht zu tanzen. Als sie lächelte, zeichneten sich winzige Falten um ihre Augen ab.

»Hallo Jack«, sagte meine Mom.

Kapitel 48

Mom

»M…!«, wollte ich rufen, doch ihre Hand war auf meinem Mund, ehe das Wort ihn ganz verlassen hatte.

Mom.

In diesem Bruchteil einer Sekunde wünschte ich mir, der Nostalgikos hätte meine Erinnerung komplett gelöscht. Dann hätte ich sie ganz normal ansehen können, ohne mich darum zu kümmern, dass sie noch am Leben und wunderschön war. Hätte keinen Drang verspürt, meine Arme um sie zu schlingen und den Geruch ihres Halses in mich aufzunehmen. Hätte mir nicht eingebildet, dass mich diese Nähe für die verlorenen sechs Jahre entschädigen könnte.

Dann hätte ich nichts anderes gewusst, als dass ich in das Gesicht einer Mörderin blickte.

Und das wäre viel einfacher gewesen.

Ich zitterte, als sie vorsichtig ihre Finger an den Mund legte.

Ich schüttelte den Kopf, nicht um mein Missfallen auszudrücken, sondern weil ich nicht wusste, was ich sonst tun sollte.

Ihr Blick ging über meine Schulter hinweg, dorthin, wo der Lärm auf der Straße war. »Ich bin Schwester Nancy«, sagte sie.

»Nein!«, widersprach ich. »Du bist ...«

»Komm.« Sie zog mich die Columbus Avenue entlang, weg von dem Tumult. Cass und Aly waren vor uns.

»Beeilt euch!«, rief Cass.

Ich schaute über die Schulter. Niko, Yiorgos und Stavros stolperten uns mit rudernden Armen entgegen. Marco trat und schlug wie ein Wilder in die Luft. Es sah aus wie ein seltsamer Kampfsport-Tanz.

Ehe ich wusste, wie mir geschah, spürte ich eine knochige Hand in meinem Nacken. Ich versuchte, mich von ihr zu befreien. Die seltsame Finsternis um uns herum wurde noch dichter. Und im nächsten Moment traten daraus ein Kiefer, Zähne und Wangenknochen hervor. Ein ausgemergeltes Gesicht mit verdorrtem Fleisch und leeren Augen grinste mich an.

Schatten.

In den unteren Regionen nehmen sie eine eher diffuse Gestalt an ...

Artemisias Armee war in unsere Welt eingedrungen. Heulend und spuckend materialisierte sie sich, um im nächsten Augenblick wieder im Nebel zu verschwinden. Die Schatten nahmen die Dunkelheit in sich auf und waberten in einem Strom nicht vorhandenen Lichts.

Wie waren sie hierhergekommen?

»Lass mich …«, röchelte ich. Die Finger des Zombies drückten mir die Luft ab.

Ein Fuß schoss aus dem Dunkel und traf den Zombie am Kinn. Er stieß ein dumpfes Grunzen aus und war im nächsten Moment verschwunden.

»Bist du okay?«, fragte Mom und schlang während des Laufens ihren Arm um meine Taille. »Ich … ich weiß nicht, was hier passiert.«

Wir rannten quer über die Columbus Avenue. Auf der anderen Seite lag ein gut besuchtes Restaurant, doch niemand schien von uns Notiz zu nehmen.

Als wir den nächsten Block hinunterliefen, sah ich, wie sich Alys Füße plötzlich vom Boden lösten. Dann die von Cass. Beide schrien vor Schreck auf. Mom schrie auch. Die Schatten rissen uns mit sich fort, wirbelten um uns herum, hoben uns in die Höhe. Ich sah hier eine Grimasse, dort einen hautlosen Schädel und stellte mich auf einen weiteren Kampf ein.

Doch ihre Augen, jedenfalls diejenigen, die ich erkennen konnte, waren nach oben gerichtet, über die Dächer hinweg. Ich folgte ihren Blicken, konnte jedoch nichts erkennen.

Bis der Himmel zu schimmern begann.

Fast hätte ich es nicht bemerkt. Doch die Atmosphäre schien sich auch dort oben zusammenzuballen, diesmal nicht zu schwarzen Wolken, sondern zu einer ovalen Fläche, die von einem bläulichen Licht erfüllt war. Es kam uns entgegen wie ein Komet in Zeitlupe, wurde größer, rüttelte an den Zweigen eines dürren Baumes. Es dehnte sich aus und zog sich wieder zusammen, bildete Arme, Beine und einen Kopf aus. Als es über den Autodächern zur Ruhe kam, hatte es die Gestalt einer Frau mit nackten Füßen und zerrissenem Kleid angenommen.

»Skilaki …«, sagte ich.

Sie warf einen prüfenden Blick auf die Straße, musterte die unsichtbaren Untoten. Ihr Gesicht schien noch mehr Haut verloren zu haben, und in ihrem Mund waren nur noch zwei Zähne. Wenn sie sprach, schien ihre Stimme an meinen Ohren vorbei direkt in meinen Kopf zu dringen. »Wer den Auserwählten ein Leid antut«, verkündete sie, »wird Artemisias Zorn zu spüren bekommen!«

Unter uns war ein aufgeregtes Grunzen und Schnauben zu hören.

»Bringt sie mir schnell«, fuhr sie fort, während ihr knochiger Finger die Straße entlangzeigte. »Und bringt sie lebend, wenn ihr der Königin wohlgefällig sein wollt.«

Wir stiegen höher und höher, flogen, von unsichtbaren Händen getragen, die Straße hinunter. Die gelben Fenster der Backsteinhäuser blinkten auf und verschwanden im Dunkel. Ich hielt nach Aly und Cass Ausschau. Sie segelten weit vor uns dahin und hatten schon fast die nächste Kreuzung erreicht. »Weißt du, wer diese Kreatur ist?«, fragte meine Mutter, deren Stimme mehr fasziniert als verängstigt klang.

Ihre Ruhe erstaunte mich. Ich zitterte am ganzen Körper. »Eine Ex-Sybille«, antwortete ich. »Sie arbeitet für ...«

Nein. Behalt es für dich. Bewahre das Geheimnis.

»Für wen?«, fragte Mom.

Konnte ich ihr die Wahrheit erzählen? Konnte ich ihr je wieder trauen?

Wir flogen jetzt schneller und überquerten zwei hell erleuchtete Avenues. Kirchen, Geschäfte und riesige Wohnhäuser, die sich wie Burgen in den Himmel erhoben, jagten an uns vorbei, ehe das Licht trüber wurde und der Abgasgestank dem Geruch nach Gras und Erde wich. Wir bogen nach rechts ab und folgten dem breiten Band des mondbeschienenen Flusses.

Riverside Park.

Wir holten Cass und Aly ein, die genauso geschockt aussahen, wie ich mich fühlte. Aly musste zweimal hinsehen, ehe ihre Lippen lautlos das Wort *Mom* formten.

Ich nickte. Aly flüsterte Cass etwas zu.

»Wohin fliegen wir, Skilaki?«, rief ich.

Die Ex-Sybille drehte sich halb zu mir um. »Wie ihr euch denken könnt, haben sich die Dinge in Bo'gloo seit eurem Abschied nicht sonderlich gut entwickelt. Und ich hatte allen Grund zu der Annahme, dass alles noch schlimmer wird. Ich sollte euch also danken.«

»Danken, wofür?«, rief Aly.

»Dafür, dass ihr das Portal des Todes geöffnet habt«, antwortete Skilaki, »damit die Toten selbst hindurchgehen können.«

»Das … das haben wir nicht getan!«, protestierte ich.

Skilaki kam so rasch näher, dass ich dachte, ich würde aus der Wolke der Zombies herausgeschleudert. Mit ihren klappernden knochigen Fingern tippte sie auf meinen Rucksack. »Doch das habt ihr. Indem ihr dieses unberechenbare Geschenk Massaryms gefunden und zum Leben erweckt habt, wurde eine alte Wunde aufgerissen, die lange geschlossen war. Welch Ironie des Schicksals!« Skilaki warf ihren Kopf in den Nacken und stieß ein zischendes Lachen aus. »Diese unscheinbare Kugel, die heilende Kräfte besitzt, öffnet das Tor zum Totenreich.«

»Massarym?« Meine Mutter schnappte nach Luft.

Mir rutschte das Herz in die Hose. Das Geheimnis war gelüftet.

Die Schatten nickten und schnieften, bis Skilaki gebieterisch einen Arm ausstreckte. »Ruhe, ihr Einfaltspinsel!«

»Pinsel«, widerholte einer von ihnen mit quietschender Stimme. Es klang wie ein Zombielachen.

Skilaki streckte dem kichernden Zombie ihren knochigen Zeigefinger entgegen, worauf ein schwarzer Schatten nach unten schoss und mit einem hässlichen Geräusch gegen einen Baum prallte.

»Ich werde Artemisias Geschenk an seinen rechtmäßigen Platz zurückbringen«, fuhr Skilaki fort. »Und obwohl sie über euren raschen und höchst unpassenden Aufbruch sehr ungehalten war, wird es ihr eine umso größere Freude sein, diese Sache mit euch ein für alle Mal zu beenden.«

Aly und Cass warfen mir einen panischen Blick zu. Wir flogen jetzt sehr schnell. Der Wind schlug gegen mein Gesicht.

Bis heute hatte sich der Loculus der Heilung in einem Vorratsraum befunden, eine dekorative Kugel, nichts weiter, erworben von einem dubiosen Kunsthändler.

Bis ein paar Auserwählte gekommen waren und ihn zum Leben erweckt hatten.

Wo Lahme gehen und Kranke sich erheben, leben die Toten ewig.

Die Schatten drosselten die Geschwindigkeit. Ihre Stimmen bekamen einen erregten, fieberhaften Klang. In der Ferne sah ich ein Gebäude mit einer riesigen Kuppel.

»Wohin bringst du uns, Skilaki?«, fragte ich.

Als sie mich ansah, verursachte ihr Lächeln einen Riss, der sich quer durch die Überreste ihres Gesichts zog.

»Überraschung!«, antwortete sie.

Kapitel 49

Artemisia erwartet uns

Als wir auf dem Boden aufsetzten, verzogen sich die Schatten wie der Wind über einem verbrannten Feld. Vor uns türmte sich ein gewaltiges Bauwerk mit hohen Säulen auf, das im Mondlicht grünlich-weiß schimmerte. Wir befanden uns auf einem Hügel. Links von uns führte ein Pfad zu einem umzäunten Aussichtspunkt. Darunter fiel der Hügel zum Fluss hin steil ab. In der Tiefe sah man Bahngleise, die aus einem Tunnel kamen und sich in nördliche Richtung erstreckten.

»Skilaki«, sagte Cass mit zitternder Stimme, während er das Bauwerk betrachtete. »Auf der Karte von Bo'gloo, die du uns gezeigt hast ... waren mehrere Portale zu sehen. Am Anfang wussten wir nicht, wo sie waren oder wohin sie führten, aber dann haben Jack und ich es herausgefunden.«

»Wir sind von der Unterwelt direkt ins London der Gegenwart gelangt«, fuhr ich fort. »Durch eine Kopie des Mausoleums ...«

»Was für kluge Kinder«, bemerkte Skilaki.

Ich betrachtete das Monument. Die Kuppel sah nicht ganz richtig aus und auch die Säulen liefen nicht um das gesamte rechteckige Bauwerk herum, doch das Vorbild war klar erkennbar. »Das Grabmal der Schatten«, sagte Cass. »Ich wusste, dass es hier ist. Aber ich habe nie eine Verbindung hergestellt.«

Hinter uns hörte ich ein Wirrwarr von Schreien und Flüchen, als Marco und die anderen Massa im Gras landeten.

Skilakis Stimme schwoll an: »Bringt diese Kinder mit ihrem magischen Rucksack zum Eingang, damit das Abenteuer beginnen kann!«

Die Schatten johlten vor Erregung. Ein Schatten löste sich aus der schwarzen Wolke, packte mich an den Schultern, drehte mich halb herum und griff in meinen Rucksack.

»Nein!«, schrien Mom, Cass, Aly und Marco im Chor und liefen mir entgegen.

Mit einer kurzen Armbewegung wurden sie von Skilaki durch die Luft katapultiert.

Der Schatten nahm den Loculus der Heilung heraus. Sein Gesicht war die erstarrte Maske eines Toten, doch die verbliebenen Muskeln taten alles dafür, um seinen Mund zu einem gierigen Lächeln auseinanderzuziehen.

Ich griff nach dem Loculus, worauf der Schatten zusammenzuckte. Die Kugel erglühte, ihre goldene Oberfläche geriet in Bewegung. Als der Zombie ein überraschtes

Grunzen ausstieß, ging plötzlich ein Leuchten von seiner Hand aus. Winzige Wellen wanderten im Zickzack darüber hinweg und hinterließen Spuren, die kleinen Seidenraupen glichen. Die pergamentartige Haut gewann an Farbe und Festigkeit.

Der Loculus der Heilung hauchte der Hand des Zombies neues Leben ein.

»Hmrph?«, grunzte er und schaute mich an.

»Mich darfst du nicht fragen«, entgegnete ich. Als ich den Loculus wieder in meinem Rucksack verstaute, hielt er seine Hand ins Mondlicht und begutachtete sie.

Ich atmete tief durch. »Du kannst ihn nicht haben, Skilaki«, sagte ich.

Skilaki stand am Eingang zum Grabmal der Schatten. »Ihr habt keine Wahl, meine Kleinen. Aber meinetwegen … wenn ihr unbedingt wollt, dann bringt ihn selbst hinein«, entgegnete sie. »Kommt jetzt, Königin Artemisia erwartet euch.«

Ich schaute meine beiden Freunde an. »Wir sind schon einmal hier rausgekommen«, sagte ich mit sanfter Stimme.

»Wir haben uns«, sagte Aly.

»Und alle drei Loculi«, ergänzte Cass. »Es besteht also immer noch Hoffnung. Professor Bhegad wäre stolz auf uns. Kommt!«

Mit dem Loculus in der Hand stieg ich die Stufen hinauf. Aly nahm meine andere Hand und Cass nahm Alys Hand.

Mom lief an uns vorbei nach oben und sah Skilaki entschlossen an. »Nein, nimm den Loculus, aber verschone die Kinder.«

»Sie meint, nimm die Kinder und verschone den Loculus«, mischte sich Yiorgos ein.

»Ruhig, Yiorgos«, erwiderte Mom. »Mit ihnen haben wir unsere eigenen Pläne. Eine Verbannung in die Unterwelt ist nicht in unserem Interesse.«

»Und was ist mit mir?«, wollte Marco wissen. Erneut stieg Skilaki ein Stück weit in die Luft. Sie zeigte auf Marco, worauf er erstarrte. »Willst du sie begleiten?«, fragte sie. Dann wandte sie sich an Yiorgos und Stavros. »Und was ist mit euch?«

»Nein!«, rief Yiorgos, als er vom Boden abhob. Mom schnappte nach Luft, als auch ihre Füße sich vom Boden lösten.

Wir drehten uns um. »Ich dachte, du bist nur an uns interessiert«, rief ich.

»Wir sammeln Seelen, mein Kind«, erklärte Skilaki, »und manchmal gibt es überraschende Neuzugänge. Meine Königin wird hoch erfreut über diese Fülle sein!«

Ein grauer Nebel zog sich vor dem Eingang des Grabmals zusammen. Die Tür erzitterte, erst etwas zaghaft, dann gewaltig. Mit einem ohrenbetäubenden Krachen flog sie auf. Farbe platzte ab, Holzsplitter flogen in alle Richtungen.

Ich sprang zur Seite und wäre fast den Hügel hinabgestürzt. Cass und Aly drängten sich an mich. Über uns schrien Bruder Yiorgos und Bruder Stavros. Mit kehligem Lachen trieben die Schatten sie vor sich her, dem klaffenden schwarzen Loch des Eingangs entgegen. »Neiiin!«, schrie Yiorgos und versuchte sich mit beiden Händen an den Türpfosten festzuhalten.

Die Schatten packten ihn an den Schultern und zerrten ihn ins Dunkel. Sein Aufschrei verstummte rasch, als ihm zwei weitere Schatten fröhlich nachsetzten.

Moms Gesicht war starr vor Schreck. Die Schatten nahmen sich jetzt Bruder Stavros vor. Danach würde Marco an die Reihe kommen. Dann Mom … Marco betätigte sich als Schattenboxer, um die Angreifer abzuschrecken. Von uns allen war er der Einzige, dem es zuzutrauen war, hier lebend wieder herauszukommen. Der einzige Auserwählte.

Der Boden erbebte. Ich hörte ein entferntes Pfeifen.

Der Zug.

»Jack, schau mal!«, rief Aly.

Ich fuhr herum. Mom schwebte dem Grabmal entgegen, ihre Arme wurden gegen ihren Körper gedrückt. Schwarzer Nebel verdeckte den unteren Teil ihres Gesichts. Mit tränenerfüllten Augen sah sie mich an. Und ich verstand die Wörter, die ihre Lippen lautlos formten: *Ich liebe dich.*

Sie war die Nächste.

Kapitel 50

Ein Luftzug

Der ferne Luftzug, den der Zug verursachte, wehte den Hügel hinauf. Seine Räder ratterten über Schienen, die wir nicht sahen. Ich wusste nicht genau, wo er sich befand, doch ich wusste, dass er sich näherte und in nördliche Richtung fuhr.

Ich blickte zu Mom hinüber, die den Schatten einen tapferen Kampf lieferte. Obwohl sie ihre Arme nicht benutzen konnte, drehte sie sich in der Luft hin und her und trat nach den Zombies, die nur sie sehen konnte. Skilaki lachte über dieses Schauspiel.

Niemand achtete auf mich.

Beeil dich!

Ich drückte Alys Hand. Sie schaute mich an. Cass ebenfalls. Mir stand der Schweiß auf der Stirn.

Dann rannte ich den Pfad entlang, der sich linker Hand vom Grabmal befand, sprang über den Zaun und hastete mit zitternden Knien den steilen Hügel hinunter.

»Schneller, Jack!«, rief Aly.

Sie und Cass waren hinter mir. Ich wusste, dass Skilaki uns sehen konnte, und rechnete jeden Moment damit, dass wir durch ihre magischen Kräfte emporgehoben und zurückgeschleudert werden würden.

Da. Schon spürte ich, wie etwas an meinen Gliedern zerrte. Cass geriet neben mir ins Stolpern. Ich griff nach seinem Arm, Aly nach seinem anderen. »Lauf weiter!«, rief ich.

»Je weiter wir weg sind«, keuchte Aly, »desto schwächer ist ihre Kraft!«

Mit jedem Meter, den wir vorankamen, wuchsen unsere Kräfte. Ich vermutete, dass selbst die Kräfte einer Ex-Sybille nicht unbegrenzt waren. »Weiter so«, sagte ich. »Das lenkt sie von meiner Mom ab.«

Im nächsten Moment hatten wir den Fuß des Hügels erreicht, rannten über eine Wiese bis zur Autobahnauffahrt. Gleich hinter der Straße verlief die Bahnstrecke.

Wir sprangen über die Leitplanke und liefen die Auffahrt hinauf. Ich hörte, wie der Zug näher kam. Das Einzige, was uns jetzt noch von den Schienen trennte, war ein hoher Maschendrahtzaun.

»Was machen wir jetzt?«, fragte Cass.

Ich öffnete den Rucksack und holte die leuchtende Kugel heraus. »Die hier zerstören«, antwortete ich.

Cass fiel die Kinnlade herunter. »Das ist ein Loculus, Jack! Wenn du den zerstörst, werden wir sterben!«

»Wenn ich ihn nicht zerstöre, wird meine Mom sterben!«, gab ich zurück. »Dann wird das Portal offen bleiben und die Schatten können dort ein und aus gehen. Sie können die Seelen unschuldiger Menschen rauben, wie es ihnen passt. Ist unser Leben das wert?«

Ich ließ den Loculus wieder im Rucksack verschwinden, lief zum Zaun und sprang, so hoch ich konnte. Während ich mich an den Maschen festklammerte, kletterte ich rasch nach oben.

Aly und Cass kletterten links von mir und riefen mir Wörter zu, die ich nicht verstand. Als ich auf der anderen Seite hinuntersprang, sah ich eine Silhouette den Hügel hinunterrasen.

Marco.

Mit lautem Dröhnen brauste die Lokomotive aus dem Tunnel. Ich warf den Rucksack auf die Erde, nahm die Kugel heraus und holte weit aus. Keine Zeit, es sich zweimal zu überlegen. Egal, was Aly und Cass sagten. Ich dachte nur an die letzten Worte, die Professor Bhegad zu meinem Dad gesagt hatte.

Ich will das tun, was notwendig ist.

Ich schleuderte den Loculus mit aller Kraft auf die Schienen, unmittelbar vor den Zug, der nicht mehr weit entfernt war.

»Aaachtung!«

Marcos Stimme ließ mich zusammenzucken. Er war vom Maschendrahtzaun aus abgesprungen und flog nun mit unvorstellbarer Geschwindigkeit über meinen Kopf hinweg.

»Marco, nicht!« Ich versuchte sein T-Shirt zu packen,

aber vergeblich. Er war bereits beim Loculus und stieß ihn von den Schienen herunter.

»Hast du den Verstand verloren, Bruder Jack?«, schrie er mich an.

Ich rannte der goldenen Kugel hinterher, doch gegen Marcos G7W-Power hatte ich keine Chance. Also tat ich das Einzige, was ich tun konnte. Ich rempelte ihn heftig an, was ihn kaum beeindruckte, sondern nur ein wenig aus der Balance brachte. Aber das reichte aus, um einen Zipfel seines T-Shirts zu erwischen.

Ich hakte mein Bein zwischen seinen ein und brachte ihn zu Fall.

Marco schob mich zur Seite und war sofort wieder auf den Beinen. »Sorry, Bruder«, sagte er und sprang auf den Loculus zu.

Der Loculus lag wenige Meter von den Schienen entfernt. Marco hatte einen großen Vorsprung auf mich. Aber nicht auf Cass, der während unserer Rauferei hierhergerannt war. Er schnappte sich den Loculus, während Marco durch die Luft flog, um Cass' Wurf auf die Schienen abzufangen. Doch stattdessen warf Cass die Kugel mir zu. Sie drehte sich in der Luft. Ich hechtete nach ihr. Auch Aly rannte jetzt auf mich zu, während hinter ihr ein Schatten den Zaun erklomm.

Hab ihn.

Meine Finger schlossen sich um die goldene Kugel, während ich hart auf dem Boden aufschlug. Die Schienen waren links von mir, nur etwa einen halben Meter entfernt. Als die Lokomotive heranbrauste, klapperten meine Zähne.

Ich streckte meinen Arm aus und ließ den Loculus auf die Schienen fallen.

Marco riss mich nach hinten und brachte mich in Sicherheit. Zusammen rollten wir über den Kies und drückten uns eng aneinander, als der Zug an uns vorbeidonnerte. Das *Tscha-KUNG-Tscha-KUNG-Tscha-KUNG* der Räder war ohrenbetäubend.

»Was hast du getan?«, brüllte Marco.

Sein verzerrtes Gesicht war knallrot. Ich hatte ihn noch nie so wütend erlebt.

Doch mein Blick wanderte automatisch zu einer kleinen schwarzen Wolke, die in diesem Moment über den Zaun trieb, immer schneller wurde und plötzlich menschliche Gestalt annahm.

»Pass auf!«, rief ich, als sich ein Zombie materialisierte. Seine zerlumpten Kleider flatterten direkt über Marcos Kopf im Wind.

Er wirbelte herum und ging in die Knie, um den Angriff abzuwehren.

Doch der Schatten erreichte den Boden nicht mehr.

Stattdessen löste er sich in Luft auf.

Kapitel 51

Ein letzter Blick zurück

Wir starrten schweigend dorthin, wo der Schatten verschwunden war. Der Zug war in nördliche Richtung weitergefahren. Sein rhythmisches Rattern vermischte sich mit dem Brummen der Fahrzeuge auf der Autobahn. Ich konnte den Loculus nicht mehr sehen, doch ich wusste, dass er nicht mehr existierte. Dass er zerstört worden war.

Ich fühlte mich, als wäre auch ein Teil von mir unter die Räder des Zuges gekommen.

»Sag mal, was war das da gerade?«, fragte Marco mit einem Stöhnen.

Ich antwortete ihm nicht, sondern blickte den Hügel hinauf. Doch im Dunkeln und auf diese Entfernung war es unmöglich, irgendwelche Gesichter zu erkennen. Alles, was ich sah, waren ein paar Gestalten, die sich schwankend vom Grabmal entfernten. Dann erkannte ich ihren Gang. »Sie hat es geschafft«, murmelte ich. »Mom lebt.«

Ich spürte Alys Hand auf meinem Arm. Ich beobachtete Mom, wusste nicht, was ich tun sollte. Dann bemerkte ich, dass sie nach oben schaute. Sie alle legten die Köpfe in den Nacken.

Ich folgte ihren Blicken. Der schwarze Rauch hatte sich verzogen, und nun konnte ich einen matten Schimmer erkennen, der allmählich zum Mond hinaufstieg.

»Die Schatten …«, murmelte Cass.

»Das war's?«, sagte Aly. »Sie sind verschwunden?«

Marco kratzte sich am Kopf. »Das war echt Wahnsinn, Kumpel.«

»Ich musste es tun«, sagte ich.

»Ja, kann schon sein«, entgegnete Marco mit einem Stoßseufzer. »Ich denke, ich bin dir was schuldig … dass du meinen Leuten erspart hast, nach Zombieland umziehen zu müssen. Jedenfalls den meisten. Stavros wird dich bestimmt küssen wollen.«

»Und was ist mit dir, Marco?«, fragte Aly. »Was ist mit uns vieren? Das Spiel ist aus, Verlängerung gibt's nicht. Ich hoffe, du bist stolz auf dich.«

»Wer weiß«, entgegnete Marco, »ob Bruder D nicht noch ein Ass im Ärmel hat. Der ist jetzt da oben.«

Cass spähte den Hügel hinauf. »Oh, wie nett von ihm, sich zu zeigen.«

»Er wird froh sein, dich zu sehen.« Marco kletterte den Zaun hoch und sprang auf die andere Seite. »Er mag dich.«

»Warte!«, rief Aly. »Du willst uns wieder verlassen?«

»Ihr seid herzlich eingeladen, mich zu begleiten«, erklärte Marco. »Schadet doch nicht, sich auf die Seite der Gewinner zu schlagen.«

»Dieser Feigling Dimitrios soll ein Gewinner sein?«, fragte Cass entgeistert. »Von welchem Planeten kommst du eigentlich?«

»Bei jedem Spiel gibt es einen Gewinner und einen Verlierer, Kumpel. Denk mal drüber nach.«

Wir starrten ihn fassungslos an. Er zuckte betrübt die Schultern. »Hey, ihr werdet's bestimmt noch kapieren. Ihr seid schließlich schlau genug.«

Als er sich umdrehte, um den Hügel hinaufzugehen, sah ich oben zwei Gestalten, die nach unten unterwegs waren.

»Jack?«, rief meine Mutter. »Jack, bist du okay?«

Ich wollte gerade antworten, hielt mich aber zurück.

Moms Stimme ging mir sehr nah. Es war dieselbe Stimme, die mich beruhigt, ermutigt und aufgeheitert hatte. Damals. Doch sechs Jahre waren eine lange Zeit. Seitdem war sie eine andere geworden. Etwas anderes. Etwas, dem ich nicht vertrauen konnte.

»Jack, mein Liebling?«

Erdnussbuttersandwiches. Warmer Kakao. Vorlesen.

Täuschung. Betrug. Gewalt. Mord.

Ich zog Cass und Aly aus dem Lichtkreis der Straßenlaternen, hinein ins Dunkel. »Cass«, flüsterte ich. »Gib mir den Loculus der Unsichtbarkeit.«

Er warf mir einen langen Blick zu. »Bist du sicher?«, fragte er mit leiser Stimme.

»Torquin ist weg«, erinnerte mich Aly. »Dein Vater sitzt im Gefängnis. Der Loculus wurde zerstört. Wir haben nicht mehr lange zu leben. Wir sind am Ende.«

»Nimm ihn heraus«, sagte ich.

Rasch öffnete er den Beutel. Ich griff hinein und hob die Kugel heraus. »Wir alle«, sagte ich.

Wir legten unsere Hände darauf. Ich spürte, wie ich von einer sanften Energie durchströmt wurde.

»Jack?« Meine Mom hatte jetzt fast den Zaun erreicht. Sie sah direkt durch mich hindurch. »Wo bist du?«

Sie machte große Augen, und selbst im Dunkeln konnte ich die Angst darin sehen, als sie auf die Gleise starrte. »Oh, mein Gott, der Zug …«

Mit den raschen Bewegungen eines Profis kletterte sie über den Zaun. Nachdem sie auf der anderen Seite gelandet war, stieß sie ein Schluchzen aus und krabbelte über den Kies. Der Zug war längst vorübergefahren, seine Rücklichter blinkten in der Ferne entlang des Hudsons. Mit panischem Blick suchte sie die Gleise ab, ihre feuchten Wangen glänzten im Licht der Straßenlaterne.

Sie machte sich Sorgen. Um mich. War in Panik, weil sie fürchtete, ich wäre nicht mehr am Leben.

Ich hatte einen Kloß im Hals. Die Worte steckten in meiner Kehle fest.

Hier bin ich, Mom. Es geht mir gut.

Aly nahm meine Hand.

Langsam betrat Mom die Bahngleise. Aus dem Schotter ragten die Bruchstücke des Loculus heraus – Dutzende von ihnen leuchteten golden in der Dämmerung. Mom hob einige von ihnen auf. Ich hörte, dass sie weinte.

Ich konnte das nicht länger tun. Durfte mich nicht mehr verstecken.

Als sie zurückkehrte, ließ ich den Loculus los. Cass schnappte nach Luft.

Mom schaute sofort auf. Unsere Blicke begegneten sich. Im Bruchteil einer Sekunde sah ich, wie sich Trauer in Schock und Freude verwandelten.

Doch ehe ich mich bewegen oder irgendetwas anderes tun konnte, änderte sich ihr Ausdruck vollkommen.

Nachdem sie kurz in eine andere Richtung geschaut hatte, kehrte ihr Blick mit einer solchen Intensität und Dringlichkeit zu mir zurück, dass ich fast hintenübergekippt wäre.

Stopp! Tu das nicht!

»Schwester Nancy!«, dröhnte plötzlich der unverkennbare Bass von Bruder Dimitrios hinter uns.

Schnell legte ich meine Hand wieder auf den Loculus.

Der groß gewachsene Mönch mühte sich unbeholfen den Hügel hinab, die Augen unablässig auf seine Sandalen gerichtet. Sein Bart verdeckte den unteren Teil seines blassen und hageren Gesichts. Doch als er den Fuß des Hügels erreicht hatte und Mom entgegenschlenderte, war die Kälte in seinem Blick deutlich zu erkennen.

»Wo sind sie hin?«, fragte er.

»Das fragt ausgerechnet Ihr, Bruder Dimitrios?«, entgegnete Mom. »Wo wart Ihr, als wir gegen Artemisias Heer gekämpft haben?«

Er kletterte mit großer Mühe über den Zaun und ließ sich auf der anderen Seite plump auf den Boden fallen. Er wischte sich den Staub von den Kleidern und betrachtete die Scherben in Moms Hand.

»Beim Grab des heiligen Massarym …«, murmelte er bestürzt. Behutsam hob er eine Scherbe auf und drehte sie in der Hand. »Er hat doch nicht …«

»Doch«, sagte Mom. »Der Junge … Jack … hat sie vor den Zug geworfen.«

»Dann hat sich die Prophezeiung von Bruder Charles erfüllt«, klagte Bruder Dimitrios. »Der Zerstörer …«

»Soll herrschen …«, fuhr Mom fort.

Bruder Dimitrios spähte rasch den Hügel hinauf. »Ich dachte, es wäre der Athlet gewesen. Marco der Krieger. Was für eine … interessante Überraschung.«

»Er ist ein starker junger Mann mit eigenen Talenten«, sagte Mom.

Bruder Dimitrios wiegte sachte den Kopf. »Ich glaube, es besteht kein Zweifel, wie das zu verstehen ist.«

Mir wurde schwindelig.

Die Botschaft im Brief von Charles Newton – *der Zerstörer soll herrschen* – bezog sich nicht auf Mausolos. Auch nicht auf Artemisia.

Sondern auf Atlantis. Auf die Person, der es vorherbestimmt war, über Atlantis zu herrschen.

Ihr könnt in der neuen Welt ruhig Marco zu mir sagen.

Doch für alle anderen werde ich Seine Königliche Hoheit Marco der Erste sein. Das hatte Marco in Babylon zu uns gesagt. So sei Bruder Dimitrios' Plan mit ihm gewesen. Ein Plan, der auf einem Missverständnis beruhte.

Mom hielt immer noch ein paar Scherben in der Hand. Was sagten *sie* ihr? Welchen Herrscher verkündeten sie? Und was würde jetzt mit Marco geschehen?

»Wir müssen sofort eine Sitzung einberufen«, erklärte Mom. »Geht zu den anderen, Bruder Dimitrios, und sagt ihnen, dass uns eine sehr lange Nacht bevorsteht. Ich werde die Bruchstücke des Loculus einsammeln.«

Mom beobachtete, wie Bruder Dimitrios erneut schwerfällig über den Zaun kletterte und mühsam den Hügel hinaufstapfte. Doch kehrte sie nicht auf die Gleise zurück, um nach weiteren Scherben zu suchen. Stattdessen stand sie regungslos da und wartete ab – sicher eine halbe Minute lang.

Aly drückte fest meine Hand. Ich wagte nicht, mich zu bewegen.

Mom setzte sich zögerlich in Bewegung, bog dann in unsere Richtung ab. Ich hätte mich ihr am liebsten gezeigt, doch ihr maskenhaft starres Gesicht signalisierte mir ein unmissverständliches *Nein*. Als sie an uns vorbeiging, ließ sie etwas fallen.

Ich bückte mich, um es aufzuheben.

Als es mir endlich gelang, wieder aufzublicken, hatte Mom sich umgedreht. Mir war klar, dass ich den Loculus nicht mehr berührte, also sichtbar war.

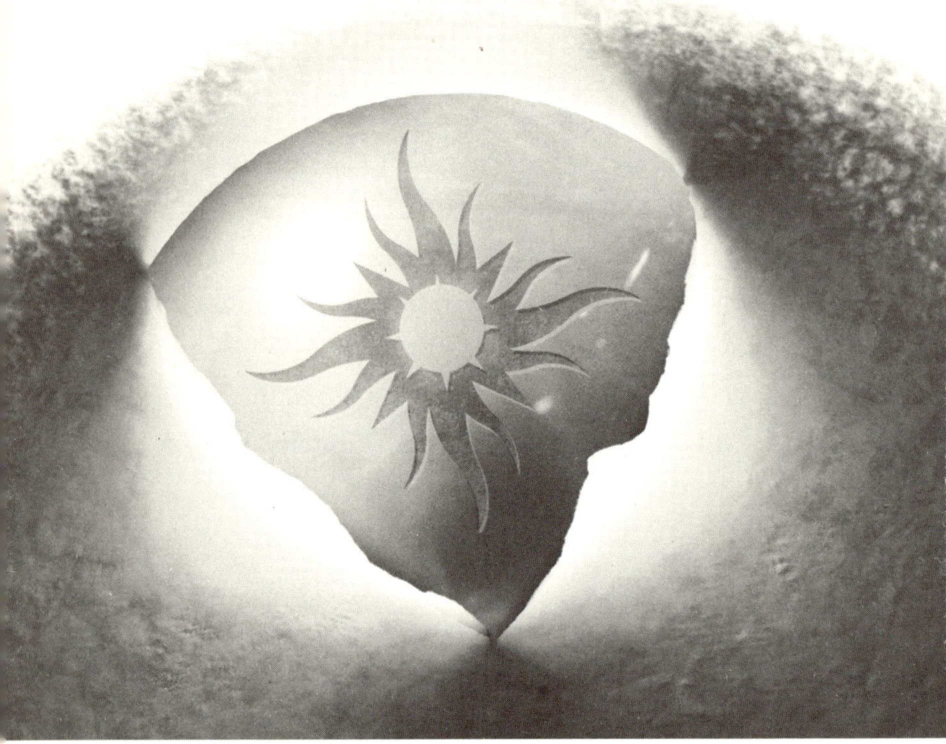

Moms Augen loderten. Ich zuckte die Schultern und formte mit den Lippen: *WER?*

»Ach, diese unbequemen Sandalen«, kam Bruder Dimitrios' Stimme aus dem Dunkel. »Würden Sie mir helfen, Schwester Nancy?«

Mom stand die Panik ins Gesicht geschrieben. Ich legte meine Hand sofort wieder auf den Loculus der Unsichtbarkeit, ließ Mom jedoch nicht aus den Augen.

Und als sie Dimitrios entgegenging, sah ich, dass sie direkt auf mich zeigte.

Die Sieben Weltwunder
der Antike
Schwarzes Meer
Der Tempel
der Artemis in Ephesos
Das Grab des Königs
Mausolos II.
zu Halikarnassos
Die Zeusstatue des
Phidias von Olympia
Der Koloss
von Rhodos
Mittelmeer
Der Leuchtturm auf der Insel
Pharos vor Alexandria
Die Pyramiden
von Gizeh
in Ägypten
Nil